幽默谐趣卷

玫瑰刺绕枝

历代诗词分类鉴赏

周啸天　主编

天地出版社 | TIANDI PRESS

图书在版编目（CIP）数据

玫瑰刺绕枝 / 周啸天主编. —成都：天地出版社，
2025.6
（历代诗词分类鉴赏）
ISBN 978-7-5455-7526-2

Ⅰ.①玫… Ⅱ.①周… Ⅲ.①诗词—诗歌欣赏—中国
Ⅳ.①I207.2

中国版本图书馆CIP数据核字（2022）第250313号

MEIGUICI RAOZHI
玫瑰刺绕枝

出 品 人	杨　政
主　　编	周啸天
责任编辑	孙学良
责任校对	卢　霞
封面设计	叶　茂
版式设计	张迪茗
内文排版	成都新和平文化传播有限公司
责任印制	王学锋

出版发行	天地出版社
	（成都市锦江区三色路238号　邮政编码：610023）
	（北京市方庄芳群园3区3号　邮政编码：100078）
网　　址	http://www.tiandiph.com
电子邮箱	tianditg@163.com
经　　销	新华文轩出版传媒股份有限公司

印　　刷	北京天宇万达印刷有限公司
版　　次	2025年6月第1版
印　　次	2025年6月第1次印刷
成品尺寸	710mm×1000mm　1/16
印　　张	19.75
字　　数	255千
定　　价	98.00元
书　　号	ISBN 978-7-5455-7526-2

空穴必来风，愤怒出诗人。上以风化下，下以风刺上。

讽刺的力量在于真实，迅翁说，真实地或略带夸张地写出某人的缺点，被写的人便说是讽刺。故秃顶于灯泡，有深讳焉。

或婉而多讽，或淋漓尽致——一棒一条痕，一掴一掌血。或正言欲反，或直言无忌。或寓谐于庄，或庄谐并辔——集雅俗于一炉，杂刚柔而互济。谑而不虐，是为得之。

人非圣贤，孰能无过。君子有过失，当如日月蚀。言之者无罪，闻之者足以戒。有则改之，无则加勉。口说不算，实行才好！

或附之以调侃，或加之以嘲戏。良药苦口，忠言逆耳。有一种力量叫幽默，有一种愚蠢叫自闭，有一种文采叫打油，有一种开心叫打趣。君子曰：何乐而不为也！

目次

●《诗经》，我国最早的诗歌总集，本称《诗》，儒家列为经典，汉时独尊儒术，始称《诗经》。共收西周初年至春秋中叶的民歌和朝庙乐章歌辞305篇，另有笙诗6篇有目无诗。全书按音乐分风、雅、颂三类（一说分风、小雅、大雅、颂四体）。汉代传诗者有齐、鲁、韩、毛四家，今传《诗经》为"毛诗"。

◇周南·兔罝

肃肃兔罝（jū），椓之丁（zhēng）丁，赳赳武夫，公侯干城。

肃肃兔罝，施于中逵。赳赳武夫，公侯好仇（qiú）。

肃肃兔罝，施于中林。赳赳武夫，公侯腹心。

"兔罝"为猎手捕兔子所设置的网，是经过巧妙伪装的，元人关汉卿《南吕·一枝花·不伏老》中曾把这种逮"兔羔儿"的玩意儿称为"锄不断、斫不下、解不开、顿不脱、慢腾腾千层锦套头"。"兔罝"一加上"肃肃"二字的形容，那真是有些"锄不断、斫不下、解不开、顿不脱"的意味了。所以诗篇一开始就表现出那些猎户的经验与才干。牵设得严严实实的猎网，再加上打桩的叮当有力的声音，又使人感到这些汉子的孔武有力和身手的矫健。"肃肃兔罝，椓之丁丁"之妙，也就不在单纯的起兴上，而在于它的且兴且赋。《诗经》中此法并不罕见。

从前二句到后二句"赳赳武夫，公侯干城"有一个跳跃。由猎手，而"武夫"，而"干城"，是诗人的联想在发挥妙用。打猎和战斗本来就关系密切，古代诗歌中经常有由此及彼的联想和借代，因而好猎手与好武士，也有着必然的联系。而"兔罝"的起兴，似乎又具一层比义，那些猎手逮兔的功夫，恰好是"赳赳武夫"擒敌本领的象喻。似乎任何顽敌在他们面前，都不过是束手就擒的猎物。如果按照别一解释，"兔"即於菟（老虎）的话，那么这些武夫更是勇猛过人的"搏虎手"了。因此，有人从"肃肃"二字看出"军容严肃之貌"，这种感受也就不能说全无道理。

第二、三章是首章的叠咏和深化。诗中猎手从开始打桩设网，渐次施网于路口，进而施网于林中，这是兴语的深入。而"赳赳武夫"也由公侯之干城卫士，进而为"公侯好仇"，乃至"公侯腹心"，这是诗中人地位的升腾。"好仇"在这里，指的显然不是一般卫士了，而是贴身的近卫，形同股肱。"腹心"即心腹，简直与公侯结为一体，成了不可或失的亲信了。杜甫诗道："男儿生世间，及壮当封侯。战伐有功业，焉能守旧丘。"（《后出塞》）此诗三章中武夫地位的变迁，就大有建功立业、不守旧丘之意。

全诗洋溢着饱满的赞美，意在赞扬猎人，因而设想推论其美好前程，深刻反映着古代社会下层人士的普遍观念，即"士为知己者死"的怀才待贾的思想。

《毛诗序》云："《兔罝》，后妃之化也。《关雎》之化行，则莫不好德，贤人众多也。"把这诗与后妃扯到一起，也太无理，恐"武夫"不会允许。但说诗有"贤人众多"的美意，却不是附会。《墨子·尚贤》说："文王举闳夭、泰颠于罝罔之中，授之政，西土服。"

虽然古人逸事不可得而详，但可见周代确有从布置施网的猎户中提拔人才的事实。诗中"赳赳武夫"固然不必是闳夭、泰颠等贤人，不能与益、伊尹相提并论，但干城之士亦为邦本，不可缺少。则《兔罝》诗仍能体现"不得意贤士不可不举"的从基层选拔优秀人才的思想。这是很有意味的。

　　方玉润对此诗有一别解："窃意此必羽林卫士，扈跸游猎，英姿伟抱，奇杰魁梧，遥而望之，无非公侯妙选。识者于此有以知西伯异世之必昌，如后世刘基赴临淮，见人人皆英雄，屠贩者气宇亦异，知为天子所在，而叹其从龙者之众也。诗人咏之，亦以为王气钟灵特盛乎此耳。"（《诗经原始》）这种以意逆志的解会，虽不必尽合诗人原意，但亦是很有启发性的别解。

（周啸天）

◇邶风·新台

　　新台有泚（cǐ），河水弥弥。燕婉之求，籧篨（qúchú）不鲜。

　　新台有洒（cuǐ），河水浼（měi）浼。燕婉之求，籧篨不殄（tiǎn）。

　　鱼网之设，鸿则离之。燕婉之求，得此戚施。

　　卫宣公是个荒淫昏聩的国君。他为儿子聘娶齐女，只因新娘子是个大美人，便改变主意，在河上高筑新台，把齐女截留下来，霸为己有。

国人便编了这首歌子挖苦他。

卫宣公欲夺儿子的新娘，先造"新台"，好比唐明皇欲夺儿媳寿王妃，先让她入道观做女冠一样，好像这一来，一切就合理合法了。然而丑行就是丑行，丑行是欲盖弥彰的。诗人大赞"新台有泚"（泚是玼的假借字，指鲜明貌），"新台有洒"（洒指高峻貌）。而籧篨、戚施都指蟾蜍、癞蛤蟆一类的东西。兴味在于：新台是美的，但遮不住老头子干的丑事啊。通过反衬，美愈美，则丑愈丑。

这一调包，使得美丽的少女配了个糟老头，而且还是个驼背鸡胸，本来该做她老公公的人，是怎样也不般配的，难怪诗人心中不忿，要为齐姜、也要为天下少年鸣不平！诗人好有一比："鱼网之设，鸿则离之。"打鱼打个癞蛤蟆，是多么倒霉，多么丧气，又多么无奈的事啊！

关于此诗，也有人不同意传统的解说。如宋人王质说："寻诗当是此地之人娶妻不如始言，故下有不悦之辞，本求燕婉乃得恶疾者，为可恨也。"（《诗总闻》）即俗话所谓："隔着麻布口袋买猫儿。"交订要白的，拿回家去发现是黑的。今人高亨则说："诗意只是写一个女子想嫁一个美男子，而却配了一个丑丈夫。"即俗话所谓"一朵鲜花插在牛粪上"。

（周啸天）

◇鄘风·墙有茨

墙有茨（cí），不可扫也。中冓（gòu）之言，不可道也。所可道也？言之丑也。

　　墙有茨，不可襄也。中冓之言，不可详也。所可详也？言
之长也。

　　墙有茨，不可束也。中冓之言，不可读也。所可读也？言
之辱也。

　　此诗可以看作《新台》的续篇。卫宣公强娶儿子所聘齐女宣姜后
不久死了，其庶长子公子顽见宣姜风姿犹存，不禁也动了淫念，与之私
通，生下了齐子、戴公、文公、宋桓夫人、许穆夫人等。这些宫廷秽闻
传到宫外，诗人遂作诗以讽。

　　墙上种蒺藜（茨，生小球果，上多芒刺），原是为了防盗，"扫
了等于开门揖盗，家宅设防是应该的，正如男女之事不宜外传"（流沙
河）。明明宫闱乱伦秘事已传扬开来，各章二句却皆说"不可道""不
可详""不可读"。戛然而止，不再说下去，这反倒增加了事情的神秘
气氛，此是言未尽而意亦未尽，减去许多篇幅，显得含蓄有趣。

　　流沙河云："意译之：'墙头蒺藜扫不得，交媾浪语传不得。或
是传出去，那就太丑了。'这是两千五百年前抵制黄段子的佳作吧？
诗人不指责传黄段子违反'精神文明建设'，首章只说丑，二章又说
长（脏），三章再说辱，皆着眼于自身之尊严，而无关乎政府之号召
也。"（《墙头蒺藜扫不得》）

（周啸天）

◇鄘风·相鼠

相鼠有皮，人而无仪。人而无仪，不死何为？
相鼠有齿，人而无止。人而无止，不死何俟？
相鼠有体，人而无礼。人而无礼，胡不遄死？

　　这首诗三章叠咏，均以老鼠起兴。诗人通过鼠之"有"与人之"无"的对照反衬，痛斥统治者连老鼠都不如，撕下他们的道德伪装，暴露出其衣冠禽兽的丑恶面目。各章均用反诘句结尾，以质问的口吻表示了强烈的诅咒，蔑视憎恶之情溢于言表。

　　这首诗语言率真质朴，泼辣犀利，指斥怒骂，痛快淋漓。在反复咏唱中，通过重章换字，使章与章之间形成一种层递关系，深化了所抒发的思想感情。首先，是诗章内容上的层递："无仪"，言其行为举止的不端；"无止"，言其品性资质的恶劣；"无礼"，言其违反了作为立身根本的行为规范和道德标准。虽只一字之换，却由表及里，由局部而整体，层层剥笋般把统治者的丑恶嘴脸和腐朽本质暴露无遗，而且与起兴之物暗合，形成鲜明对照。运思之妙，不能不令人叹服。"不死何为""不死何俟""胡不遄死"三个句子，语气一句比一句激切，感情一句比一句强烈，有层递意味，收到了很好的表达效果。

（周啸天）

◇王风·黍离

　　彼黍离离，彼稷之苗。行迈靡靡，中心摇摇。知我者，谓我心忧；不知我者，谓我何求。悠悠苍天，此何人哉！

　　彼黍离离，彼稷之穗。行迈靡靡，中心如醉。知我者，谓我心忧；不知我者，谓我何求。悠悠苍天，此何人哉！

　　彼黍离离，彼稷之实。行迈靡靡，中心如噎。知我者，谓我心忧；不知我者，谓我何求。悠悠苍天，此何人哉！

　　这是一首感伤诗，列《王风》第一。王，指东周洛邑王城周围方圆六百里之地。据朱熹说，东周王室已卑，虽有王号，实与诸侯无异，故其诗不称"雅"而称"王风"。《毛诗序》说："周大夫行役至于宗周，过故宗庙宫室，尽为禾黍，闵周室之颠覆，彷徨不忍去，而作是诗也。"郭沫若释云："《王风》的《黍离》是周室遭犬戎的蹂躏，平王东迁以后的丰镐的情形。相传周室东迁以后，所有旧时的宗庙宫室尽为禾黍。周的旧臣行役过旧都，便不禁中心悲怆，连连地呼天不止。这样的三章诗，的确是很有缠绵悱恻的情绪。"

　　《史记·宋微子世家》载有一个类似的故事：纣王之叔箕子（曾以谏被囚，武王释之）朝周，过故殷墟，感宫室毁坏，竟生禾黍，也曾感伤作歌："麦秀渐渐兮，禾黍油油。彼狡童兮，不与我好兮。"后人称此诗为《麦秀》，其起兴和怨意均与《黍离》相类，于是人们也更有理由认为它们属于同一类诗歌。"黍离""麦秀"在字面上也天然成对，

晋向秀《思旧赋》遂以为对仗："叹《黍离》之愍周兮，悲《麦秀》于殷墟。"后世遂习以"黍离之悲"或"麦秀之悲"为成语，来表达故国哀思，虽然也有人认为《黍离》本是一个行役者或流浪汉之歌。

这首诗以行役者看到的黍稷起兴，这是行役途中最常见的景物，同时那摇摇晃晃的低垂着的黍子和高粱，与行役者彷徨的步伐和低沉的情绪也有一种微妙的同构。"离离""靡靡""摇摇"这一串叠字形容生动，且有一唱三叹、回肠荡气之妙，起到了"既随物而宛转"，"亦与心而徘徊"，即状物抒情两个方面的作用。以下就直道心中的忧伤却不说忧伤的原因，仅以"知我者""不知我者"对举，说"知我者，谓我心忧；不知我者，谓我何求"，这话的意思用熟语来说，就是"可为知者道，难与俗人言"，"不如意事常八九，能与人言不二三"，是一种莫名的不可告人的悲哀。

人在极度痛苦而又无可告诉的时候，往往情不自禁地呼告上苍，诗的结尾正是如此："悠悠苍天，此何人哉！""此何人哉"，是一句意思含混的诘问，也许连问者自己也不明白他究竟是在责怪"不知我者"呢，还是在怨恨别的什么。准确地说，这含混的诘问，只是在呼叫苍天之后的一声沉重的叹息。诗中虽不见宗庙宫室颓废的描写，然而其咏唱的忧思显然超出一般的行役羁旅，这也很容易使人将它和《麦秀》之歌联系起来。

　　诗共三章，三章叠咏，各章仅第二句的"苗"字换为"穗"和"实"；第四句的"摇摇"换为"如醉""如噎"。黍稷由苗而穗而实，在形式上构成递进，主要是为了分章押韵，即不必意味时序的变迁；但从"摇摇"到"如醉""如噎"，在抒情的程度上是渐渐加重的。三章反复咏叹着一种寻寻觅觅、使人精神恍惚的忧思，各章后四句完全相同，近于现代歌曲的副歌。方玉润评："三章只换六字，而一往情深，低徊无限。此专以描摹虚神擅长，凭吊诗中绝唱也。唐人刘沧、许浑怀古诸诗，往迹袭其音调。"（《诗经原始》）

（周啸天）

◇齐风·东方未明

　　东方未明，颠倒衣裳。颠之倒之，自公召之。
　　东方未晞，颠倒裳衣。倒之颠之，自公令之。
　　折柳樊圃，狂夫瞿（jù）瞿。不能辰夜，不夙则莫（mù）。

　　这首诗写被奴役者对繁重苦役的抱怨，所谓"诗可以怨"。诗截取"东方未明"这个典型时刻集中表现主题，大类高玉宝《半夜鸡叫》。

苦役们白天从事超高强度的劳作，收工后疲惫不堪，只盼晚上能睡个囫囵觉。但这个起码的要求也得不到满足。前二句写东方未明，半夜鸡叫，苦役们就摸黑起身，七慌八乱，胡乱穿衣，弄得"颠倒衣裳"，不分上下。三、四句点出之所以慌张的原因，也就是被奴役者受苦的原因，是"自公召之"——原来周代的"周扒皮"恶狠狠吆喝着呢。

前两章叠咏，文字的更换与句式的变化，使诗情在反复渲染中得到加强。末章交代苦役起床出工后干什么和怎么干。"折柳樊圃"，苦役们忙着砍树条编篱笆。而监工手执皮鞭，瞪大眼睛监视着他们，一个也不许偷懒。"狂夫瞿瞿"只写眼神的凶狠，而其余可以概见，所谓"传神阿堵"。末二句表明，不能好好睡觉，并非一天两天的事，而是年年岁岁，起早摸黑地干。

马克思认为剥削的手段之一，就是延长奴隶的劳动时间，这首诗反映的就是这种情况。全诗画龙点睛，长于用短。

（周啸天）

◇魏风·伐檀

坎坎伐檀兮，寘（zhì）之河之干兮，河水清且涟猗。不稼不穑，胡取禾三百廛兮？不狩不猎，胡瞻尔庭有县（xuán）貆（huān）兮？彼君子兮，不素餐兮！

坎坎伐辐兮，寘之河之侧兮，河水清且直猗。不稼不穑，胡取禾三百亿兮？不狩不猎，胡瞻尔庭有县特兮？彼君子兮，

不素食兮！

坎坎伐轮兮，寘之河之漘兮，河水清且沦猗。不稼不穑，胡取禾三百囷（qūn）兮？不狩不猎，胡瞻尔庭有县鹑兮？彼君子兮，不素飧（sūn）兮！

此诗选自《魏风》。魏国国都和它管辖的地域，在现今山西省芮城县及附近地区。

关于此诗诗意，清儒戴震说："伐檀乃置之河干，盖诗人因所闻所见而言之，以喻急待其用者，置之不用也。因叹河水之清，而讥在位者无功幸禄，居于污浊，盈廪充庖，非由己稼穑田猎而得者也。食民之食而无功德及于民，是谓素餐也。首二言叹君子之不用。中五言讥小人之幸禄。末二言以为苟用君子，必不如斯。互文以见意。"（《毛郑诗考正》）此说有求之过深之嫌。

其实这首诗以伐木作兴语，乃触物起情，不过"劳者歌其事"，并无深意。今或认为这首诗是一首伐木者之歌，已得到普遍的接受和认同。

古代伐木的劳动是十分艰巨的，特别是伐檀木一类用来造车的坚硬木材，砍下来的木材还要搬运到河边，其间可能要稍事休息。伐木者看到河水清清泛着涟漪，想到那些有钱有闲、不劳而获的大人先生们，心里感到愤愤不平。于是你一言，我一语，有热讽，有冷嘲，向贵族老爷们提出一系列质问："不稼不穑，胡取禾三百廛兮？不狩不猎，胡瞻尔庭有县貆兮？"问题提得十分尖锐，直接指向社会现实。

这首诗的思想高度，在于它揭示了阶级社会所共有的一种不合理的基本现象：生产者不是所有者，所有者不是生产者。足以使读者联想到近世的一首民谣："纺织娘，没衣裳；泥瓦匠，住草房；卖盐的，喝淡汤；种田的，吃米糠；当奶妈的卖儿郎；淘金的老汉一辈子穷得慌。"诗中的伐木人显然感到社会现实的不合理。

后来的统治阶级辩护士自有一套理论来为这种社会存在辩护："劳心者治人，劳力者治于人；治于人者食人，治人者食于人。"伐木人才不管这些，他们讥讽道："彼君子兮，不素餐兮！"不直接说大人先生们是白吃白拿，反而说他们不白吃。这里，反语的运用起到了画龙点睛的作用，耐人寻味。

对于现实的不平，诗中人不是哀诉，而是嘲弄。诗亦突破了四言格局，多用杂言句式，长短相间，参差错落，每章九句中有七句用了语气词"兮""猗"，更增强了情感表达的力度。孔子说"诗可以怨"，此亦一例。

（周啸天）

◇魏风·硕鼠

硕鼠硕鼠，无食我黍！三岁贯女，莫我肯顾。逝将去女，适彼乐土。乐土乐土，爰得我所！

硕鼠硕鼠，无食我麦！三岁贯女，莫我肯德。逝将去女，适彼乐国。乐国乐国，爰得我直！

硕鼠硕鼠，无食我苗！三岁贯女，莫我肯劳。逝将去女，适彼乐郊。乐郊乐郊，谁之永号！

诗人借农民之口，对剥削者进行了愤怒的斥责，并幻想美好生活，但终归失望，所以，这是一篇血和泪的控诉书。

本篇的一个显著特点，就是运用比喻手法来揭露剥削者的贪残本性。诗人用老鼠来比喻剥削者，既贴切又形象。老鼠小头尖脸，令人见而生厌，并且鬼鬼祟祟，不劳而食，偷窃成性，这正是贪婪无耻的剥削者的绝妙象征。农民在长期的痛苦生活中，不断地观察体验，他们通过反复比较，终于找到了剥削者和老鼠的本质契合点，自然而然地把二者联系在一起，这说明他们对剥削者已经有了比较深刻的认识。本诗之所以成为《诗经》中的名篇，一个重要原因，就是运用了恰当而贴切的比喻。

全诗三章，在结构上层层递进，不断深入，连贯一气，一方面形象地说明了剥削者对农民的掠夺在步步紧逼、不断加深，另一方面也表现出农民由幻想美好生活而终至失望的思想过程。作者双管齐下，井然不乱。

首章一开始，农民就怒斥道："硕鼠硕鼠，无食我黍！"诗句起得如此突兀，使有惊心动魄之感。紧接着又是不断的强烈的斥责——"无食我麦""无食我苗"，将农民的愤怒之情表达得尤为强烈。从这声声怒喝中，我们清楚地看到：剥削者在不断地掠夺农民，他们的贪残本性，一章比一章暴露得更加彻底；而农民的悲惨生活，也在日益加重，一章比一章暗示得更为充分和深刻。在三章之中，首二句的复沓重唱，虽然只是换了一个字（"黍""麦""苗"），却境界层出，富于变化，包含着丰富而深刻的内涵。这是《诗经》中用字准确、语言精练的典范。

农民从多年的生活实践中看到，剥削者虽然年年在"食"他们的"黍""麦""苗"，由他们养活着，但却非常残忍，刻薄寡恩，对他们非但没有一点感激之心，而且从来没有照顾和慰劳之意。农民发誓要离开这吃人的剥削者，远走异乡，到别的地方去另谋生计。那么究竟到哪里去呢？他们首先想到的是"乐土"，可以安居乐业；然后又想到"乐国"，可以不再受剥削。不过，这只是农民的一种幻想。"谁之永号"一句，兜合全诗，力重千钧，它实际上否定了理想国亦即"乐土""乐国""乐郊"的存在，认定这人世间只有悲惨的社会。这最后一声长叹，是农民们无可奈何心情的表现，也是绝望者的哀鸣！末章的结尾，乍看起来与第一、二章似乎一样，而仔细品味，却迥然不同，在井然中有序显出错落变化，富有曲折。这样，避免了平铺衍展，枯燥乏味，产生了撼动人心的巨大力量。

这首诗主要以深刻的思想性著称，但全诗在文字上也自有特色，语言明白流畅，韵律和谐整齐，很有音乐性。特别是运用第一人称来抒情，加上恰当的比喻和结构的变化，读来真切感人，使人仿佛听到了农民悲惨的呼号之声。诗篇真实地反映了当时的现实生活，为我国诗歌树立了现实主义创作方法的光辉榜样。

（管遗瑞）

◇秦风·黄鸟

交交黄鸟，止于棘。谁从穆公？子车奄息。维此奄息，百夫之特。临其穴，惴惴其栗。彼苍者天，歼我良人！如可赎兮，人百其身。

交交黄鸟，止于桑。谁从穆公？子车仲行。维此仲行，百夫之防。临其穴，惴惴其栗。彼苍者天，歼我良人！如可赎兮，人百其身。

交交黄鸟，止于楚。谁从穆公？子车鍼（qián）虎。维此鍼虎，百夫之御。临其穴，惴惴其栗。彼苍者天，歼我良人！如可赎兮，人百其身。

这是一首控诉以活人殉葬这一奴隶制社会的野蛮习俗的悲歌。关于秦国三良（即子车氏三位大夫——奄息、仲行、鍼虎）为穆公殉葬事，见《史记·秦本纪》。

此诗三章叠咏。首二句，或以黄鸟的悲鸣，正面兴起悼辞；或以黄鸟的自由自在，反面兴起哀思——三良那样的好人，非得为穆公殉葬不可，岂非人不如鸟！

以下六句入题，诗人怀着极度的惶惑和悲愤，指出三良都是百里

挑一的人才，却要他们白白送死。既非终其天年，又非战死沙场，像牲口一样做殉葬品——谁能甘心？谁不畏惧？"三良不必有此状，诗人哀之，不得不如此形容尔。"（牛运震《诗志》）

末四句诗人对天呼号，要求还我三良，实际上就是对野蛮的殉葬制度进行抗议。"如可赎兮，人百其身"，与前文"百夫之特"映照回环，深表对三良的痛惜，极真诚，极沉痛。"至今读之，犹觉黄鸟悲声未亏耳。"（陈延杰《诗序解》）

要之，此诗表现了在奴隶制与封建制交替的时代，时人朦胧的人权意识，是其思想价值之所在。

（周啸天）

◇秦风·权舆

於（wū）我乎！夏屋渠渠，今也每食无余。于嗟乎！不承权舆！

於我乎！每食四簋（guǐ），今也每食不饱。于嗟乎！不承权舆！

此诗乃没落的奴隶主贵族留恋当年生活自伤所作。春秋时期，奴隶制开始走向崩溃，新兴地主阶级正在走上历史舞台。奴隶主贵族赖以生存的经济基础逐渐消亡，面对历史的大潮，他们只有哀叹“於我乎”，哀叹失去往日的天堂。从前，他们靠着贵族的特权，世袭的禄位，祖传下来的土地、奴隶，“不稼不穑”，“不狩不猎”，整天过着十足的吸血鬼生活。他们住的是“高楼大厦”（夏屋渠渠），吃的是每顿四簋打底（每食四簋）的美味佳肴。面对残酷的现实，他们哀叹“于嗟乎”，哀叹今不如昔（不承权舆）。他们没落了，他们失去了昔日的天堂。一夜之间，生活上没了保障，连糊口都成了问题，只能勉强填饱肚子（今也每食无余），甚至还要饿肚子（今也每食不饱）。在一章短短的五句中，竟然有两句描写他们的哀叹，可谓长叹复短叹。

诗为叠咏体。两章在意义上是平行的，内容则是前后互补。前一章说从前住的是“夏屋渠渠”，后一章说吃的是“每食四簋”，两章合起来正好说的是从前吃的和住的。吃住问题最能代表人生的富裕程度和享乐程度，所以贵族阶级在感叹“今不如昔”时，往往拿吃住作对比。与诗的内容相适应，本诗采用了咏叹的修辞手法，充分揭示了没落奴隶主贵族哀怨的思想感情。

（张振兴）

◇小雅·巷伯

萋兮斐兮，成是贝锦。彼谮（zèn）人者，亦已大甚！

哆（chǐ）兮侈兮，成是南箕。彼谮人者，谁适与谋？

缉缉翩翩，谋欲谮人。慎尔言也，谓尔不信。

捷捷幡幡，谋欲谮言。岂不尔受？既其女迁。

骄人好好，劳人草草。苍天苍天！视彼骄人，矜此劳
人！

彼谮人者，谁适与谋？取彼谮人，投畀（bì）豺虎。

豺虎不食，投畀有北。有北不受，投畀有昊。

杨园之道，猗于亩丘。寺人孟子，作为此诗。凡百君子，
敬而听之。

这是一首怒斥造谣诬陷者的诗。

造谣之所以有效，乃在于谣言总是披着一层伪装。培根说："诗
人们把谣言描写成一个怪物。他们形容它的时候，其措辞一部分是美
秀而文，一部分是严肃而深沉的。他们说，你看它有多少羽毛；羽毛下
有多少只眼睛；它有多少条舌头，多少种声音；它能竖起多少只耳朵
来！……"

古人称造谣诬陷别人为"罗织罪名"。何谓"罗织"？诗一开头就
形象地描绘什么是"罗织"：花言巧语，织成的这张贝纹的罗锦，是多
么容易迷惑人啊，特别是不长脑壳的国君。

　　造谣之可怕，乃在于它是背后的动作，是暗箭伤人。当事人无法及时知道，当然也无法一一辩驳。待其知道，为时已晚。诗中对造谣者的摇唇鼓舌，喊喊喳喳，上蹿下跳，散布舆论的丑恶嘴脸，作了极形象的勾勒，并表示了极大愤慨。

　　造谣之可恨，乃在于以口舌"杀"人。作为受害者的诗人，为此对那些谮人发出强烈的诅咒，祈求上苍对他们进行正义的惩罚。诗人不仅投以憎恨，而且投以极大的厌恶："取彼谮人，投畀豺虎。豺虎不食，投畀有北。有北不受，投畀有昊。"

　　这使人联想起莱蒙托夫《逃亡者》一诗中鄙夷叛徒的诗句："野兽不啃他的骨头，雨水也不洗他的创伤。"它们都是写天怒人怨、物我同憎的绝妙好辞，都是对那些罪大恶极、不可救药者的无情鞭挞，都是快心露骨之语。王闿运说："单刀直入，石破天惊。此诗袁枚谓其绝不含蓄，良然。声罪伐谋，用不得一毫姑息。"（《湘绮楼毛诗评点》）

　　作者孟子，很可能是一位因遭受谗言中伤获罪，受了宫刑，成为宦官的正直人士，其遭遇近乎司马迁。无怪乎诗中对诬陷者是如此切齿愤恨，也无怪乎此诗能引起后世蒙冤受屈者强烈的共鸣。班固在《汉书·司马迁传赞》叹息道："呜呼，以迁之博物洽闻，而不能以知自全。既陷极刑，幽而发愤，书亦信矣。迹其所以自伤悼，《小雅·巷伯》之伦。"方玉润发挥道："此必腐迁之流无疑。其祸同，其文亦同；故班固引以譬赞。此亦天之忌才，故设此一局以厄文人。未有腐迁，先有巷伯，古今人可同声一哭也。虽然，迁不遭刑，文亦不奇；伯不遭祸，诗何能传？此又天之玉成二人如出一辙，岂不奇哉！"（《诗经原始》）

（周啸天）

◇小雅·北山

　　陟彼北山，言采其杞。偕偕士子，朝夕从事。王事靡盬
（gǔ），忧我父母。

　　溥天之下，莫非王土；率土之滨，莫非王臣。大夫不均，
我从事独贤。

　　四牡彭彭，王事傍傍。嘉我未老，鲜我方将。旅力方刚，
经营四方。

　　或燕燕居息，或尽瘁事国。或息偃在床，或不已于行。

　　或不知叫号，或惨惨劬劳。或栖迟偃仰，或王事鞅掌。

　　或湛（dān）乐饮酒，或惨惨畏咎。或出入风议，或靡事
不为。

　　这是篇苦于劳役之作，着重表示对等级森严、劳逸不均的不满乃至
怨愤。由殷商迄于周代，等级制已发展完备，且具有宗法性质，即常
以与王室血缘之亲疏，以确定等级尊卑。在这一等级制中，"士"属
于统治阶级的最基层，他们常怀不满也是很自然的。

　　"陟彼北山，言采其杞"，兴语显然有民歌的影响。这使人想
起宋人王禹偁的"北山种了种南山，相助力耕岂有偏"（《畲田
词》）。登山采杞，正兴力役岂偏之义。果然以下便是"王事靡盬"
这一熟句，结穴到"忧我父母"。《孟子》谓为劳于王事不得养父
母，撇开一身之忧苦，牵入亲人，意味倍加丰厚。

　　二章欲进先退，欲夺故予，先承认为国家服役合于天理："溥天之下，莫非王土；率土之滨，莫非王臣"，这四句后来成为封建时代的名言（《左传·昭公七年》有"天子经略，诸侯正封，古之制也。封略之内，何非君土？食土之毛，谁非君臣"，意同语近），就在于它用铿锵的语言讲出了"君权神授"天下一家的大道理。诗人并没有超越时代限制，他不敢将矛头指向最高统治者，因而只能不满于高他一等的"大夫"了。"臣罪当诛兮，天王圣明"（韩愈），反贪官不反皇帝，真是由来已久。尽管打了折扣，诗人终于还是揭露了"不均"、不公的社会现实。章末说"我从事独贤"，这"独贤"二字，是很高明的反讽之语，即钟惺所谓："'嘉我未老'三句，似为'独贤'二字下一注脚，

笔端之妙如此。"（《评点诗经》）

三章抒情主人公登场亮相：他驾着驷马，经营四方，疲于奔命，不敢渎职。这里专门转述了顶头上司"大夫"的话："嘉我未老，鲜我方将，旅力方刚"，上司拍着肩膀把"我"的腿脚身体夸上一番，再叫"我"好好儿干。卖命的差使，廉价的奖赏！讽刺见于无形之中，作者写实手段真正到了家。

如果就此打住，也不失为一首好诗。此篇之奇妙，尤在于前三章克制地叙写之后，赓即有后三章的一连十二个"或"字领起的排比句，作尽情的宣泄。先前的克制便成为一种蓄势，使最后的喷发更加有力。排比之中，又有对比六组，以劳逸、苦乐、善恶、是非，两两相形："或安居在家，或尽瘁于国，或高卧于床，或奔走于道，则劳乐大大悬殊矣，此不均之实也。或身不闻征伐之声，或面带忧苦之状，或退食从容而俯仰作态，或经理烦剧而仓卒失容，极言不均之致也，不止劳逸不均而已。或湛乐饮酒，则是既已逸矣，且深知逸之无妨，故愈耽于逸也；或惨惨畏咎，则是劳无功矣，且恐因劳而得过，反不如不劳也。或出入风议，则已不任劳，而转持劳者之短长；或靡事不为，则是勤劳王事之外，又畏风议之口而周旋弥缝之也，此则不均之大害，而不敢详言之矣。"（傅恒等《诗义折中》）

前三章写法各不相同，后三章则同一句式一气贯注，妙语连珠，方玉润评此诗："归重独劳，是一篇之主。末乃以劳逸对言，两两相形，愈觉难堪。"（《诗经原始》）沈德潜说："《鸱鸮》诗连下十'予'字，《蓼莪》诗连下九'我'字，《北山》诗连下十二'或'字，情至，不觉音之繁，辞之复也。"（《说诗晬语》）姚际恒说："'或'字作十二叠，甚奇。末更无收结，尤奇。"（《诗经通论》）更无收结，戛然而止，而"是可忍，孰不可忍"之意，溢于言表，是亦"诗可以怨"也。

（周啸天）

◇小雅·青蝇

营营青蝇，止于樊。岂弟君子，无信谗言。

营营青蝇，止于棘。谗人罔极，交乱四国。

营营青蝇，止于榛。谗人罔极，构我二人。

这是一首斥责谗毁者并对信谗的统治者致忠告的诗。《诗序》说是刺幽王，后之论者更落实到"废后放子"的史实，很难确信。谗毁作为一种社会现象，无时无之，诗的内容既未牵涉具体的人事，读者也就无须指实为何朝何代何人因何事而作，而应视为对社会现象的一种艺术概括。

积毁可销骨，暗箭最难防，谗言作为毁谤的特殊方式，因其目的险恶、手段隐秘而尤为可怕。无怪斥谗之作在《诗经》中为数不少。"苍蝇贝锦喧谤声"（李白），《巷伯》作者与本诗作者，大概都有切肤之痛，是谗言的受害者。比较起来，孟子的怨毒更深，故《巷伯》一诗咬牙切齿之声闻于纸上，必欲将谮人"投畀豺虎"而后快。因而诗的矛头是直接指向进谗的谮人的，其集中声讨有类檄文。《青蝇》一诗的作者，似乎较及时发现了谗人的构陷，所以他一面警惕着，一面向信谗的"君子"发出忠告。故诗中对谗佞的蔑视厌恶多于痛恨。

　　诗人对谗佞的蔑视厌恶见于三章兴语，他用了一个很有创造性的比喻意象——"青蝇"，作为工谗者的化身。青蝇是一种绿头苍蝇，"营营"是形容其飞声的象声词，欧阳修说："诗人以青蝇喻谗言，取其飞声之众可以乱听，犹今谓聚蚊成雷也。"（《诗本义》）青蝇的粪便附着力强，可以污白使黑，虽璧玉亦不能免，好比谗佞者之善于奉迎蛊惑、颠倒黑白，这是另一层喻义。方玉润说："青蝇之为物至微而甚秽，驱之使去而复来。及其聚而成多也，营营然往来，飞声可以乱人之听。始不过'止于樊'，继且'止于棘'，终且'止于榛'，是无往不入，渐而相亲，是非淆而黑白乱矣。"（《诗经原始》）虽然没有直接的褒贬字面，诗人满腔憎恶已见于言外。

　　谗佞者捣鬼有术，往往难与计较，诗人似乎也不屑与之计较，他遂把全部希望寄托在谗言作用的对象——"君子"身上。三章后半均为殷勤的致意。"岂弟君子，无信谗言"，言"无信"，正以其可能听信或竟然听信也。"苍蝇不叮没缝的蛋"，"岂弟"是平易近人的样子，但倘若"近小人"，结果必然"远贤臣"了；诗人希望所谓君子幡然醒悟，倒个个儿。

　　"谗人罔极，交乱四国"，这似乎危言耸听，有些夸饰。其实谗佞者一旦取信于上层统治者，成为其亲随，其破坏的能量确乎不可低估。"谗人罔极，构我二人"，是由远及近，说到眼前已有的恶果。"构我二人"一句，暗示了许多未尝明言的人事内容，由此可会：诗人与"君子"始必相得，但目前已被离间；诗人已中谗言之祸，故被"君子"疏远。可见"无信谗言"的忠告，决不是泛泛而谈，而是有感而发。

　　故方玉润说："首章直呼'君子'，以勿听戒之；然后甚言其祸，如后世禅家之当头棒喝，使人猛省耳。而'君子'之上必加之曰'岂

弟'者，微词也。"（《诗经原始》）因为这首诗，"青蝇"从此成为
谗毁者的代称，足见其影响之深远。

（周啸天）

◇小雅·何草不黄

何草不黄？何日不行（háng）？何人不将？经营四方。

何草不玄？何人不矜（guān）？哀我征夫，独为匪民？

匪兕（sì）匪虎，率彼旷野。哀我征夫，朝夕不暇！

有芃（péng）者狐，率彼幽草。有栈之车，行彼周道！

朱子在《诗集传》中说："周室将亡，征役不息，行者苦之，故作
此诗。"这一首诗正是当时真实情形的生动写照。

全诗以一个兵士的口气，满腔悲愤地倾诉出苦于征战的愁怨，表达
了对当时社会的不满。首章以草枯起兴喻征人劳瘁，诉说了"万民无不
从役，无一人可以幸免"的悲惨现实，道出了兵士一年四季到处奔走、
经常转徙流离的苦痛。一开始就给读者展示了一幅宏大、清晰的画面：
秋风肃杀，百草萎黄，兵荒马乱，社会动乱，人民苦难。这就为以下各
章兵士的哀叹，提供了一个广阔的社会背景，深化了本诗的主题：它绝
不是个别人的哀怨，而是整个社会的齐声呼喊。秋风凄紧之际，正是征
人思家之时，因此第二章紧接着就诉说了征人抛妻别子、形同鳏夫的内
心悲苦，这里既有兵士的涕泗，更有天下妻子儿女的无尽的泪水。第三
章承归家不得而来，深感没有自由之苦，发出了人不如兽的慨叹。最后

一章进一步诉说了自己的劳困不息，用"行彼周道"与第一章的"经营四方"相呼应，一气流转，首尾贯通，结构十分流畅而谨严。全诗章章紧扣，层层深入，恰到好处地表现了兵士倾吐苦水时的急切心情，把战争给人民带来的苦难表达得充分而又深刻。

全诗文字洗练，语言干净利索，读来铿锵有力。特别是第一、二章总共八句，却有六个反问句，其中第一章一开始就连用了三个反问句，十分生动地表达了兵士质问的语气和愤激的心情，充分体现了人民内心的极端痛苦和对战乱的强烈憎恶。陈子展在《诗经直解》中说："此属于乱世之音，亡国之音一类作品。"周室将亡，不可救矣，编诗者以此殿《小雅》之终，盖有深意存焉。

（周啸天）

●屈原（约前340—约前278），名平，战国楚人。怀王时曾任左徒、三闾大夫，主张联齐抗秦。于怀王、顷襄王时两遭佞臣进谗，而被放逐汉北、江南。因国事不堪，而自沉汨罗江。他根据楚声楚歌而创制楚辞，著有《离骚》《天问》《九歌》《九章》等。

◇渔父

屈原既放，游于江潭，行吟泽畔，颜色憔悴，形容枯槁。渔父见而问之曰："子非三闾（lú）大夫欤？何故至于斯！"屈原曰："举世皆浊我独清，众人皆醉我独醒，是以见放！"渔父曰："圣人不凝滞于物，而能与世推移。世人皆浊，何不淈（gǔ）其泥而扬其波？众人皆醉，何不餔（bǔ）其糟而啜（chuò）其醨（lí）？何故深思高举，自令放为？"屈原曰："吾闻之，新沐者必弹冠，新浴者必振衣；安能以身之察察，受物之汶（mén）汶者乎！宁赴湘流，葬于江鱼之腹中。安能以皓皓之白，而蒙世俗之尘埃乎！"渔父莞尔而笑，鼓枻（yì）而去，乃歌曰："沧浪之水清兮，可以濯吾缨。沧浪之水浊兮，可以濯吾足。"遂去，不复与言。

此赋写屈原在江潭偶遇一无名渔父，两人之间所展开的一场对话，是一场深刻的思想交锋，涉及对时世的看法、对世人的评价和对处世方式的抉择。

先写放逐后的屈原行吟泽畔，颜色憔悴，形容枯槁，其独立不迁的思考并没有丝毫改变，他坚持认为，真理不一定掌握在多数人手中——"举世皆浊我独清，世人皆醉我独醒"。虽然自己因深思高举而遭放逐，却无怨无悔，坚持高风亮节，宁赴湘流葬身鱼腹，也不愿蒙世俗之尘埃。

而渔父是一个道家者流，他主张韬光养晦，和光同尘，明哲保身：世人皆浊，何不一起浊？大家都醉，何不一起醉？水至清则无鱼，人至清则无徒，何必让自己落到遭放逐的田地？

屈原却不为渔父与世推移的说教所动。由于两人话不投机，最后渔父莞尔而去。按，其时正是桃源中人避秦的时代，面对即将到来的秦王朝的统一天下，渔父最佳的归宿，只能是世外桃源。

而屈原呢——他孤傲，他坚贞，他一尘不染，他宁折不弯，不忍看到一个暴政统摄天下，最后只能效法殷代的彭咸，投身清流，以尸净谏世人。后代的王国维和老舍，在精神和人格上，就处在屈原的延长线上。此辞以第三人称叙事，虽托名屈原，或另有作者。

（周啸天）

●宋玉（生卒年不详），时代稍后于屈原，楚鄢城（今湖北宜城）人。出身贫士，后为小臣，复失职潦倒，至于暮年。著有《九辩》《招魂》《风赋》《高唐赋》等。

◇风赋

楚襄王游于兰台之宫，宋玉景差侍。有风飒然而至，王乃披襟而当之曰："快哉此风！寡人所与庶人共者邪？"宋玉对曰："此独大王之风耳，庶人安得而共之？"王曰："夫风者，天地之气，溥畅而至。不择贵贱高下而加焉。今子独以为寡人之风，岂有说乎？"宋玉对曰："臣闻于师：枳句来巢，空穴来风。其所托者然，则风气殊焉。"

王曰："夫风始安生哉？"宋玉对曰："夫风生于地，起于青蘋之末。侵淫溪谷，盛怒于土囊之口。缘泰山之阿，舞于松柏之下。飘忽淜（píng）滂，激飏熛怒。耾耾雷声，回穴错迕。蹶石伐木，梢杀林莽。至其将衰也，被丽披离，冲孔动楗。眴（xuàn）焕粲烂，离散转移。故其清凉雄风，则飘举升降。乘凌高城，入于深宫。邸华叶而振气，徘徊于桂椒之间，翱翔于激水之上，将击芙蓉之精。猎蕙草，离秦衡，概新夷，被荑杨。回穴冲陵，萧条众芳。然后徜徉（chángyáng）中庭，北上玉堂。跻于罗帷，经于洞房。乃得为大王之风也。故其风中人状，直憯（cǎn）凄惏栗，清凉增欷。清清泠泠，愈病析酲（chéng）。发明耳目，宁体便人。此所谓大王之雄风也。"

王曰："善哉论事！夫庶人之风，岂可闻乎？"宋玉对曰："夫庶人之风，塕然起于穷巷之间，堀（kū）堁扬尘。勃郁烦冤，冲孔袭门。动沙堁，吹死灰。骇溷浊，扬腐余。邪薄入瓮牖，至于室庐。故其风中人状，直憞溷郁悒，殴温致湿。中心惨怛（dá），生病造热。中唇为胗（zhēn），得目为蔑。咶齰（zé）嗽获，死生不卒。此所谓庶人之雌风也。"

《红楼梦》三十一回写史湘云和翠缕，主婢两个在一处，从楼子花说起，渐渐讨论到阴阳问题一段，是闲中着色的妙文。"阴阳"这词儿，可以是一个具体概念，翠缕就湘云宫绦上的金麒麟问"这是公的，还是母的"，以阴阳指性别，是为狭义的阴阳。所以当她追问人如何分阴阳时，湘云就沉了脸说她下流。"阴阳"这词儿，还可以是一个抽象范畴，好比一个框，很多东西都可以装进去。湘云说："比如那一个树叶儿，还分阴阳呢：向上朝阳的就是阳，背阴覆下的就是阴了。"翠缕悟道："姑娘是阳，我就是阴。"湘云便憋不住笑。翠缕进而发挥："人家说主子为阳，奴才为阴。"湘云便点头称是："你很懂得。"是为广义的阴阳。

宋玉《风赋》之妙，不止在于它妙于形容，尤其在于它第一个说风有雌雄之别。不过这里的雌雄，也不是狭义上指性别的那个"雌雄"，而是对应于贵贱、贫富的广义的"雌雄"，相当于史湘云主婢二人所讨论的那个"阴阳"。因而，雄风只能隶属大王，乃"大王之雄风"；雌风只能隶属于小民，乃"庶人之雌风"。汉高祖《大风歌》"大风起兮云飞扬"中的狂风，定属雄风；黄仲则《都门秋思》"全家都在风声里"的凉风，则必属雌风无疑了。明代徐渭《与张太史书》云："西兴脚子云：'风在戴老爷家过夏，我家过冬。'"字面上只有一风，暗中却有夏日凉风和冬日寒风的区别，构思措语更妙，饱含民间的机智。而且和《风赋》一样，表面恭维中有很深的托讽：风尚如此势利，何况乎人。

（周啸天）

●汉乐府，汉时乐府官署所采制的诗歌。汉代乐府官署大规模搜集歌辞始自武帝时，采诗的目的一是考察民情，二是丰富乐章，以供宫廷各种典礼以至娱乐之用。汉乐府歌辞多感于哀乐，缘事而发，现存作品多为东汉人所作。宋人郭茂倩所编《乐府诗集》是收罗汉迄五代乐府最为完备的一部诗集。

◇刺巴郡守诗

狗吠何喧喧，有吏来在门。披衣出门应，府记欲得钱。语穷乞请期，吏怒反见尤。旋步顾家中，家中无可为。思往从邻贷，邻人言已匮。钱钱何难得，令我独憔悴。

此诗乃东汉桓帝时巴郡（今重庆市）人民因为苦于重赋，而讥刺太守的诗，原载《华阳国志·巴志》："孝桓帝时，河南李盛仲和为郡守，贪财重赋。国人刺之曰……"

"狗吠何喧喧，有吏来在门"写官吏下乡，鸡飞狗跳，令人心惊胆战。"披衣出门应，府记（官府文书）欲得钱"写官吏出示公文，直截了当，以公家的名义，说是来征税的。可老百姓家哪里还有钱啊？"语穷乞请期，吏怒反见尤"，不能抗税，老百姓只好恳请宽限时日，却立刻招致呵斥，是吏呼一何怒。"旋步顾家中，家中无可为"，明知道家中什么都没有，家中无可为，还是把家中翻了一遍，找了一找——"顾家中"三字，神来之笔，人被逼慌了，就是这个神态。"思往从邻贷，邻人言已匮"，向邻人借么，谁有钱借？谁愿意借？谁敢借？兴许上次借的钱还没有还呢。"钱钱何难得，令我独憔悴"，钱啊钱啊，钱钱啊，上哪儿去找你呢？只有钱是不行的，但没有钱是万万不能的呀，这真是要把人愁坏的呀。

　　这首诗纯乎描写，并没有斥责批判的言语，然刺贪刺酷，高人一等。讽刺的力量在于真实，只要真实地或略带夸张地写出一种负面的事实，人们——尤其是被写的人就会认为这是讽刺，甚至会认为是辛辣的讽刺。

（周啸天）

◇桓帝初天下童谣

　　小麦青青大麦枯，谁当获者妇与姑。丈人何在西击胡。吏买马，君具车，请为诸君鼓咙胡。

　　此诗著录于《后汉书·五行志》，志云："元嘉中，凉州诸羌一时俱反，南入蜀、汉，东抄三辅，延及并、冀，大为民害。命将出众，每战常负。中国益发甲卒，麦多委弃，但有妇女获刈之也。"这首民谣就反映了在东汉王朝为抵御羌族而进行的战争中，农村男丁被征调一空、生产遭受破坏的情景：

　　麦熟时节，骄阳似火，小麦青青，大麦已枯。农谚说收麦如救火，但是男子都打仗去了，田地里只看见不同年纪的妇女在从事收割。"妇"，媳妇。"姑"，古代对丈夫的母亲的称呼，即婆婆。诗中"丈人"（此指公公，汉时亦称丈夫）一作"丈夫"，"丈夫"一词古代泛指成年男子。男子都不在家，到哪儿去了？打仗去了。

"吏买马，君具车"——《后汉书·五行志》谓"言调发重及有秩者也"。"吏""君"皆官吏之属，战争使无数壮丁成了冤魂，兵员严重短缺，于是不但一般百姓，连下级官吏也被征发了。按汉代制度：从军者须自己置办装备，"买马""具车"，此之谓也。"请为诸君鼓咙胡"——《后汉书·五行志》谓"不敢公言，私咽语"。咙胡，即喉咙。"鼓咙胡"乃形容话哽在喉咙里的样子，敢怒不敢言也，表现了当时气氛的压抑。

舆论的钳制，与当时政治的腐败相关。当时羌人的反叛，固然与其豪酋的掠夺欲望有关，也与汉族地方官吏和豪强的压迫有关，汉明帝诏书就承认，"咎由太守、长吏妄加残戮"（《后汉书·西羌传》）。桓帝时皇甫规也说，羌人反叛之由，与内地"盗贼"一样，乃官逼民反。在对付羌族的军事行动中，也是弊端丛生，大量军费"出于平人，回入奸吏"（《后汉书·西羌传》）。"白骨相望于野"（同上）。边将、猾吏为发战争财，巴不得烽火不息，所获钱财，亦事贿赂——"旋车完封，写之权门"（《后汉书·皇甫规传》）。总之，在对羌战争中，王朝的种种丑恶现象充分暴露了出来。"小麦青青"这首童谣，就是讽喻之作。

（周啸天）

●赵壹（生卒年不详），字元叔，汉阳西县（今甘肃天水西南）人。灵帝时为上计吏入京，为司徒袁逢等礼重，名动一时。原有集，已佚。

◇刺世疾邪赋

伊五帝之不同礼，三王亦又不同乐。数极自然变化，非是故相反驳。德政不能救世溷乱，赏罚岂足惩时清浊？春秋时祸败之始，战国逾复增其荼毒。秦汉无以相逾越，乃更加其怨酷。宁计生民之命，为利己而自足。

于兹迄今，情伪万方。佞诌日炽，刚克消亡。舐痔结驷，正色徒行。妪竭名势，抚拍豪强。偃蹇反俗，立致咎殃。捷慑逐物，日富月昌。浑然同惑，孰温孰凉？邪夫显进，直士幽藏。

原斯瘼之所兴，实执政之匪贤。女谒掩其视听兮，近习秉其威权。所好则钻皮出其毛羽，所恶则洗垢求其瘢痕。虽欲竭诚而尽忠，路绝险而靡缘。九重既不可启，又群吠之狺狺。安危亡于旦夕，肆嗜欲于目前。奚异涉海之失柁，积薪而待燃。

荣纳由于闪榆，孰知辨其蚩妍！故法禁屈挠于势族，恩泽不逮于单门。宁饥寒于尧舜之荒岁兮，不饱暖于当今之丰年。乘理虽死而非亡，违义虽生而匪存！

有秦客者，乃为诗曰："河清不可俟，人命不可延。顺风激靡草，富贵者称贤。文籍虽满腹，不如一囊钱。伊优北堂上，抗脏倚门边。"鲁生闻此辞，系而作歌曰："势家多所宜，咳唾自成珠。被褐怀金玉，兰蕙化为刍。贤者虽独悟，所困在群愚。且各守尔分，勿复空驰驱。哀哉复哀哉，此是命矣夫！"

本篇也可以叫作"愤世嫉俗赋"，是一篇具有尖锐针对性和溢洋着战斗性的文字。作者疾恶如仇，愤怒地揭露和鞭挞了东汉末年政治的黑暗，不但指斥了外戚、宦官，而且把政治腐败归咎于帝王的"匪贤"，表现了愤世嫉俗的反抗精神和坚持操守的信念。作为汉代人，敢于对汉代政治作大胆的批评，勇气殊属罕见。

首段清算历史，一针见血地指出，春秋以来的历代统治者都是利己害民，一代甚于一代。表面上是说古代，其实"明修栈道，暗度陈仓"，文字表达，极为挥斥。二段以四言句为主，先总提，继分述，再总述为序，铺排对比，揭露当时奸邪飞黄腾达、志士遭殃深藏的弊端，愤激之情溢于言表。三段以六言句为主，指出造成弊端的根源，乃在统治者昏庸"匪贤"，一味享乐。锋芒显豁，言辞朴直。四段进一步揭露黑暗现实，倾泻对黑暗现实的厌恶与悲愤，表明宁死不向黑暗势力屈服的鲜明态度。

篇末假托秦客、鲁生作诗总结全篇。这两首五言诗，语言犀利，感情充沛，是汉代文人五言诗中不可多得之作，它们概括了"刺世疾邪"的基本精神。其中"文籍虽满腹，不如一囊钱""被褐怀金玉，兰蕙化为刍"，受到梁代诗评家钟嵘的激赏："元叔散愤兰蕙，指斥囊钱，苦言切句，良亦勤矣。"（《诗品（中）》）

（周啸天）

●古诗十九首，东汉文人抒情诗，初见录于南朝梁昭明太子萧统《文选》。诗多反映汉末动乱时世中夫妇两地分居之苦及文人失落心态。语言平易自然，如秀才对朋友说家常话，颇为后世称道。

◇明月皎夜光

明月皎夜光，促织鸣东壁。玉衡指孟冬，众星何历历。白露沾野草，时节忽复易。秋蝉鸣树间，玄鸟逝安适？昔我同门友，高举振六翮。不念携手好，弃我如遗迹。南箕北有斗，牵牛不负轭。良无盘石固，虚名复何益。

这是一首吟咏星空，同时抒发朋友相交不终及世态炎凉的诗。诗人显然受着《诗经·小雅·大东》的影响，那首雅诗本来是针砭时弊的，面对严酷的政治现实，《大东》的作者无以自解，于是转而对着群星闪烁的夜空，指桑骂槐地嘲笑起天上的星座之徒有虚名来："跂彼织女，终日七襄。虽则七襄，不成报章。睆彼牵牛，不以服箱。""维南有箕，不可以簸扬。维北有斗，不可以挹酒浆。"与此诗在写法上属同一机杼。不同的是，本篇从咏星空始，初似写景，而以指星责人结，意归讽刺，诗情发展更见自然，篇法更为严谨。

读此诗的难点在于，诗前四句明说"孟冬"，而后又写及秋季物候，令人读之不得其解。李善注《文选》说，此处的"孟冬"是用汉历，相当于夏历七月；以下复言"秋蝉"，又是用夏历。一诗而用两种历法，前人已斥其非。近人则多认为"孟冬"非指十月，而是代表星空中的亥宫，"玉衡"乃北斗第五星，代指斗柄。"玉衡指孟冬"是从星空的流转说明秋夜已深（金克木、马茂元等）。然而，参看另一首古诗开头为"孟冬寒气至，北风何惨栗。愁多知夜长，仰观众星列"，与此诗所写景极类，两诗"孟冬"当皆指十月无疑。

徐仁甫《古诗别解》所说最为通达。他说，首云"明月皎夜光"四句叙眼前实景也。下云"白露沾野草"四句，追忆过去也。此诗之向不得解，不在"玉衡指孟冬"一句，而在"白露沾野草"以下四句。而此四句之所以难解，又不在每句之字义，而在每句之为互文也。诗言"玉衡指孟冬"，则白露之时节已易矣，"白露沾野草"句意乃于下句见之。又"玉衡指孟冬"，则寒蝉不鸣，而玄鸟已逝矣。下句问昔日之"玄鸟逝安适"，则上句亦系问在昔鸣于树间之秋蝉今逝安适。盖诗句限于字数，非互文不足以达意。此三百篇之通例，亦古诗之通例也。要之，诗首写月夜，继而以"众星何历历"描绘星空。"白露沾野草"四句则以时过境迁之物候，兴起下文同门友之不念旧好，而高举弃我，以见世态炎凉，与人情之反复。

盖人处社会，人际关系网络乃是一种无形资产。而在所有的人际关系中，同学关系相当重要。顾念故人者固有之，而一阔脸变者也不少。杜甫诗云"同学少年多不贱，五陵裘马自轻肥"，那个"自"字就是大有深意的。本篇中"昔我同门友"以下四句即大发感喟，诗中人显然是一介失意之士，在需要同学故人援引的时候，却悲哀地发现彼此地位和关系都发生了变化，隔了一层厚厚的障壁——过去有过"磐石无转移"或"苟富贵，勿相忘"之类的誓言、以朋友相称的人，现在得了"健忘症"，自己是高攀不上了。

如果直说，就质木无文，诗妙在忽蒙上文众星历历，借星座之名不副实来骂人间的虚伪，较之《大东》在篇法上更为圆满紧凑了。

（周啸天）

●阮籍（210—263），字嗣宗，三国陈留尉氏（今属河南）人。阮瑀子，"竹林七贤"之一。初为吏，又为尚书郎，均因病免官。司马懿引为从事中郎，官终步兵校尉。有明辑本《阮步兵集》。

◇咏怀诗八十二首（录三）

湛湛长江水，上有枫树林。皋兰被径路，青骊逝骎骎。远望令人悲，春气感我心。三楚多秀士，朝云进荒淫。朱华振芬芳，高蔡相追寻。一为黄雀哀，涕下谁能禁。

本篇借歌咏楚国的史事，以寄托对时事的讽刺和感伤。主要化用楚辞《招魂》乱辞中的名句，以及关于楚顷襄王的两个典故（《高唐赋》宋玉对楚襄王说神女事，及《战国策·楚策》庄辛说楚襄王事）成篇，是典型的借古讽今。

关于《招魂》的作者和作意，向来众说纷纭，主要有两说：一是屈原招楚怀王的亡灵，一是宋玉招屈原的生魂。招魂本为中国古代的一种礼俗——人新死，魂魄离散，速招回其魂魄以复其本躯，或冀可救。先秦典籍所载悉为死招，而非生招。生招见于唐以后诗（杜甫《彭衙行》"暖汤濯我足，剪纸招我魂"，《梦李白》"魂来枫林青，魂返关塞黑"，苏轼《澄迈驿通潮阁》"余生欲老海南村，帝遣巫阳招我魂"），其俗后起。证以典籍和阮籍此诗，似以屈原招怀王之亡灵之说为宜。《招魂》的本事是：楚怀王受骗入秦，遭扣留而死，顷襄王三年，其灵柩归楚，举国上下震悼，屈原乃仿照楚国民间巫觋招魂的旧俗，杂糅中原周礼，为招怀王亡魂归来作此辞。

《招魂》的乱辞想象楚王于云梦射猎的情景，有"青骊结驷兮齐千乘"之句；最后复写巫阳奉上帝之命招魂的话"皋兰被径兮斯路渐"是说江南的道路已经为水所淹；"湛湛江水兮上有枫"是说幽深的江上有一片枫林——按《山海经·大荒南经》说，枫树是蚩尤抛弃的桎梏所化，作为诗中意象的青枫与白杨一样是与凄凉萧瑟联系在一起的；最后两句是"目极千里兮伤春心，魂兮归来哀江南！"阮籍此诗的前六句"湛湛长江水，上有枫树林。皋兰被径路，青骊逝骎骎。远望令人悲，春气感我心"就化用上述辞句，以写怀王身死，亡魂待招的凄凉情景。

怀王死后，继承楚国王位的是顷襄王，较之其父他更等而下之，对秦完全持妥协投降的态度。宋玉《高唐赋》说，楚襄王尝与之共游云梦之台，望高唐之观，其上有云气变化无穷，襄王问其何气，宋玉答道：昔怀王曾游云梦泽，梦见一美女自称巫山神女，与之欢洽，去而辞曰"妾在巫山之阳，高丘之阻，旦为朝云，暮为行雨，朝朝暮暮，阳台之下"，后即在山下建立高唐观。是夜襄王寝，亦梦与神女遇。阮籍诗中的"三楚多秀士，朝云进荒淫"说的就是此事，秀士指宋玉，"进荒淫"即诲淫。

又《战国策·楚策》载庄辛层层设譬以谏楚襄王勿宠幸小人、荒淫奢侈。其譬之一云，黄雀毫无防患未然的观念，遂坠于挟弹公子之手，所谓昼游乎茂树，夕调乎酸咸；另一云，蔡灵侯好逸游，拥抱幼妾嬖女，与之驰骋乎高蔡（楚地）之中，不以国家为事，而为楚国所虏。然后就直接批评楚襄王的荒淫误国。后来刘向《说苑》中将这个寓言发展为"螳螂捕蝉，黄雀在后"故事，尤为著名。阮籍诗中"朱华振芬芳"四句，是说楚襄王正当春荣时盛之际，不思励精图治，反而像蔡灵侯在高蔡那样游冶，是难免落得黄雀那样悲哀结局的。

这首诗所讽刺的对象，当然不是什么楚襄王，而是现实中像楚襄王一样执迷不悟的魏齐王曹芳。芳为明帝叡之养子，公元239年继位，次年改元正始，公元254年为司马师逼迫退位。太后废帝令曰"皇帝芳春秋已长，不亲万机，耽淫内宠，沉漫女德，日延倡优，纵其丑谑，迎六宫家人留止内房，毁人伦之叙，乱男女之节，恭孝日亏，悖傲滋甚"等，虽曰何患无辞，其言必有根据。唯秀士进荒淫之事实，今已不可得而详，然阮嗣宗之殷忧，必出耳闻目睹。故作此诗，以为曹魏王朝春荣将歇，魏王曹芳迷魂难返的哀歌。

（周啸天）

驾言发魏都，南向望吹台。箫管有遗音，梁王安在哉！战士食糟糠，贤者处蒿莱。歌舞曲未终，秦兵已复来。夹林非吾有，朱宫生尘埃。军败华阳下，身竟为土灰。

这是一首以古讽今的诗篇。诗中梁王即战国时的魏王，因当时魏都大梁而名之。吹台一名繁台，在大梁东南，为魏王所筑。诗一起四句似发怀古之幽情，而归结于当代。吹台能让人联想到铜雀台——曹操死前遗令"于台堂上安六尺床，施繐帐……月旦十五日，自朝至午，辄向帐中作伎乐"，后来文帝曹丕、明帝曹叡都爱好音乐歌舞，明帝尤甚，此非"箫管有遗音"乎？

曹魏制度，兵士之家世代当兵，待遇较低，很受歧视；又实行九品中正制——选举只讲出身，不论才能，出身寒门的贤士多不得重用。"战士食糟糠，贤者处蒿莱"二句，完全是现实政治状况的写照。

"夹林"本是战国时魏王游乐之地，公元前273年秦将白起大破魏军于华阳，前225年魏灭于秦。"歌舞曲未终"到篇末，承上"箫管有遗音"，写魏王荒淫失政而导致丧地亡国，真是迅疾。作者看到当代曹魏统治者将蹈战国时魏王之前车覆辙，这与其说是警告，毋宁说是哀婉了。

唐诗人陈子昂《燕昭王》诗云："南登碣石馆，遥望黄金台。丘陵尽乔木，昭王安在哉？霸图怅已矣，驱马复归来。"即用此诗的韵调，不过写的具体内容不甚相同罢了。

（周啸天）

洪生资制度，被服正有常。尊卑设次序，事物齐纪纲。容饰整颜色，磬折执圭璋。堂上置玄酒，室中盛稻粱。外厉贞素谈，户内灭芬芳。放口从衷出，复说道义方。委曲周旋仪，姿态愁我肠。

这是一首嘲讽礼法之士虚伪的诗。洪生就是鸿儒，此指世俗礼法之士，制度即礼制。诗的前八句写洪生的道貌岸然：其穿戴合于规定，严格遵守等级制度，待人接物也很得体，在祭祀场合容饰整洁，手执圭璋，行礼如仪——以玄酒、稻粱作祭品。总之是无可挑剔。

紧接四句写洪生具有两重人格，在行为上的表里不一，在言谈上的自相矛盾：在外满口仁义道德，私下一肚子男盗女娼；有时随口吐出一点真情，马上又恢复一本正经的说教。最后两句从而议论：看到他们那种委曲周旋，许多假处，实在令我心中作三日恶。

这首诗平铺直叙，放言观感，憎爱分明，在《咏怀诗》中是很特别的，开创了一种讽刺的题材。后来李白《嘲鲁儒》"鲁叟谈五经，白发死章句。问以经济策，茫如坠烟雾"云云，即受此诗的影响。

（周啸天）

●鲁褒（生卒年不详），字元道，西晋南阳（今属河南）人。大约活动于晋惠帝元康年间。

◇钱神论

钱之为体，有乾坤之象。内则其方，外则其圆。其积如山，其流如川。动静有时，行藏有节。市井便易，不患耗折。难折象寿，不匮象道。故能长久，为世神宝。亲爱如兄，字曰孔方。失之则贫弱，得之则富昌。无翼而飞，无足而走。解严毅之颜，开难发之口。钱多者处前，钱少者居后；处前者为君长，在后者为臣仆。君长者丰衍而有余，臣仆者穷竭而不足。《诗》云："哿矣富人，哀此茕独。"

钱之为言泉也，无远不往，无幽不至。京邑衣冠，疲劳讲肆，厌闻清谈，对之睡寐，见我家兄，莫不惊视。钱之所祐，吉无不利。何必读书，然后富贵。昔吕公欣悦于空版，汉祖克之于嬴二，文君解布裳而被锦绣，相如乘高盖而解犊鼻，官尊名显，皆钱所致。空版至虚，而况有实；嬴二虽少，以致亲密。由此论之，谓为神物。

无德而尊，无势而热，排金门而入紫闼。危可使安，死可使活，贵可使贱，生可使杀。是故忿争非钱不胜，幽滞非钱不拔，怨仇非钱不解，令问非钱不发。洛中朱衣，当途之士，爱我家兄，皆无已已，执我之手，抱我始终。不计优劣，不论年纪，宾客辐辏，门常如市。谚曰："钱无耳，可使鬼。"凡今之人，惟钱而已。故曰：军无财，士不来；军无赏，士不往；仕无中人，不如归田；虽有中人而无家兄，不异无翼而欲飞，无足而欲行。

"金子！黄黄的、发光的、宝贵的金子——这东西只这么一点点，就足够颠倒黑白，使丑的变成美的，错的变成对的，卑贱变成尊贵，老人变成少年，懦夫变成勇士，……这黄色的奴才，可以使异教联盟，国家分裂，祝福罪人；麻风病人被当作情郎；有了它，在元老会议上，强盗可以封官获爵，受人们的跪拜、颂扬；有了它，黄皮鸡脸的寡妇能重做新娘——"这是莎士比亚的"钱神论"，是《雅典的泰门》的一段独白，马克思在《资本论》中曾引用这段话来揭露金钱对人性的扭曲。

中国的《钱神论》比莎士比亚早一千多年，而且毫不逊色。晋初成公绥即有题为《钱神论》的短文，较早提出"钱神"之说。鲁褒把成公绥的题目接过来，并吸取其中内容，加以发挥扩展，遂为大观。原作写司空公子和綦母先生邂逅京城，问答之中，公子嘲笑先生固陋，拜见贵人而徒行空手，于是发表了关于"钱神"的议论。原作较长，后面部分文本有所缺失，然其主体即公子发挥的"钱神论"，可以独立成篇。

钱成为交易之通货，缘于商品经济的发展。在旧时代，钱会造成贫富差距，人性异化——它能使人化解忧愁，说出最难启齿的话，能使富人笑，穷人怨。钱自秦统一至清末，皆为方孔圆钱，作者戏将"孔方"作为钱的名字，说时人"亲爱如兄"——于是"孔方兄"遂成为钱的谑称，沿袭至今，传及日本。

　　钱能渗入各社会领域，发生影响，从权门势要到社会名流莫敢轻视——历史上吕公（吕后之父）、刘邦曾为"空版"（刘邦秦时为亭长，不持一钱往贺吕公，名帖上写"贺万钱"，吕公竟欣然将女儿嫁与，事见《史记·高祖本纪》）、"赢二"（刘邦为吏时奉差往咸阳，吏皆送三百钱，萧何独送五百钱，刘邦记着这件事，称帝后多封萧何食邑二千户，事见《史记·萧相国世家》）动容，司马相如、卓文君的命运改变也取决于金钱。旧的社会统治秩序的运行，无不为金钱势力所操纵。金钱势力膨胀的结果，是导致席卷全社会的拜金主义——"有钱能使鬼推磨"，成为全社会的口碑。

　　更有甚者，钱能腐蚀人的思想，败坏世道人心。按晋律，处死刑者，可以重金赎之。无怪当时人爱钱如命。谁说钱不是万能的？没有钱才是万万不能的。有了钱一切事情可以搞定，没有钱一切事情都要免谈。朝内有人好做官，但还得有钱。有了钱，即使朝内无人，也可以通行无阻。此为旧时风气。

　　行文多用对比手法——如"钱在"与"钱去"，"古贤"与"今士"，如此如此，这般这般。语言活泼明快，通俗易懂，幽默风趣，不失精妙——如"无翼而飞，无足而走""解严毅之颜，开难发之口"等，朗朗上口，悉为名句。作者对钱太有感觉，说起来百端交集，如怨如慕，随兴铺陈，肆口议论，旁征博引，纵横捭阖，把辞赋的表现功能拓宽到新的水平。

（周啸天）

●孔稚珪（447—501），字德璋，会稽山阴（治今浙江绍兴市）人。少好学，举秀才。仕南朝宋为尚书殿中郎。入南朝齐官至太子詹事，加散骑常侍。博学能文。明人辑有《孔詹事集》。

◇北山移文

　　钟山之英，草堂之灵，驰烟驿路，勒移山庭。夫以耿介拔俗之标，萧洒出尘之想，度白雪以方洁，干青云而直上，吾方知之矣。若其亭亭物表，皎皎霞外，芥千金而不眄，屣万乘其如脱，闻凤吹于洛浦，值薪歌于延濑，固亦有焉。岂期终始参差，苍黄翻覆。泪翟子之悲，恸朱公之哭。乍回迹以心染，或先贞而后黩。何其谬哉！呜呼！尚生不存，仲氏既往。山阿寂寥，千载谁赏！

　　世有周子，隽俗之士。既文既博，亦玄亦史。然而学遁东鲁，习隐南郭。偶吹草堂，滥巾北岳。诱我松桂，欺我云壑。虽假容于江皋，乃缨情于好爵。其始至也，将欲排巢父，拉许由，傲百氏，蔑王侯，风情张日，霜气横秋。或叹幽人长往，或怨王孙不游。谈空空于释部，覈玄玄于道流。务光何足比，涓子不能俦。及其鸣驺入谷，鹤书赴陇，形驰魄散，志变神动。尔乃眉轩席次，袂耸筵上，焚芰制而裂荷衣，抗尘容而走俗状。风云悽其带愤，石泉咽而下怆。望林峦而有失，顾草木其如丧。

至其纽金章，绾墨绶。跨属城之雄，冠百里之首。张英风于海甸，驰妙誉于浙右。道帙长殡，法筵久埋。敲扑喧嚣犯其虑，牒诉倥偬装其怀。琴歌既断，酒赋无续。常绸缪于结课，每纷纶于折狱。笼张、赵于往图，架卓、鲁于前箓。希踪三辅豪，驰声九州牧。

使我高霞孤映，明月独举，青松落阴，白云谁侣？涧户摧绝无与归，石径荒凉徒延伫。至于还飙入幕，写雾出楹，蕙帐空兮夜鹄怨，山人去兮晓猿惊。昔闻投簪逸海岸，今见解兰缚尘缨。于是南岳献嘲，北陇腾笑。列壑争讥，攒峰竦诮。慨游子之我欺，悲无人以赴吊。故其林惭无尽，涧愧不歇。秋桂遣风，春萝罢月。骋西山之逸议，驰东皋之素谒。

今又促装下邑，浪栧上京，虽情投于魏阙，或假步于山扃。岂可使芳杜厚颜，薜荔无耻，碧岭再辱，丹崖重滓。尘游躅于蕙路，污渌池以洗耳。宜扃岫幌，掩云关，敛轻雾，藏鸣湍，截来辕于谷口，杜妄辔于郊端。于是丛条瞋胆，叠颖怒魄，或飞柯以折轮，乍低枝而扫迹。请回俗士驾，为君谢逋客。

本篇是假借钟山（北山）山神的口气和移文（古代文告）的形式，所作的一篇游戏文字。《文选》五臣注，谓名士周颙初隐钟山，"后应诏出为海盐县令，欲却过此山"，即是本文讽刺的对象。然相关事实与《南齐书·周颙传》所载不符，而周颙在钟山所立隐舍，乃其任职朝廷时公余休憩之所。其实，既是游戏文字，也就不必过于求实。

首段对比真假隐士。据说真的隐士有耿直脱俗的外表，潇洒出世

的思想，纯洁可比白雪，高尚超出青云，如巢父、许由、务光、涓子之类。然而表面上志趣高远，鄙视富贵，与仙人樵夫往来的人也有，只不过他们有始无终，行为反复不定，令贤者痛心，山神感喟。

以下写周子先隐后仕的经过。先称其隽俗博学，再作"但"书，以"偶""滥""诱""欺"等字，揭露其学遁习隐的虚伪，"虽假容于江皋，乃缨情于好爵"。当其初来钟山，简直要盖过巢父、许由、务光、涓子等人。然而，皇帝征诏一到，立刻露出马脚，"形驰魄散"数句状其受宠若惊，却使得风云、石泉、林峦、草木为之失色。

接着写周子爱做官，会做官，而且一出山就做大官，简直天生是个做官的材料。一旦做了官，过去的一切如道帙、法筵、琴歌、酒赋，都抛到九霄云外去了。这使得山中云霞、明月、青松、白云、涧户、石径、蕙帐、夜鹤、晓猿受到冷落，蒙受了欺骗。又使得钟山蒙羞，遭到其他名山的嘲笑。

最后落到移文事由上来，原来周子正打算从县城上京师，要从钟山经过。于是山神郑重宣布周生为不受欢迎的客人，表示一定挡驾，请其绕道而行。

其实在中国古代士大夫眼中，仕与隐从不矛盾，有先仕后隐（如张良），有先隐后仕（如诸葛亮），有为仕而隐（如李白），所谓"达则兼济天下，穷则独善其身"，只是不必作秀。先秦、唐宋古文，多载道之文，独六朝文学中有较多游戏的成分，这也是文学自觉的一种表现，作家们已更多地注意到文学的娱乐功能。

本篇以严肃的文体作戏谑，谑而不虐，亦谐亦庄，颇具创意。它藻绘较多，对偶工整，音韵和谐，善用典故，在六朝骈赋中堪称佳构。

（周啸天）

●王梵志（生卒年不详），唐卫州黎阳（今河南浚县东）人。生活时代大致在唐初数十年间。其诗在唐时流传甚广，集后世失传，清末在敦煌遗书中唐五代写本中发现王梵志诗歌抄本约30种。

◇诗五首

我有一方便，价值百匹练。
相打长伏弱，至死不入县。

本篇以第一人称语气写来，类乎戏曲"道白"。自夸有一处世的好法子，那就是与世无争、息事宁人。这种旧时代人的"共相"，在诗人笔下得到个性化的表现。"与世无争"的概念并未直接说出，而通过诗中人活生生的语言"相打长伏弱，至死不入县"来表现。被人欺负到极点，却死也不肯上县衙门申诉，宁愿吃亏，这是进一步写"相打长伏弱"，连"忍无可忍"的意气也没有。这是一个封建时代弱者的形象，颇具生活气息（"相打"、"伏弱"、打官司，都来自生活）。而"价值百匹练"的夸口适足见出人物身份（以"百匹练"为贵，自然不是富人意识），表现出人物处境虽卑微而不自知其可悲。通过人物的语言，诗人画出了一个甘居弱小、不与人争的小人物形象。

（周啸天）

　　他人骑大马，我独跨驴子。

　　回顾担柴汉，心下较些子。

　　本篇也用第一人称，但展现的却是一幅有趣的"三人行"的戏剧性场面。"骑大马"者与"担柴汉"，是贫富悬殊的两极。而作为这两极间的骑驴者，他的心情是多么矛盾：他比上不足，颇有些不满（这从"独"字的语气上可以会出），但当他看到担柴汉时，便又立刻心安理得起来。"较些子"乃唐人口语，意即"较好些"。诗人这里运用的手法是先平列出三个形象，末句一点即收，饶有情趣。章法也很独到。

　　以上两诗的共同点是真实地或略带夸张地写出了世人行为和心理上的某种通病，令人忍俊不禁，于笑中又有所反省。值得特别指出的是两首诗均可作两种理解。既可看作是正经的、劝喻的，又可读为揶揄的、讽刺的。但作正面理会则浅，作反面理会则妙不可言。如"我有一方便"一首，作劝人忍让看便浅，作弱者的处世哲学之解剖看，则鞭辟入里。"他人骑大马"一首，作劝人知足看便浅，作中庸者的漫画像看，则惟妙惟肖。

　　平心而论，王梵志这两首诗未必没有劝世的意思，说不定诗人对笔下人物还很欣赏同情。但是，诗人没有作概念化的枯燥说教，而采用了"象教"——即将抽象的道理予以形象地呈现。而他所取的又并非凭空结想的概念化形象，而是直接从平素对生活的敏锐观察和积累中撷取来的。它本身不惟真实，而且典型。当诗人只满足于把形象表现出来而不加评论，这些形象对于诗人的思想也就具有了某种相对独立性和灵活性。读者从全新的、更高的角度来观察它们时，就会发现许多包含在形象中，然而不一定为作者所意识到的深刻的意蕴。王梵志这种性格解剖式的笔调犀利的幽默小品，比一语破的、锋芒毕露的讽刺之作更耐读，艺术上更高一筹。

（周啸天）

城外土馒头，馅草在城里。
一人吃一个，莫嫌没滋味。

这首诗既可以解释为否定长生的观念，对世相加以揶揄，又可以解释为"黑色幽默"，即面对死亡不可避免的事实，诗人无可奈何地自我解嘲。

"土"与"馒头"本来没有关联，除非小娃娃办"姑姑筵"。诗中用"土馒头"借代坟茔，既冷峻又尖新，想想叫人发笑。由这个比喻很自然地引出第二个比喻。人死入土，当然成了馒头的"馅草"（肉馅儿）。"城里""城外"对举，分别暗示生死的场所，在都城诗中本属习见。如沈佺期的《邙山》"城中日夕歌钟起，山上唯闻松柏声"两句，就有如此联系。不过，像王梵志这样把生死交替比作厨师做白案，却是别出心裁而令人发噱的。他似乎有意化沉重为轻松，但终不免沉重，实在是一种"绞架下的幽默"。

人的生命只有一次，死亦如之。"一人吃一个"，要多也不行。三句之妙在于紧跟前两句的譬喻，再出戏言，一点也不牵强生硬。同时，人固有一死，想躲也不成——"莫嫌没滋味。"将贪生惧死的心理比作厌食或挑嘴，这又是幽默。死亡，是沉重而悲痛的事，诗中居然把它比作公平地分发早点，就像童谣所唱的那样："排排坐，吃果果；你一个，我一个。"诗人似乎有意要化悲痛沉重为愉快轻松，这幽默底下，该有多少的悲观厌世情绪！与之对应的色相自应是"黑色"。

宋代大诗人黄庭坚似乎没有体会到个中深味，鲁莽地批评："已且为土馒头，尚谁食之？今改'预先着酒浇，使教有滋味'。"这一改不要紧，原诗诗味大失，幽默变成贫嘴，直是点金成铁了。

（周啸天）

世无百年人，强作千年调。
打铁作门限，鬼见拍手笑。

这首诗没有幽默，相对前首的冷嘲，这里是热讽。首二句化用汉乐府《西门行》古辞："人生不满百，常怀千岁忧。"（古诗多作"生年不满百"）"世无百年人"本是共知的事实，偏偏临到自己头上，人们不肯正视。接受他人死亡的事实容易，接受自身消灭的观念则难。所以世人多见欲壑难填，拼命占有，"多置田庄广修宅，四邻买尽犹嫌窄"，占有了就想永保。这就是所谓"强作千年调"。其至愚者乃至忘记了"昼短苦夜长，何不秉烛游"的古训，变成看钱奴，吝啬鬼，一何可悲。据传，王羲之的后人，陈僧智永善书，名重一时，求书者多至踏穿门槛，于是不得不裹以铁叶，取其经久耐磨。诗中就用"打铁作门限"这一故实，具体描绘凡人是怎样追求器用的坚牢，做好长远打算的。在诗人看来这无非是做无用功，故可使"鬼见拍手笑"。说见笑于鬼，是因为鬼是过来的"人"，应该看得最为透彻，所以才会忍俊不禁。鬼笑至于"拍手"，是王梵志诗语言生动诙谐的表现。

宋代范成大曾把这两首诗的诗意铸为一联："纵有千年铁门限，终须一个土馒头。"（《重九日行营寿藏之地》）十分精警，《红楼梦》中将"铁门限"改为"铁门槛"，而"铁槛寺""馒头庵"的来历也在于此。

（周啸天）

> 梵志翻着袜，人皆道是错。
>
> 乍可刺你眼，不可隐我脚。

此诗发端于日常生活琐事之微，而归结到生活真谛，具有禅偈式的机趣。

织物（纺织或针织）有正反面的区分。没有线头，较为光洁的一面是"面子"，做成衣物时须用在表面，取其美观悦目；而结有线头，较为粗糙的一面是"里子"，做成衣物时须放在内里，以藏其拙。人们在黑暗中着衣，或动作太急时，往往有将里、面颠倒"翻着"的现象。"梵志翻着袜"，也许本来就是这种偶然的错误。当然，也不排除虚构；或真有布袜"隐（刺痛）"脚的情况（只不过这种情况并不常见）。翻穿的袜子露在外面，是难看的。熟人或热心的人，不免要加以暗示或提醒。"人皆道是错"，正是出自这样的关心。

诗的要旨在最后的两句答语上。如果说"翻着袜"并非出于无意，则这个答语是成竹在胸的；如果说"翻着袜"真是偶然性差错，这个答语便是将错就错——"乍可（宁可）刺你眼，不可隐我脚"，无论在哪种情况下，这对答都可谓绝妙。不过听话听音，读者切不可胶着字面，将这话局限在日常穿着方面，或认为作者提倡损人利己，从而强派他的不是。这都大失作者本心。要看到，这首诗不过是借穿袜这样微不足道的小事，声东击西，以小喻大，对一种普遍的世相即"慕虚荣而处实祸"予以当头棒喝。"寿陵失本步，笑杀邯郸人"（李白）的故事，"打肿脸充胖子"的俗话，都告诉我们，世上确有很多为了绷面子，而不惜穿着隐脚的袜子走路的蠢人。确有必要劝劝他们：还是把袜子翻转穿吧！

　　黄庭坚说："王梵志诗云'梵志翻着袜，人皆道是错。乍可刺你眼，不可隐我脚'。一切众生颠倒，类皆如此。乃知梵志是大修行人也。昔茅容季伟，田家子尔，杀鸡饭其母，而以草具饭郭林宗。林宗起拜之，因劝使就学，遂为四海名士。此翻着袜法也。今人以珍馐奉客，以草具奉其亲，涉世合义则与己，不合义则称亲，万世同流，皆季伟罪人也。"（《苕溪渔隐丛话前集》卷五六）这样读诗，可谓解人。

（周啸天）

●卢照邻（约637—约686），字昇之，号幽忧子，唐幽州范阳（今河北涿州）人。"初唐四杰"之一。曾任邓王府典签、新都尉。后为风痹症所困，自投颍水而卒。有《幽忧子集》。

◇长安古意

长安大道连狭斜，青牛白马七香车。玉辇纵横过主第，金鞭络绎向侯家。龙衔宝盖承朝日，凤吐流苏带晚霞。百丈游丝争绕树，一群娇鸟共啼花。啼花戏蝶千门侧，碧树银台万种色。复道交窗作合欢，双阙连甍垂凤翼。梁家画阁中天起，汉帝金茎云外直。楼前相望不相知，陌上相逢讵相识。借问吹箫向紫烟，曾经学舞度芳年。得成比目何辞死，愿作鸳鸯不羡仙。比目鸳鸯真可羡，双去双来君不见。生憎帐额绣孤鸾，好取门帘帖双燕。双燕双飞绕画梁，罗帏翠被郁金香。片片行云著蝉鬓，纤纤初月上鸦黄。鸦黄粉白车中出，含娇含态情非一。妖童宝马铁连钱，娼妇盘龙金屈膝。御史府中乌夜啼，廷尉门前雀欲栖。隐隐朱城临玉道，遥遥翠憿没金堤。挟弹飞鹰杜陵北，探丸借客渭桥西。俱邀侠客芙蓉剑，共宿娼家桃李蹊。娼家日暮紫罗裙，清歌一啭口氛氲。北堂夜夜人如月，南陌朝朝骑似云。南陌北堂连北里，五剧三条控三市。弱柳青槐拂地垂，佳气红尘暗天起。汉代金吾千骑来，翡翠屠苏鹦鹉杯。罗襦宝带为君解，燕歌赵舞为君开。别有豪华称将相，转日回天不相让。意气由来排灌夫，专权判不容萧相。专权意气本豪雄，青虬紫燕坐春风。自言歌舞长千载，自谓骄奢凌五公。节物风光不相待，桑田碧海须臾改。昔时金阶白玉堂，即今唯见青松在。寂寂寥寥扬子居，年年岁岁一床书。独有南山桂花发，飞来飞去袭人裾。

汉魏六朝以来就有不少以长安洛阳一类名都为背景，描写上层社会骄奢豪贵生活的诗篇，有的通过对比寓讽，如左思《咏史》（"济济京城内"一首）。卢照邻此诗即用传统题材以写当时长安现实生活中的形形色色，托"古意"实抒今情。全诗可分四部分。

第一部分（从"长安大道连狭斜"到"娼妇盘龙金屈膝"）铺陈长安豪门贵族争竞豪奢、追逐享乐的生活。开篇极有气势地展开大长安的平面图，四通八达的大道与密如蛛网的小巷交织着。春天，无数的香车宝马，川流不息。这样简劲地总提纲领，以后则洒开笔墨，恣肆汪洋地加以描写：玉辇纵横、金鞭络绎、龙衔宝盖、凤吐流苏……真如文漪落霞，舒卷绚烂。这些执"金鞭"、乘"玉辇"，车饰华贵，出入于公主第宅、王侯之家的，当然不是等闲人物。"纵横"可见其人数之多，"络绎"不绝，那追欢逐乐的生活节奏是旋风般疾速的。这种景象从"朝日"初升到"晚霞"将合，二六时中无时或已。

在长安，不但人是忙碌的，连景物也繁富而热闹："游丝"是"百丈"，"娇鸟"则成群，"争"字"共"字，俱显闹市之闹意。写景俱有陪衬之功用。以下写长安的建筑，由"花"带出蜂蝶，又由蜂蝶游踪带出常人无由见到的宫禁景物，笔致灵活。作者并不对宫室结构全面铺写，只展现出几个特写镜头：宫门，五颜六色的楼台，雕刻精工的象征性爱的合欢花图案的窗棂，饰有金凤的双阙的宝顶……使人通过这些接连闪过的金碧辉煌的局部，概见壮丽的宫殿的全景。写到豪门第宅，笔调更为简括："梁家（借穷极土木的汉代梁冀指长安贵族）画阁中天起"，其势巍峨可比汉宫铜柱。这文采飞动的笔墨，纷至沓来的景象，几令人目不暇接而心花怒放。于是，在通衢大道与小街曲巷的平面上，矗立起画栋飞檐的华美建筑，成为立体的大"舞台"，这是上层社会的极乐世界，构成全诗的背景，下一部分的各色人物便是在这背景上活动的。

长安是一片人海，人之众多竟至于"楼前相望不相知，陌上相逢讵相识"。这里"豪贵骄奢，狭邪艳冶，无所不有"，写来够瞧的。作者对豪贵的生活也没有全面铺写，却用大段文字写豪门的歌儿舞女，通过他们的情感、生活以概见豪门生活之一斑。

第二部分（从"御史府中乌夜啼"到"燕歌赵舞为君开"）主要以市井娼家为中心，写形形色色人物的夜生活。《汉书·薛宣朱博传》说长安御史府中柏树上有乌鸦栖息，数以千计，《史记·汲郑列传》说翟公为廷尉罢官后，门可罗雀，这部分开始二句即活用典故。"乌夜啼"与"隐隐朱城临玉道，遥遥翠幰没金堤"写出黄昏景象，表示时间到了暮夜。"雀欲栖"则暗示御史、廷尉一类执法官门庭冷落，没有权力。夜长安遂成为"冒险家"的乐园，这里有挟弹飞鹰的浪荡公子，有暗算公吏的不法少年（汉代长安少年有谋杀官吏为人报仇的组织，行动前设赤白黑三种弹丸，摸取以分派任务，故称"探丸借客"），有仗剑行游的侠客……这些白天各在一方的人臭味相投，似乎邀约好一样，夜来都在娼家聚会了。用"桃李蹊"指娼家，不特因桃李可喻艳色，而且因"桃李不言，下自成蹊"的成语，暗示那也是人来人往，别有一种闹热的去处。追星族在这里迷恋歌舞，陶醉于氤氲的口香，拜倒在明星的紫罗裙下。娼门内"北堂夜夜人如月"，似乎青春可以永葆；娼门外"南陌朝朝骑似云"，似乎门庭不会冷落。这里点出从"夜"到"朝"，与前一部分"龙衔"二句点出从"朝"到"晚"，时间上彼此连续，可见长安人的享乐是夜以继日，周而复始的。

长安街道纵横，市面繁荣（"五剧""三条""三市"指各种街道），而娼家特多（"南陌北堂连北里"），几成"社交中心"。除了上述几种逍遥人物，还有大批禁军军官（"金吾"）玩忽职守来此饮酒取乐。娼家的生意原有赖他们的维持。这里是各种"货色"的大展览。《史记·滑稽列传》写道"日暮酒阑，合尊促坐，男女同席，履舄交错。杯盘狼藉，堂上烛灭"，"罗襦襟解，微闻芗泽"，这里"罗襦宝带为君解"，即用其一二字面暗示同样场面。古时燕赵二国歌舞发达且多佳人，故又以"燕歌赵舞"极写其声色娱乐。这部分里，长安各色人物摇镜头式地一幕幕出现，"通过'五剧三条'的'弱柳青槐'来'共宿娼家桃李蹊'。诚然，这不是一场美丽的热闹。但这癫狂中有战栗，堕落中有灵性"（闻一多），绝非贫血而萎靡的宫体诗所可比拟。

第三部分（从"别有豪华称将相"至"即今唯见青松在"）写长安上层社会除追逐难于满足的情欲而外，别有一种权力欲，驱使着文武权臣互相倾轧。这些被称为将相的豪华人物，权倾天子（"转日回天"），拉帮结派，互不相让。灌夫是汉武帝时的将军，因与窦婴相结，使酒骂座，为丞相武安侯族诛（《史记·魏其武安侯列传》）；萧何，为汉高祖时丞相，高祖封功臣以其居第一，武臣皆不悦（《史记·萧相国世家》）。"意气"二句用此二典泛指文臣与武将之间的互相排斥、倾轧。其得意者骄横一时，而自谓富贵千载。这节的"青虬（指骏马）紫燕（骏马名）坐春风""自言歌舞长千载"二句又与前两部分中关于车马、歌舞的描写呼应。所以虽写别一内容，而彼此关联钩锁，并不游离。"自言"而又"自谓"，则讽意自足。

以下趁势转折，如天骥下坡："节物风光不相待，桑田碧海须臾改。昔时金阶白玉堂，即今惟见青松（指墓田）在。"这四句不惟就"豪华将相"而言，实一举扫空前两部分提到的各类角色，恰如沈德潜所说："长安大道，豪贵骄奢，狭邪艳冶，无所不有。自嬖宠而侠客，而金吾，而权臣，皆向娼家游宿，自谓可永保富贵矣。然转瞬沧桑，徒存墟墓。"（《唐诗别裁》）四句不但内容上与前面的长篇铺叙形成对比，形式上也尽洗藻绘，语言转为素朴了。因而词采亦有浓淡对比，更突出了那扫空一切的悲剧效果。闻一多指出这种新的演变说，这里似有"劝百讽一"之嫌，而"宫体诗中讲讽刺，多么生疏的一个消息！"

第四部分即末四句，在上文今昔纵向对比的基础上，再作横向的对比，以穷愁著书的扬雄自况，与长安豪华人物对照作结，这里显见左思《咏史》"济济京城内"一诗影响。但左诗八句写豪华者，八句写扬雄。而此诗以六十四句篇幅写豪华者，其内容之丰富，画面之宏伟，细节之生动都远非左诗可比；末了以四句写扬雄，对比分量不称，而效果更为显著。前面是长安市上，轰轰烈烈；而这里是终南山内，"寂寂寥寥"。前面是任情纵欲倚仗权势，这里是清心寡欲、不慕荣利（"年年岁岁一床书"）。而前者声名俱灭，后者却以文名流芳百世（"独有南山桂花发，飞来飞去袭人裙"）。虽以四句对六十四句，自有"秤锤虽小压千斤"之感。这个结尾不但在迥然不同的生活情趣中寄寓着对骄奢庸俗生活的批判，而且带有不遇于时者的愤慨寂寥之感和自我宽解的意味。是此诗归趣所在。

七古中现这样洋洋洒洒的巨制，为初唐前所未见。它主要采用赋法，但并非平均使力、铺陈始终；而是有重点、有细节的描写，回环照应，详略得宜；而结尾又颇具兴义，耐人含咏。它一般以四句一换景或一转意，诗韵更迭转换，形成生龙活虎般腾踔的节奏。同时，在转意换景处多用连珠格，或前分后总的复沓层递句式，使意换辞联，形成一气到底而又缠绵往复的旋律。这样，就由陈隋"音响时乖，节奏未谐"，"一变而精华浏亮；抑扬起伏，悉谐宫商；开合转换，咸中肯綮"（《诗薮》内编卷三）；所以，胡应麟极口赞叹"七言长体，极于此矣"（同上）。虽然此诗在词彩的华艳富赡上犹有六朝余习，但大体上服从内容需要；前几部分铺陈故多丽句，结尾纵横对比则转为清词，所以不伤于浮艳。在宫体余风尚炽的初唐诗坛，卢照邻"放开粗豪而圆润的嗓子"，唱出如此歌声，压倒那"四面细弱的虫吟"，在七古发展史上确是可喜的新声，足以被誉为"不废江河万古流"。

（周啸天）

●高适（约700—765），字达夫，渤海蓨（今河北景县）人。少时客居梁宋，玄宗天宝八载（749）有道科及第，曾为封丘县尉，不久辞官。客游河西，入哥舒翰幕。安史之乱中拜左拾遗，累为节度使。晚年出将入相，曾任左散骑常侍，进封渤海县侯，卒赠礼部尚书。有《高常侍集》。

◇封丘作

我本渔樵孟诸野，一生自是悠悠者。乍可狂歌草泽中，宁堪作吏风尘下！只言小邑无所为，公门百事皆有期。拜迎官长心欲碎，鞭挞黎庶令人悲。归来向家问妻子，举家尽笑今如此。生事应须南亩田，世情付与东流水。梦想旧山安在哉？为衔君命且迟回。乃知梅福徒为尔，转忆陶潜归去来。

这是一首倦宦思归之作。天宝八载诗人初任封丘尉（南宋晁公武《郡斋读书志》），县尉是在县令之下，主管治安稽查、捕捉盗贼的副职。诗一题"封丘县"。

诗四句一解，全用赋法，皆胸臆语，直抒愤懑。一起好像京剧唱词"我本是卧龙岗散淡的人"（京剧《空城计》），然而这话所包含的事实和心情也复杂：高适和诸葛亮一样种过田，但出处心情并不一样，他并非"苟全性命于乱世，不求闻达于诸侯"（诸葛亮《出师表》）的人，而是用世之心十分迫切，只是走投无路——本是被迫"渔樵孟诸（古大泽，遗址在今河南商丘）野"，哪能"一生自是悠悠者"！下两句的"乍可""宁堪"二词泄露天机，是可以体会到他"渔樵孟诸""狂歌草泽"之不得已——两句之意即：像这样子风尘作吏，还不如先前的种田呢。他不愿风尘作吏，然而却又接受下来，可见他也不愿久处草泽，加之又心存侥幸（"只言小邑无所为"，可以坐食其禄），心情是复杂的。"乍可""宁堪"云云，只是牢骚满腹的话。

高适到底不是个平庸的人，接下去就写了作吏的三不堪："公门百事皆有期"，一不堪也；"拜迎官长心欲碎"，二不堪也；"鞭挞黎庶令人悲"，三不堪也。吏，实际上是统治阶级官僚机器中实施统治的工具，没有个人意志可言，所谓"百事皆有期"，你就必须照章办事，如期完事，包括奉迎官长和诛求百姓。正是在这个意义上，有良心的人要么当大官，为民做主，要么不当官，保个一身清白；吏这个差使，哪里是善良人干得的？"拜迎官长"二句，反映了封建统治之基层——县衙的黑暗、污浊、冷酷和残忍，超出个人牢骚，把揭露讽刺的矛头指向更为广阔的领域，从而成为此诗的名句和灵魂。也可以说，所有的选家，都是冲这两句而选录这首诗的。

"归来向家问妻子"四句，写诗人聚室而谋，就上述问题展开家庭讨论，举家看法一致，"举家尽笑今如此"的"笑"，不是嬉笑，不是冷笑，而是哭笑不得的笑；"今如此"三字，有意无意用了《孟子》"良人者，所仰望而终身也，今若此"意，诗人耻之，乃至淡了做官的心（"世情付与东流水"），而家人亦耻之，但大家又拿不出一个好主意，因为有一个现实问题明摆在眼前："生事应须南亩田"呀！

诗人还有一首七绝《初至封丘作》："可怜薄暮宦游子，独卧虚

斋思无已。去家百里不得归，到官数日秋风起。"今人刘开扬注末句
"孟秋之月凉风至，即秋风起也"，最多只解对一半，其实这里主要用
《世说新语·识鉴》"张季鹰辟齐王东曹掾，在洛见秋风起，因思吴
中……遂命驾便归"，言到官数日即思归也。所以此诗末二句说自己
从来没有像今天这样深切理解同情于梅福（西汉末年南昌尉）、陶潜
及张翰这些古人放着官儿不做，偏要归去来兮的人。不过应该指出，
高适并没有走，他毕竟不是陶潜，不是张翰，他是个干实事的人，所
以在封丘县尉任上干了三年左右，《使青夷军入居庸》等诗记录了他
干的一些实事。因此，千万不要忽略"梦想旧山安在哉？为衔君命且
迟回"这两句话所含的实质性内容，那不是一般的贪恋吏禄，而是一
种从政的"宿命"使他还想干一干，站一站，再看一看——这里正表现
出高适的特点。

（周啸天）

●李白（701—762），字太白，号青莲居士，自称祖籍陇西成纪（今甘肃静宁西南）。玄宗开元十三年（725）出蜀漫游，先后隐居安陆（今属湖北）与徂徕山（今属山东）。天宝元年（742）奉诏入京，供奉翰林，后赐金还山。安史乱中因从永王李璘获罪，陷身囹圄，一度流放。有《李太白集》。

◇嘲鲁儒

鲁叟谈五经，白发死章句。问以经济策，茫如坠烟雾。足著远游履，首戴方山巾。缓步从直道，未行先起尘。秦家丞相府，不重褒衣人。君非叔孙通，与我本殊伦。时事且未达，归耕汶水滨。

自汉代以来，儒学有齐学与鲁学之分。大体而言，鲁学好古而齐学趋时，鲁学重章句而齐学重实用。高祖时儒生叔孙通，乃齐儒，他在天下初定之际为树立朝廷权威，领命去鲁地征召儒生共起朝仪，当时有两个儒生拘于古制而拒召，叔孙通笑道："若真鄙儒也，不知时变。"（《史记·刘敬叔孙通列传》）此诗嘲讽的"鲁儒"，正是叔孙通所说的"不知时变"的"鄙儒"。

"鲁叟谈五经"四句，谓鲁儒言必称"五经"，以毕生的精力将

《诗》《书》《礼》《易》《春秋》这几部儒经的章句背得滚瓜烂熟，学问很大。但是如果向他们请教一下经国济世的方略，他们就会如坠五里雾中，茫然不知所对。

"足著远游履"四句，以漫画笔法，描摹了鲁儒迂腐可笑的举止：他们脚下穿着纹饰考究的远游履，头上戴着平整端重的方山巾，不慌不忙，很有风度地上了大路，宽大的襟袖拖在地上，步子还未迈动，先扬起了一片尘土。可见在鲁儒看来，最要紧的是礼仪制度，从衣着到举步是丝毫马虎不得的。外表的矜持与其内里的无能构成冲突，鲁儒的形象是喜剧性的。

"秦家丞相府"六句是评论，当年秦始皇曾采纳丞相李斯的建议，下令没收儒家的《诗》《书》等，敢违抗者施以黥刑，并被罚去筑城。后来，百代皆行秦政事，即使到了今天，如鲁儒者依然得不到朝廷的器重。诗人表明，他是赞同叔孙通的与时俱进，也就是排斥鲁儒的食古不化的。结尾用冷峻的语气说，既然老先生们对时务一窍不通，那就请回到老家的汶水边种田去吧。此诗通过对鲁儒的冷嘲，表现了作者思想观念的趋新。

（周啸天）

◇古风五十九首（录一）

丑女来效颦，还家惊四邻；寿陵失本步，笑杀邯郸人。一曲斐然子，雕虫丧天真。棘刺造沐猴，三年费精神。功成无所用，楚楚且华身。大雅思文王，颂声久崩沦。安得郢中质，一挥成斧斤。

　　此诗是李白继陈子昂之后，决意高举诗歌革新大旗，横扫六朝颓波的昭示。在这首诗中，李白对那些一味模仿前人不求变化的诗人作了辛辣的讽刺和尖锐的批评。"东施效颦"和"邯郸学步"的典故出自《庄子》，流传颇广；李白顺手借来，以形象的比喻化作武器，比直接说理更具有讽刺性和说服力。模仿古人，是必要的，也是必然的；然而一味模仿前人，步齐梁之后尘有如"东施效颦"和"邯郸学步"，愈学愈丑。创新是诗歌的灵魂，创新也是一切事物包括文艺作品的生命。没有创新，文学不能发展；没有创新，世界不能前进。然而，创新必须在继承传统的基础上，离开了传统，创新便成了无源之水，无本之木。创新在李白诗中表现得十分突出。从内容上看，他不仅继承了《诗经》中"风""雅"之现实主义传统，而且也吸收了《离骚》及汉、魏、六朝诗歌的长处，一扫前人绮靡浮艳的流弊，开创了壮浪纵恣、言多讽兴的一代新风。对古题乐府的点化夺换，创制了一批无复依傍的即事名篇。从体裁上看，李白勇于创造新词体。如《忆秦娥》《菩萨蛮》等。唐朝的格律诗经历了从发展到成熟的整个过程。人们普遍运用律、绝形式作诗。李白是绝句圣手（他的绝句和当时有"诗家夫子"之称的王昌龄齐名），而最擅长者莫过于"歌行体"。他的诗，语言变化极为丰富，三言、四言、五言、六言、七言、八言、九言、十言、十一言、十二言、十五言相杂的诗都有。这些诗，或抒情写意，或写景叙事，长短错落，缓急有致，如行云流水，生动地表现了李白豪迈不羁、飘逸自然的个性。李白坚持形式为内容服务、主张"清水出芙蓉，天然去雕饰"的创作原则。他的全部诗几乎都可以体现这一创作主张。"一曲斐然子，雕虫丧天真。"追求美是诗歌得以承传的重要一环，然而形式美、语言

美，必须为内容服务。过多地雕饰，就像"棘刺造沐猴"，虽装扮得
"楚楚华身"，却浪费了许多精神，最终是"功成无所用"——于人无
益，于世无补，失去了文学作品应有的品质和责任。

（丁稚鸿）

●无名氏，唐玄宗时人。

◇神鸡童谣

生儿不用识文字，斗鸡走马胜读书。
贾家小儿年十三，富贵荣华代不如。
能令金距期胜负，白罗绣衫随软舆。
父死长安千里外，差夫治道挽丧车。

《神鸡童谣》是唐玄宗时代的民谣。"神鸡童"是唐玄宗时代一位驯鸡少年贾昌的雅号。其人的身世经历详见唐人陈鸿（一说陈鸿祖）《东城老父传》，贾昌以"斗鸡小儿"入宫，受到玄宗的宠遇；安史乱中，隐居终南，拒绝做伪官；长安收复后，他出家为僧，成为一位有思想、有见识的"东城老父"。所以对这个开元天宝间的奇人，不能简单地肯定或否定。

"生儿不用识文字"四句，是概括性夸耀贾昌之隆遇。贾昌不是凭空产生的，而是社会风气的产物。只为唐玄宗李隆基生于乙酉鸡辰，特别爱鸡，未即位时，"乐民间清明节斗鸡戏。及即位，治鸡坊于两宫间。索长安雄鸡，金毫铁距高冠昂尾千数，养于鸡坊，选六军小儿五百人，使驯扰教饲。上之好之，民风尤甚"（《东城老父传》，以下称

《传》)。而贾昌是个驯鸡的天才，"三尺童子入鸡群，如狎群小，壮者，弱者，勇者，怯者，水谷之时，疾病之候，悉能知之。举二鸡，鸡畏而驯，使令如人"（《传》)。于是大受玄宗赏识，封为五百小儿长，金帛之赐，日至其家。"贾家小儿年十三，富贵荣华代不如"是直陈事实，并无贬义。相形之下，"学而优则仕"的道路，显得漫长，不如"斗鸡走马"之为捷径。这里的"走马"二字是装点字面，重点说"斗鸡"，口气甚是艳羡。"生儿不用识文字"，则是赤裸裸宣扬"读书无用"。不管诗人出于什么动机，这就像"遂令天下父母心，不重生男重生女"（《长恨歌》)一样，怎么读，怎么都像是讽刺。

"能令金距期胜负"四句，举贾昌隆幸之日的两个具体事例，以证前言之不虚。一事为随驾东巡，"开元十三年（725），笼鸡三百，从封东岳"（《传》)。"白罗绣衫随软舆"，描绘较为简略，可以补充一事：每年八月五日即玄宗生母诞辰，"万乐具举，六宫毕从。昌冠雕翠金华冠，锦袖绣襦袴，执铎拂道。群鸡叙立于广场，顾眄如神，指挥风生。树毛振翼，砺吻磨距，抑怒待胜，进退有期，随鞭指低昂不失。昌度胜负既决，强者前，弱者后，随昌雁行，归于鸡坊"（《传》)。这是何等威风。另一事为"父死长安千里外，差夫治道挽丧车"，即贾昌奉父枢西归雍州。《传》载："父忠死太山下，得子礼奉尸归葬雍州。县官为葬器丧车，乘传洛阳道。"这又是何等待遇。

有人说唐诗中讽刺皇帝大都辞旨微婉，像这样大胆直率，用辛辣的语言嘲笑当朝皇帝的，在文人诗里很难见到。其实不然。同样说这件事的，李白《古风·大车扬飞尘》云："路逢斗鸡者，冠盖何辉赫。鼻息干虹蜺，行人皆怵惕。世无洗耳翁，谁知尧与跖。"那才是直辞无隐的讽刺。而这首童谣，只是陈述事实，甚至是津津乐道。但由于它真实地或略带夸张地记录了客观事实，而历史风云，变幻莫测，当读者回头去看这一段故事，就具有滑稽的喜剧的色彩，而成为绝妙的讽刺了。孔子说《诗》"可以观"，也就是这个道理。

（周啸天）

●杜甫（712—770），字子美，原籍襄阳（今属湖北），迁居巩县（今河南巩义西南）。玄宗开元二十三年（735）举进士不第。天宝间困守长安十年，天宝十四载（755）授河西尉不赴，改右卫率府兵曹参军。安史之乱发，长安陷落，身陷贼中。至德二载（757）自贼中奔赴凤翔行在，授左拾遗。乾元元年（758）贬华州司功参军，次年弃官赴秦州，经同谷，到成都，于西郊建草堂。广德二年（764）剑南节度使严武荐为检校工部员外郎。永泰元年（765）离成都，至夔州（今重庆奉节）。大历三年（768）出三峡，辗转湘江，死于舟中。有《杜工部集》。

◇空囊

翠柏苦犹食，明霞高可餐？
世人共卤莽，吾道属艰难。
不爨井晨冻，无衣床夜寒。
囊空恐羞涩，留得一钱看。

乾元二年（759），杜甫弃官由华州流寓秦州、同谷。这时，战乱动荡仍未平息，诗人生活极其艰难。杜甫这首诗，通过写自己的空囊（囊，指钱袋），以小见大，反映当时的社会和诗人自身的思想、遭遇。

　　首联"翠柏苦犹食，明霞高可餐"，诗人紧扣诗题，言内而意外，写出两层意思，一层是说钱囊空空，无钱买食，只得餐霞食柏，权且充饥，这是言内之意。除此之外，尚有另一层言外之意，在古人看来，明霞翠柏均非凡俗之物，杜甫此语出自《列仙传》"赤松子好食柏实"和司马相如《大人赋》"呼吸沆瀣兮餐朝霞"。表现杜甫虽生当乱世，饥寒交迫，但仍不同流俗，品节高尚。因此，我们体会句中的"犹""可"两字，既把诗人的贫苦说得十分实在，而又似颇为自负。这后一层含义，与诗的颔联有着内在的联系。

　　颔联"世人共卤莽，吾道属艰难"，交代囊空的根本原因。所谓"世人共卤莽"，犹"众人贵苟得"（杜甫《前出塞》其九）。时当乱世，人多苟且偷安，在安史之乱中，认贼作父、为虎作伥者有之，屈于强暴、强任伪职者有之。而杜甫呢？战乱爆发后，他弃家鄜州，奔赴行在，中途陷于敌手，后又因两上直言，受贬落职，遭遇不可谓不坎坷，但他"葵藿倾太阳，物性固难夺"（《自京赴奉先县咏怀五百字》），及至贫寒如此，仍然持道守节。这里，杜甫所说的"吾道"，是不愿苟得之直道，忠勇报国之达道。颔联两句，通过对比的手法，把杜甫高尚不俗的品格鲜明地凸现出来了。

　　颈联"不爨井晨冻，无衣床夜寒"，进而具体写贫状。诗人皆从"寒"字来入笔。下句使人联想到《诗经·豳风·七月》"无衣无褐，何以卒岁"和诗人"布衾多年冷似铁"（《茅屋为秋风所破歌》）的名句，上句说"不爨"，其实并非因为"井晨冻"，而是因为无食。序属严冬，却晨炊无米，夜寒难御，可见一贫如洗。

　　尾联"囊空恐羞涩，留得一钱看"，将题目"空囊"二字落实。在写法上，此联出之以幽默诙谐之笔。试想，已是身无分文，贫不自救，却还要强留一钱在空囊之中，以免他人笑话，这举动本身就是一种反常。诗人正是以这种貌似轻松诙谐的话来写自己心里沉重悲苦的情绪，一个伟大诗人的潦倒流落的无穷感慨，读者自可在言外得之。明末清初时的文学家申涵光评杜诗云："杜公每遇废弃之物，便说得性情相关，如《病马》《除架》是也。"（清仇兆鳌《杜诗详注·病马》引）囊既已空，亦在废弃之列，杜甫亦写得处处关情。

这首五律用笔朴实，庄谐间出，颔联以庄语见清操，尾联以谐语抒感慨，相得益彰。而音节拗折，是一首拗律，如首联"翠柏苦犹食，明霞高可餐"两句，一孤平一单仄，不求谐声；俯首拾柏，柏味甚苦，此句相应多仄声，明霞仰头可餐，其意甚高，此句相应多平声，可谓声情相符。

（金启华　秦寰明）

◇赠花卿

锦城丝管日纷纷，半入江风半入云。
此曲只应天上有，人间能得几回闻？

历来对这首诗的意见颇不一致。胡应麟以为是赠成都姓花的歌伎，不确。盖杜甫同时有《戏作花卿歌》："成都猛将有花卿，学语小儿知姓名。"此花卿即同一人，名敬（一作惊）定，原为西川牙将，曾平定梓州段子璋之乱，其部下乘势大掠东川，本人亦恃功骄恣。杨慎说"花卿在蜀，颇僭用天子礼乐，子美作此讥之，而意在言外"，最得诗人之旨。僭用天子礼乐，罪名未必成立，黄生已言其非，然而此诗有所讥讽，却是没有问题的。

"锦城丝管日纷纷"——写花卿在成都无日不宴饮歌舞。"锦城"即锦官城，成都别名。虽言"锦城"，根据末句"人间能得几回闻"知，此处"丝管日纷纷"并非泛指，而是就花卿幕下而言。"纷纷"二字给人以急管繁弦之感。"半入江风半入云"——乐声随风荡漾于锦江上空，依稀可闻，而更多的飘入云空，难以追摄。这句不但写出那音乐如行云流水般的美妙，而且写出了它的缥缈。"半入云"三字又逗起下文对乐声的赞美——"此曲只应天上有，人间能得几回闻"。这里将乐曲比作天上仙乐，看来是对乐曲的极度称美了。晚唐李群玉就化用这两句诗来赞美歌伎："风格只应天上有，歌声岂合世间闻。"

唐时，人们常把宫廷乐曲比作"天乐"。（刘禹锡《与歌者何戡》："二十余年别帝京，重闻天乐不胜情。"）自天宝后，梨园弟子多流落人间。随着玄宗入蜀，宫廷艺人亦有流离其间。故宫中音乐颇多外流。刘禹锡《田顺郎歌》云："清歌不是世间音，玉殿常开称主心。唯有顺郎全学得，一声飞出九重深。"可见民间流传宫中曲，算不得什么"僭越"。然而杜甫说"此曲只应天上有，人间能得几回闻"，就暗示了花卿的享受几乎等同帝王。联系花敬定其人的恃功骄奢，和结语"即赞为贬"的《戏赠花卿歌》，这里显然是有所谲谏的。只不过投赠之什，措意相当微婉罢了。

（周啸天）

◇诸将五首（录一）

> 韩公本意筑三城，拟绝天骄拔汉旌。
> 岂谓尽烦回纥马，翻然远救朔方兵。
> 胡来不觉潼关隘，龙起犹闻晋水清。
> 独使至尊忧社稷，诸君何以答升平？

《诸将五首》是一组政治抒情诗，唐代宗大历元年（766）作于夔州。此其二。当时安史之乱虽已平定，但边患却未根除，诗人痛感朝廷将帅平庸无能，故作诗以讽。正是由于这样的命意，五首都以议论为诗。在律诗中发绝大议论，是杜甫之所长，而《诸将》表现尤为突出。施议论于律体，有两重困难，一是议论费词，容易破坏诗的凝练；二是议论主理，容易破坏诗的抒情性。而这两点都被作者妥善解决。

题意在"诸将"，诗却并不从这里说起，而先引述前贤事迹。"韩公"，即历事则天、中宗朝以功封韩国公的名将张仁愿。最初，朔方军与突厥以黄河为界，神龙三年（707），朔方军总管沙吒忠义为突厥所败，中宗诏张仁愿摄御史大夫代之。仁愿乘突厥之虚夺漠南之地，于河北筑三"受降城"，首尾相应，以绝突厥南侵之路。自此突厥不敢逾山牧马，朔方遂安。首联揭出"筑三城"这一壮举及意图，别有用意。将制止突厥进攻写成"拟绝天骄（匈奴自称天之骄子，见《汉书》）拔汉旌"，就把冷冰冰的叙述化作激奋人心的图画，赞美之情洋溢纸上。一个"拟"字颇有意味，这犹如说韩公此举非一时应急，乃百年大计，有待来者继承。明说韩公而暗着意于"诸将"。

　　颔联笔锋一转，落到"诸将"方面来。肃宗时朔方军收京，败吐蕃，皆借助回纥骑兵，所以说"尽烦回纥马"。而回纥出兵，本另有企图，至永泰元年（765），便毁盟联合吐蕃入寇。这里追述肃宗朝借兵事，意在指出祸患的缘由在于诸将当年无远见，因循求助，为下句斥其而今庸懦无能、不能制外患张本。专提朔方兵，则照应韩公事，通过两联今昔对照，不着议论而褒贬自明。这里，一方面是化议论为叙事，具体形象；一方面以"岂谓""翻然"等字勾勒，带着强烈不满的感情色彩，胜过许多议论，达到了含蓄、凝练的要求。

　　"尽烦回纥马"的失计，养痈遗患，五句申此意。安禄山叛乱，潼关曾失守；后来回纥、吐蕃为仆固怀恩所诱连兵入寇。"胡来不觉潼关隘"实兼而言之。潼关非不险隘，说不觉其险隘，正是讥诮诸将无能，亦是以叙代议，言少意多。

　　六句突然又从"诸将"宕开一笔，写到代宗。龙起晋水云云，是以唐高祖起兵晋阳譬喻，赞扬代宗复兴唐室。传说高祖师次龙门，代水清；而至德二载（757）七月，岚州合关河清，九月广平王（即后来的代宗）收西京。事有相类，所以引譬。初收京师时，广平王曾亲拜回纥马前，祈免剽掠。下句"忧社稷"三字，着落在此。六句引入代宗，七句又言"独使至尊忧社稷"，这是又一次运用对照手法，暴露"诸将"的无用。一个"独"字，意味尤长。盖收京之后，国家危机远未消除，诸将居然坐享"升平"，而"至尊"则独自食不甘味，言下之意实深，如发出来便是堂堂正正一篇忠愤填膺的文章。然而诗人不正面下字，只冷冷反诘道："诸君何以答升平？"戛然而止，却"含蓄可思"。这里"诸君"一喝，语意冷峭，简劲有力。

　　对于七律这种抒情诗体，"总贵不烦而至"（《诗镜总论》）。

而作者能融议论于叙事，两次运用对照手法，耐人玩味，正做到"不烦而至"。又通过惊叹（"岂谓"二句）、反诘（"独使"二句）语气，为全篇增添感情色彩。议论叙事夹情韵以行，便绝无"伤体（抒情诗之体）"之嫌。在遣词造句上，"本意""拟绝""岂谓""翻然""不觉""犹闻""独使""何以"等字前后勾勒，使全篇意脉流贯，流畅中又具转折顿宕，所谓"纵横出没中，复含酝藉微远之致"（《说诗晬语》），加强了作品的艺术感染力。

（周啸天）

●元结（719—772），字次山，号漫郎。唐河南（治今河南洛阳）人，居鲁山（今属河南）。天宝进士。安史乱中避地南方。乾元二年（759）以右金吾兵曹参军摄监察御史，充山南东道节度参谋，一度代摄荆南节度使事。后历任道州、容州刺史，加授容州都督充本管经略守捉使。有明辑本《元次山文集》。

◇欸乃曲（录一）

湘江二月春水平，满月和风宜夜行。

唱桡欲过平阳戍，守吏相呼问姓名。

本诗作于大历二年。作者（时任道州刺史）因军事诣长沙都督府，返回道州途中，逢春水大发，船行困难，于是作诗五首，"令舟子唱之，盖以取适道路云"（《诗序》）。"欸乃"为棹声，"欸乃曲"犹船歌。

从长沙还道州，本属逆水，又遇江水上涨，怎么能说"宜夜行"呢？这是从坐船而不是划船的角度立言的。诗的前两句将二月湘江之夜写得平和美好，"春水平"写出了江面的开阔，"和风"写出了春风的和煦，"满月"写出月色的明朗。诗句洋溢着乐观精神，深得民歌之神髓。

三、四句是诗人信手拈来一件行船途遇之事，作入诗中：当桨声

伴着歌声的节拍，行驶近平阳戍（在今衡阳以南）时，突然传来高声喝问，打断了船歌，原来是戍守的官吏在喝问姓名。如此美好、富于诗意的夜里，半路"杀"出一个守吏，还不大煞风景吗？本来应该听到月下惊鸟的啼鸣，远村的犬吠，那才有诗意呢。此诗一反老套，另辟新境。"守吏相呼问姓名"，这个平凡的细节散发着浓郁的时代生活气息。大历年间，天下早不是"九州道路无豺虎，远行不劳吉日出"（杜甫《忆昔》）那般太平了。元结做道州刺史便是在"州小经乱亡"（《舂陵行》）之后。春江月夜行船，遇到关卡和喝问，破坏了境界的和谐，正反映出那个时代的特征。

其次，这一情节也写出了夜行船途中异样的感受。静夜里传来守吏的喝问，并不会使当时的行人意外和愕然，反倒有一种安全感。当船被发放通行，结束了一程，开始了新的一程，乘客与船夫都会有一种似忧如喜的感受。可见后两句不但意味丰富，而且新鲜。这才是元结此诗独到之处。

　　诗句是即兴式的，似乎得来全不费功夫。但敢于把前所未有的情景入诗，却非有创新的勇气不可。和创造任何事物一样，诗永远需要新意。

（周啸天）

●李约（生卒年不详），字存博，唐宗室、宰相李勉子。德宗贞元十五年（799）至宪宗元和二年（807）为浙西观察从事，后官至兵部员外郎。《全唐诗》存诗十首。

◇观祈雨

桑条无叶土生烟，箫管迎龙水庙前。
朱门几处看歌舞，犹恐春阴咽管弦。

此诗写观看祈雨的感慨。通过大旱之日两种不同生活场面、不同思想感情的对比，深刻揭露了封建社会尖锐的阶级矛盾。《水浒》中"赤日炎炎似火烧"那首著名的民歌与此诗在主题、手法上都十分接近，但二者也有所不同。民歌的语言明快泼辣，对比的方式较为直截了当；而此诗语言含蓄曲折，对比的手法比较委婉。

首句先写旱情，这是祈雨的原因。《水浒》民歌写的是夏旱，所以是"赤日炎炎似火烧，野田禾稻半枯焦"。此诗则紧紧抓住春旱特点。"桑条无叶"是写春旱毁了养蚕业，"土生烟"则写出春旱对农业的严重影响。因为庄稼枯死，便只能见"土"；树上无叶，只能见"条"。所以，这描写旱象的首句可谓形象、真切。"水庙"即龙王庙，是古时祈雨的场所。白居易就曾描写过求龙神降福的场面："丰凶水旱与疾疫,乡里皆言龙所为。家家养豚漉清酒,朝祈暮赛依巫口。"(《黑潭龙》)所谓"赛",即迎龙娱神的仪式,李约诗第二句所写"箫管迎龙"正是这种赛神场面。在箫管鸣奏声中,人们表演各种娱神的节目,看去煞是热闹。但是,祈雨群众只是强颜欢笑,内心是焦急的。这里虽不明说"农夫心内如汤煮",而意思全有。相对于民歌的明快,此诗表现出含蓄的特色。

诗的后两句忽然撇开,写另一种场面,似乎离题,然而与题目却有着内在的联系,如果说前两句是正写"观祈雨"的题面,则后两句可以说是观祈雨的感想。前后两种场面,形成一组对照。水庙前是无数小百姓,箫管追随,恭迎龙神;而少数"几处"豪家,同时也在品味管弦,欣赏歌舞。一方是唯恐不雨;一方却"犹恐春阴",即生怕下雨。唯恐不雨者,是因生死攸关的生计问题;"犹恐春阴"者,则仅仅是怕丝竹受潮,声音哑咽而已。这样,一方是深重的殷忧与不幸,另一方却是荒嬉与闲愁。这样的对比,潜台词可以说是:世道竟然如此不平啊……这一点作者虽已说明却未说尽,仍给读者以广阔联想的空间。此诗对比手法不像"农夫心内如汤煮,公子王孙把扇摇"那样一目了然,因而它的讽刺更为曲折委婉,也更有回味。

(周啸天)

●韩愈（768—824），字退之，河南河阳（今河南孟州）人，郡望昌黎。德宗贞元八年（792）进士及第，任节度推官，其后任监察御史等职。十九年因触怒权臣，贬为阳山令。宪宗即位，量移江陵府法曹参军。元和元年（806）召拜国子博士。十二年从裴度讨淮西有功，升任刑部侍郎。十四年劝谏烧毁佛骨，贬为潮州刺史。次年穆宗即位，召拜国子祭酒。长庆二年（822）转吏部侍郎、京兆尹。卒谥文。有《昌黎先生集》。

◇游太平公主山庄

公主当年欲占春，故将台榭压城闉。
欲知前面花多少，直到南山不属人。

这首诗写作上一个特点是善用微词，似直而曲，有案无断，耐人寻味，艺术上别有一番功夫。

太平公主是武则天之女，生前野心勃勃，真有其母必有其女。其山庄位于唐时京兆万年县南，当年曾修观池乐游原，以为盛集。先天二年（713），她企图控制政权，谋杀李隆基，事败后逃入终南山，后被赐死。其"山庄"即由朝廷分赐予宁、申、岐、薛四王。作者所游之"太平公主山庄"，已为故址。

　　诗人游故而追怀故事，是很自然的。首句"欲占春"三字警辟含深意。当年人间不平事多如牛毛，有钱有势者可以霸占田地、房屋，然而谁能霸占春天呢？"欲占春"自然不可思议，然而作者这样写却活生生地刻画出公主的骄横贪婪。为了占尽春光，大建别墅山庄，其豪华气派，竟使城阙为之色减。第二句一个"压"字将山庄"台榭"的规模惊人、公主之势的炙手可热极意烘托。"故"字则表明其为所欲为。足见作者下字准确，推敲得当。山庄别墅，是权贵游乐之所，多植花木。因之，第三句即以问花作转折。诗人不问山庄规模，而问"花多少"，从修辞角度看，可取得委婉之功效；而且问得自然，因为从诗题看，诗人是在"游"山庄，他面对的正是山花烂漫的春天；同时"花"绵延不尽，前面还有多少花？看啦，"直到南山不属人"！

　　"南山"即终南山，在京兆万年县南五十里，而乐游原在县南八里，于此可见公主山庄之广袤。偌大地方"不属人"，透出首句"占"意。"直到"云云，它表面是惊叹夸耀，无所臧否，骨子里却深寓褒贬。"不属人"与"占"字同样寓有贬意、谴意。然而最妙的是诗句的潜台词。别忘了所说的一切均属"当年"事。山庄犹在，不过早不属于公主了，对外间开放了。山庄尚不能为公主独占，春天又岂可为之独占？终究是"年年点检人间事，惟有春风不世情"啊。这事实不是对"欲占春"者的极大嘲讽吗？但诗写到"不属人"即止，然"不属人岂属公耶"？读者至今可以想见诗人当年面对山花时狡黠的笑影。

（周啸天）

◇题木居士二首（录一）

火透波穿不计春，根如头面干如身。
偶然题作木居士，便有无穷求福人。

唐时耒阳（今属湖南）地方有"木居士"庙，贞元末韩愈路过时留题二诗，此其一。诗乃有感于社会现实而发，"木居士"与"求福人"不妨视为官场中两种人的共名。作者运用咏物寓言形式，在影射的人与物之间取其相似点，获得丰富的喜剧效果，成为此诗最显著的特色。

汉代南方五岭间有所谓"枫人"的杂鬼。以枫树老而生瘿，形状类人，被巫师取作偶像，借施骗术。"木居士"原本是山中一棵普通老朽的树木，曾遭雷殛，又被雨打水淹，经磨历劫，伤痕累累，被扭曲得"根如头面干如身"——一种极不自然的形状。前两句交代"木居士"先时狼狈处境，揭其老底，后两句则写其意外的发迹，前后形成鲜明对照。幸乎不幸乎，老树根与干状似人形，本是久经大自然灾变的结果，然而却被迷信的人加以神化，供进神龛。昨天还是囚首丧面，不堪其苦，转眼变成堂堂皇皇的"木居士"，于无佛处称尊了。"偶然"二字，使人联想起六朝人《异苑》中的一个故事：

> 会稽石亭埭有大枫树，其中空朽，每雨，水辄满溢。有估客载生鳝至此，聊放一头于朽树中以为狡狯。村民见之，以鱼鳝非树中之物，咸谓是神，乃依树起屋，宰牲祭祀，未尝虚日，因遂名鳝父庙。人有祈请及秽慢，则祸福立至。

这不正是"偶然题作木居士"二句的绝妙注脚吗？

"木居士"之名与实、尊荣的处境与虚朽的本质是何等不谐调。在讽刺艺术中，喜剧效果的取得，是因为揭露了假、恶、丑的事物的表面现象与内在本质的不谐调，换句话说，就是"将那无价值的撕破给人看"（鲁迅）。诗人正是这样做的。本诗画出这样一幅图景：神座之上立着一截侥幸残存、冥顽不灵的朽木，神座下却香烟缭绕，匍匐着衣之饰之的善男信女，他们在祈求它保佑。这种庄严的、郑重其事的场面与其荒唐的、滑稽可笑的内容，构成不谐调，构成喜剧冲突，使人忍俊不禁。

诗中揶揄的对象不仅是"木居士"。"木居士"固然可笑，而"求福人"更可笑亦复可悲。诗人是用两副笔墨来刻画两种形象的。在"木居士"是正面落墨，笔调嬉笑怒骂，尖酸刻薄。对"求福人"则着墨不多，但有点睛之效：他们急于求福，欲令智昏，错抱"佛"脚。"木居士"不靠他们的愚昧尚且自身难保，怎么可能反过来赐福于人呢？其"非其鬼而祭之，谄也"（《论语·为政》）不是荒唐之至吗？诗中对"木居士"的刻薄，句句都让人感到是对"求福人"的挖苦，是戳在"木居士"身上，羞在"求福人"脸上。此诗妙处，就在抓住了"聋俗无知，谄祭非鬼"（《碧溪诗话》）的陋俗与封建官场中某种典型现象之间的一点相似之处，借端托喻，以咏物寓言方式，取得喜剧讽刺艺术的效果。此诗讽刺对象，还可以推广到人类一切的偶像崇拜和造神运动，包容极大。

不过，从此诗的写作背景看，作者可能有影射贞元末年"暴起领事"的王叔文及其追随者的用意。反对王叔文和永贞革新，固然是保守的表现，但就诗论诗，形象的客观意义，是不可简单地以韩愈的政治态度来抹杀的。

（周啸天）

●李绅（772—846），字公垂，唐无锡（今属江苏）人。元和进士，武宗时拜相。与元、白等友善。

◇悯农二首

春种一粒粟，秋收万颗子。
四海无闲田，农夫犹饿死。

锄禾日当午，汗滴禾下土。
谁知盘中餐，粒粒皆辛苦。

　　每一个中国孩子初学唐诗的时候，《悯农二首》总是"保留曲目"；上学后，走进食堂，墙上张贴的劝导语也大多会有《悯农二首》之二。这两首诗何以流传并应用得如此广泛，何以成为千百年来中国儿童教育中的永恒经典？

　　文字浅显易懂，自不必说。音节富于韵律感，便于记诵，也仅是原因之一。最主要的，恐怕是蕴藏于浅显文字背后的深刻寓意和情感寄托吧。

　　两首诗风格不同，在表现手法上也大为迥异。第一首诗，开篇即饱蘸笔墨，描绘了一幅四海之内"无闲田"的富饶景象，劳动人民都在

积极地耕田种粮，农民面朝黄土背朝天，把每一片可开垦的土地都辛勤
开垦，把每一处可种粮的田地都播下优良稻种，没有闲置亦不浪费。春
天的"一粒粟"，在金秋收获时可变为"万颗子"，具体而形象的描
写，带给我们最直观的感受。偌大的国土上，春天会播撒多少个"一
粒粟"，秋天又会收获多少个"万颗子"啊！普天之下，莫非王土；
王土之上，尽是"丰硕"。前三句，诗人用了层层递进的笔法，将盛
世富饶的壮观场景铺排出来，视觉的冲击造成读者内心的震撼，极力
渲染底层劳动人民的勤劳善良和伟大贡献。写到此处，想必最后一句
该是个完满的结局吧？非也！"农夫犹饿死"一句直愣愣地甩出来，
突兀而凌厉。

　　原来，前面的浓墨重彩是为了最后的"引满而发"，笔法的突兀并

不影响内容的连贯，诗人的目的终于出现，卒章显志。它似一颗高悬于神州大梁的苦胆，迫使我们在阅读的同时不得不舔尝农民的辛酸苦难，进而深入下去，牢牢牵引我们的思维，让我们不得不思索这个深刻的社会问题：究竟是谁，制造了这出史诗般的悲剧？多少苦难的日子，多少日晒雨淋，多少饿殍白骨……诗人并不点明悲剧的原因，一切幕后的东西留给读者自己揣摩，但这种藏而不露的艺术，已将普天之下劳动人民的深重苦难刻画得入木三分。

第二首诗，为我们呈现出一幅剪影：烈日当空，农民还在田间辛勤耕种，豆大的汗水顺着脸颊和肢体不停地滚落下来，滴进身下已晒得发烫的土壤里。这幅剪影，恰好补充了第一首诗中的细节，才知从"一粒粟"到"万颗子"会经历多少个严寒酷暑、雨雪风霜的日子。千千万万的劳动人民，就在日复一日、年复一年的辛勤劳作中，在"无闲田"的广袤大地上，贡献着自己的心血和智慧，也贡献着自己生命的全部。

然而，诗人的用意远不止于此，浅显的文字背后，是血泪的控诉。滴滴汗水浇灌出的粒粒粮食，被官员权贵们肆意挥霍，任意践踏；那"输入官仓化为土"的罪恶，岂止是浪费了劳动成果？那实在是对劳动人民生命的鄙夷和尊严的践踏！这样的浪费和辱没，足以让辛勤的农民心痛而死。

"谁知盘中餐，粒粒皆辛苦。"这一深沉的慨叹，凝聚了诗人无限的同情与愤慨；它让我们时时审视自己的行为和生命的质量，审视人之为人的德操品行。亲切的劝导、真诚的同情，让后世千千万万的中国人在教育子女的时候，必不会遗漏了这一古训。

（殷志佳）

●张籍（约767—约830），字文昌，苏州（今属江苏）人，后移居和州乌江（今安徽和县东北）。唐德宗贞元十五年（799）登进士第。历任太常寺太祝、国子助教、国子博士、水部员外郎、主客郎中、国子司业。世称张水部、张司业。有《张司业集》。

◇野老歌

老农家贫在山住，耕种山田三四亩。
苗疏税多不得食，输入官仓化为土。
岁暮锄犁傍空室，呼儿登山收橡实。
西江贾客珠百斛，船中养犬长食肉。

张籍是新乐府运动的健将之一，"风雅比兴外，未尝著空文"（白居易《读张籍古乐府》），其乐府诗之精神与元、白相通，而具体手法略有差异。白居易的讽喻诗往往"意激而言质"，篇幅亦长，故不免有尽、露之疵累。而张籍的乐府，如这首《野老歌》作法就不同。

诗共八句，很短，但韵脚屡换。诗意可按韵的转换分为三层。前四句开门见山，写山农终年辛劳而不得食。"老农家贫在山住，耕种山田三四亩"，"山"字两见，强调这是一位山农（诗题一作《山农词》）。山地贫瘠，广种薄收，"三四亩"收成不会很多。而深山为农，本有贫困而思逃租之意。但安史之乱后的唐王朝处在多事之秋，财政困难，封建剥削无孔不入。"任是深山更深处，也应无计避征徭"。"苗疏"意味收成少，收成少而"税多"，必然产生劳动者"不得食"的不合理现象。

粮食"输入官仓"，在封建时代乃是司空见惯的事实，着"化为土"三字，方觉触目惊心！一方面是老农终年做牛马，使土地长出粮食；一方面是官家不劳而获，且轻易把粮食"化为土"：这实际上构成一种鲜明的对比关系。好在不但表现出老农被剥夺的痛苦，而且表现出他眼见心血被践踏的痛心。所以，虽然只道事实，语极平易，读来至为沉痛，字字饱含血泪。

五、六句写老农迫于生计不得不采野果充饥，仍是直陈其事："岁暮锄犁傍空室，呼儿登山收橡实。"这是多么发人深思的事实：辛苦一年到头，赢得的是"空室"——一无所有，真叫人"何以卒岁"！冬来农闲，辛苦一年的农具还可以傍墙休息，可辛苦一年的人却不得休息。粮食难收，却"收橡实"。两句内涵尚未尽于此，"呼儿登山"四字又暗示出老农衰老羸弱，不得不叫儿子一齐出动，上山采野果。橡实乃橡树子，状似栗，可以充饥。写"呼儿登山收橡实"，又确有山居生活气息，使人想到杜甫"岁拾橡栗随狙公，天寒日暮山谷里"（《乾元中寓居同谷县作歌七首》）的名句，没有生活体验或对生活的深入观察，难以写出。

老农之事，叙犹未已，结尾两句却旁骛一笔，牵入一"西江贾客"。桂、黔、郁三江之水在广西苍梧县合流，东流为西江，亦称上江。"西江贾客"当指广西做珠宝生意的商人，故诗中言"珠百斛"。其地其人与山农野老似全不相干，诗中又没有叙写的语言相联络，跳跃性极显。然而，一边是老小登山攀摘野果，极度贫困，一边是"船中养犬长食肉"，极度奢靡，又构成一种鲜明对比。人不如狗，又揭示出一种极不合理的社会现象。豢养于船中的狗与猎犬、家犬不同，纯是饱食终日无所事事，这形象本身也能引起意味深长的联想。作者《贾客乐》一诗结尾"农夫税多长辛苦，弃业宁为贩宝翁"，手法与此略同，但有议论抒情成分，而此诗连这等字面也没有，因而更含蓄。

全诗似乎只摆一摆事实就不了了之，像一个没有说完的故事，与"卒章显其志"的做法完全相反，但读来发人深思。诗人的思想倾向十分鲜明，揭露现实极其深刻。其主要的手法就在于形象的对比。诗中两次对比，前者较隐，后者较显，运用富于变化。人物选择为一老者，尤见剥削之残酷及世道之不合理，也愈有典型性。篇幅不长而韵脚屡换，给人活泼圆转的印象；至如语言平易近人，又近于白诗。

（周啸天）

●王建（约767—约830），字仲初，唐颖州（今河南许昌）人。出身寒微，早年从军幽州。元和年间官昭应县丞、渭南尉，长庆初由太常寺丞转秘书丞。后官陕州司马。晚年退居咸阳原上。又曾出任光州刺史。与张籍均长乐府诗，时称"张王乐府"。有《王建诗集》。

◇羽林行

　　长安恶少出名字，楼下劫商楼上醉。天明下直明光宫，散入五陵松柏中。百回杀人身合死，赦书尚有收城功。九衢一朝消息定，乡吏籍中重改姓。出来依旧属羽林，立在殿前射飞禽。

　　此诗以古题写时事，反映当时首都严重的社会治安问题。

　　羽林郎在汉为皇帝近卫军，实即京城保安人员，诗前四句即写这伙保安招聘自长安不法待业青年，因而素质极差。本身就是干惯"楼下劫商楼上醉"一类违法犯罪之事的恶少，一穿制服就更不得了。天明穿上制服到明光宫上班，下班脱掉制服就到郊外抢人。

　　中二句写即使杀人越货、东窗事发，也有人代为说情开脱，理由不外是服役有功等；有关方面也一味姑息。诗人暗示，这批恶少自有社会背景，轻易扳不倒的。其中有的人犯事后则得到通风报信，从此隐姓埋名；当朝廷实施大赦，他们又恢复原姓和本名，而且恢复工作，还当他的执法人员，"立在殿前射飞禽"——更神气了！叫老百姓看了怎不寒心？

社会治安之成问题，都说是因为"打击不力"。为什么打击不力？根本原因在于官、盗之间有千丝万缕看不见的联系，从而为各种犯罪提供了一张无形的保护伞。千年以下来读这首不着议论的《羽林行》，仍能真切感到它揭示的现象之发人深省。

（周啸天）

◇闲说

桃花百叶不成春，鹤寿千年也未神。
秦陇州缘鹦鹉贵，王侯家为牡丹贫。
歌头舞遍回回别，鬓样眉心日日新。
鼓动六街骑马出，相逢总是学狂人。

唐代，特别是中唐以后，统治阶级自上而下，互竞豪奢，逸乐成风。此诗即是针对这样一种社会风气而发，揭示了一个十分重大的社会问题。

诗之立题，即见匠心。之所以用一带调侃味的"闲说"来命题，目的是使诗题同诗中那种诙谐活泼的风神协调一致，于嬉笑之中见旨意。

首联"桃花百叶不成春，鹤寿千年也未神"，花之花瓣称"叶"。百重花瓣的桃花盛开，意味着春天已经降临大地，正是春意盎然之时，但诗人却笔锋一折,说"不成春"。何以会"不成春"?这就让读者立即在心里产生了疑问。次句承接首句再作生发:"鹤寿千年"自是神异之事,但却又说"也未神"。何以千年之鹤也不算神异之事?读者又在心里产生了疑问。艺术效果十分明显:一是能造成拗折不平之势,使起笔突兀,令人惊绝;二是能引发读者继续读下去。从诗的构思看,这两句是为引出接下来四句违背常理的社会现象,预先作有力的铺垫。百瓣的桃花、千年的鹤,同那些反常的社会现象一作横向比较,立即相形见绌,黯然失色。

领联和颈联四句,则是写豪门贵族的奢靡生活。诗人选取豪门贵族最为突出也最带有普遍性的四种生活现象加以揭露,从一斑而窥全豹,从而展现当时整个上层社会夸豪斗富、追逐享乐的不良风气。一是喂养鹦鹉:"秦陇州缘鹦鹉贵。"旧传鹦鹉的产地在陇州之陇山,陇州古属秦地,故又称秦陇州。唐代社会崇尚喂养鹦鹉,京师尤甚,一些名贵的鹦鹉价值连城。这样,使鹦鹉的产地陇州也似乎变成了宝地。诗说"秦陇州缘鹦鹉贵",从侧面揭示了冠冕人家不吝巨金求购名贵鹦鹉那种入迷的景况。一是观赏牡丹:"王侯家为牡丹贫。"据唐代李肇《唐国史补》载,中唐时,"京城贵游,尚牡丹三十余年矣。每春暮,车马若狂,以不耽玩为耻"。牡丹价高者,竟至"一本有直数万者"。此诚如白居易《买花》诗所云:"一丛深色花,十户中人赋。"钟鸣鼎食的王侯之家,为耽玩牡丹,竟至于贫,略带夸张。但夸张的语句,却鲜明地表现了事物的本质:上流社会侈靡之风愈来愈烈,已至走火入魔的地步。一为欣赏歌舞:"歌头舞遍回回别。"唐时歌舞中的乐曲的每阕,即为一遍。大曲联遍依声之疾徐,拍之缓促,有歌头、排遍、入破、彻尾等程序。所谓"歌头舞遍回回别",指歌舞的花样翻新,出奇斗胜。当时富贵人家欣赏歌舞,如痴如醉。"五陵年少争缠头,一曲红绡不知数"（白居易《琵琶行》），正是这种状况的真实写照。诗人写歌舞的花样翻新，目的是要批判富贵人家一掷千金、追欢买笑、猎奇逐新那种不正常的心态和风气。一为女子的装扮："鬓样眉心日日新。"唐代宫中的嫔妃、宫女和帝王的公主，达官贵人的家属及歌伎舞女等，她们在衣着、发式、眉样等方面趋新求异，变化极快。唐玄宗曾设计出远山、三峰、小山等十种眉的样式，李商隐《蝶》诗有所谓的"八字宫眉"。到了中唐，鬓样眉式不断更新，"小头鞵履窄衣裳，青黛点眉眉细长"（白居易《上阳白发人》）的老样式，早已不再时髦。这句表面上是写妇女的装扮日新月异，实际上鞭挞了当时整个社会的奢侈和浮靡。

豪门贵族竞逐豪奢、追求享乐的生活，岂止表现在这几个方面，那是说不尽，道不完的。诗人摇镜头式地显现出几个场面之后，即在尾联加以概括："鼓动六街骑马出，相逢总是学狂人。""鼓动"，唐时以街鼓为号令，作为早晚以戒行人的信号，晨时鼓动，则人可上街。"六街"，指唐长安城中左右的六条大街，此代指整个京师长安。当早晨的街鼓一响，撤销了宵禁时，京城中的达官贵人、富豪显宦便纷纷骑马而出。"总是学狂人"五个字，批判了当时无人能出污泥而不染，人人均以狂为美的颠倒的社会风气。

诗之最后两句，使首联出人意料的诗句得到了确切的解释：诗人意欲运用对比手法作横向比较，百叶桃花千年鹤寿，同六街骑马癫狂而出的豪贵相比，那简直算不得什么稀奇，那些豪贵夸豪斗富的生活才真正令人惊讶。出人意料不算奇，世间还有更奇事。诗人对现实的批判可谓辛辣已极，甚有深度。

本诗最大的特点是含蓄。诗的内容严肃而重大，是批判富贵人家骄奢淫逸，追逐无限度无止境的享乐，但在表现时却含而不露，如同诗题所云，似乎是在"闲说"，一切都好像是不经意地说了出来，字里行间似乎还带有赞赏的意味，但又绵里藏针，似褒而实贬，貌似赞赏而暗含强烈的不满。这种曲折隐晦的笔法，令人回味不尽。似谀而实讽的含蓄笔法，又使此诗略带幽默诙谐的情趣，十分活泼。另外，出人意料的开头，同正在情理之中的结尾，这种巧妙的艺术构思也为该诗增致不少。

（迟乃鹏）

●白居易（772—846），字乐天，晚号香山居士，下邽（今陕西渭南北）人。先世本龟兹人，汉时赐姓白氏。唐德宗贞元十六年（800）登进士第，十九年中书判拔萃科，授秘书省校书郎。宪宗元和十年（815）一度被贬为江州司马。晚年以太子宾客分司东都，武宗会昌二年（842）以刑部尚书致仕。有《白氏长庆集》。

◇买花

帝城春欲暮，喧喧车马度。共道牡丹时，相随买花去。贵贱无常价，酬直看花数。灼灼百朵红，戋戋五束素。上张幄幕庇，旁织笆篱护。水洒复泥封，移来色如故。家家习为俗，人人迷不悟。有一田舍翁，偶来买花处。低头独长叹，此叹无人喻。一丛深色花，十户中人赋。

《买花》是白居易五言古体讽喻诗《秦中吟》组诗中的第十首。与白居易同时的李肇在《唐国史补》里说："京城贵游，尚牡丹三十余年矣。每春暮，车马若狂，以不耽玩为耻。执金吾铺官围外寺观，种以求利，一本有直数万者。"这首诗真切地反映了这种状况。

从内容上看，本诗可分为两部分，自始至"人人迷不悟"以上的十四句，是第一部分，浓墨重彩极尽铺陈；自"有一田舍翁"以下的六

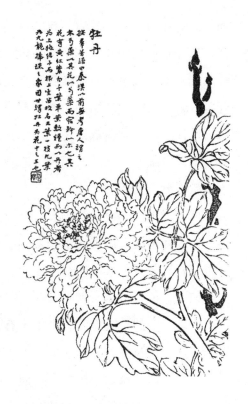

句，为第二部分，白描勾勒以少胜多。

　　暮春时节，也正是青黄不接的农忙时分，长安城内却车马喧嚣熙来攘往，繁华的街道和鼎沸的声音给人以视觉和听觉上的双重冲击。诗人用平静的笔调将中心事件娓娓道出："共道牡丹时，相随买花去。"所有的人都在为同一件事着迷痴狂——暮春的暖风中，牡丹正盛，我们一起去买牡丹吧！作者似乎有意在渲染这种表面上的热烈与祥和，给人留下非太平盛世不能如此的感叹。这也正是作者的高明之处，他别有用心地采用了欲擒故纵的手法，为后文的转折预先埋下了伏笔。

　　继而作者分别用同样的手法大肆渲染了高价买花和精心移花这两个

细节。买花的人争先恐后，花的价格自然也就随行就市、水涨船高，买家只选称心的牡丹，根本不在乎价格的高低贵贱，以至于出现了"灼灼百朵红，戋戋五束素"这样叹为观止的现象。戋戋，众多貌。一束，是五匹。素，白色的丝织品。一株开了百朵花的牡丹，竟然卖到二十五匹帛的价钱！每一株花都被精心地呵护，上面支起帐篷（"幄幕"），四周又用篱笆围上，防晒、挡风、遮雨，继而浇水、培土，细心移栽，歆享无微不至的关怀。

所有这些虽然极尽铺陈，但也只是客观描绘，直到"人人迷不悟"，才轻描淡写地表露出作者的主观倾向。正欲感慨，作者忽然发现一位穿着异于买花人的庄稼汉（田舍翁）偶来此处，看见达官贵人如此挥金如土，他只得低头默默长叹，那些"迷不悟"的"人人"全然没有闲情去理会他的长吁短叹，更不会有人懂得他的心思。诗人不失时机地摄下了这一特写镜头，在这花市上，大概他是唯一一位能理解田舍翁的人——自己和一家老小拼死拼活地一年忙到头，到头来还不能过上温饱的生活，这些城里的贵人们却有这么多的闲钱来随意挥霍。"一丛深色花，十户中人赋"，一丛深色牡丹花的价格，竟然抵得上十户中等人家一年的税赋！暮春时分，正是庄稼人披星戴月抢种抢播的农忙时节，可是"帝城"中的富贵人家，也正忙得不可开交，买花、护花、移花、赏花，而这些人所花费的哪一项不是来自田舍翁们辛勤血汗创造的劳动果实，哪一项不是来自他们节衣缩食缴纳上来的赋税呀？作者对买花者的批判，对田舍翁的同情，对世道不公的愤恨，在此借助田舍翁的感叹全盘托出。

全诗通过一种人人都习以为常的风俗，开掘出鲜明重大的社会主题。从暮春时节由来已久的高价买花事件中，诗人看出社会的不平等，看出尖锐的阶级矛盾。白居易就是这样一位伟大的诗人，用他为民请命的诗歌，实践着自己"文章合为时而著，歌诗合为事而作"的文学主张。

（殷志佳）

◇观刈麦

田家少闲月，五月人倍忙。夜来南风起，小麦覆陇黄。妇姑荷箪食，童稚携壶浆；相随饷田去，丁壮在南冈。足蒸暑土气，背灼炎天光；力尽不知热，但惜夏日长。复有贫妇人，抱子在其傍。右手秉遗穗，左臂悬敝筐。听其相顾言，闻者为悲伤："家田输税尽，拾此充饥肠。"今我何功德，曾不事农桑；吏禄三百石，岁晏有余粮。念此私自愧，尽日不能忘。

诗一开头就交代了时间和环境背景。种田的农户一年到头少有休息的时刻，眼下正是南风吹拂的五月，小麦已经金黄成熟，亟待收割，又是一个农忙时节。妇女领着小孩给正在田里劳动的青壮年男子送饭和水。而南冈田里的青壮年农民正弓着腰割麦。脚下是浓烈的暑热熏蒸，背上是灼热的烈日烘烤。虽然已经累得精疲力竭，对炎热也麻木了，但却盼望时间过得慢一点，不是不想休息，而是怕完不成收割又影响生计。旁边一个贫妇怀抱孩子，手提破篮在拾麦。为什么会这样呢？因为她家的田地已经为了缴纳官税而卖光了，根本就无田可种，无麦可收。最后是一个旁观者——作者自己的感受。

本来在烈日下收割麦子的农民已经是如此辛苦忙碌，令人同情了，而又出现了一位连割麦都不能，而只有靠拾麦来充饥维生的贫妇，更加令人心酸。再听那位妇人道出其中的原委，原来她也曾经是有田的人家，只是因为赋税太重，缴纳不足，不得不卖尽田地。试想，正在割麦的农民会有何感受呢？此刻的辛劳换来的只是短暂的安稳，有可能明天就因为缴不起税而像那位妇人一样，沦为拾麦者。今日的割麦人和明日的拾麦者并列于前，他们的命运也不难猜想。这样的对比具有强烈的讽喻之意。

"力尽不知热，但惜夏日长"二句，细致而真实地刻画出劳动人民细微的特殊心理。本来在毒日当头下，躬身劳作是令人疲乏而痛苦的，按正常的心理来推想，应该是盼望着快点天黑，结束这一切，但他们却无比珍惜夏日的长昼，仿佛愿意延长痛苦。其实这正是一种为生活所迫的无奈。

白居易的诗是善于叙事的，而且往往蕴含着丰富的感情，这也正是他的诗被广为传诵的原因之一。在面对农民的辛勤劳碌与悲惨命运时，诗人的心被深深刺痛了，所以他的字里行间都充溢着对劳动者的同情和怜悯。为他们"足蒸暑土气，背灼炎天光"而难受，为他们"家田输税尽，拾此充饥肠"而悲伤。更可贵的是，作为一位正直的、有着强烈社会良知和道德感的诗人，白居易将自己与农民进行对比，为自己"曾不事农桑"而"吏禄三百石，岁晏有余粮"而感到惭愧。这种深刻的自责有力体现了诗人对劳动人民的深切同情。

（周啸天）

◇新丰折臂翁

新丰老翁八十八，头鬓眉须皆似雪。玄孙扶向店前行，左臂凭肩右臂折。问翁臂折来几年，兼问致折何因缘。翁云贯属新丰县，生逢圣代无征战。惯听梨园歌管声，不识旗枪与弓箭。无何天宝大征兵，户有三丁点一丁。点得驱将何处去，五月万里云南行。闻道云南有泸水，椒花落时瘴烟起。大军徒涉水如汤，未过十人二三死。村南村北哭声哀，儿别爷娘夫别妻。皆云前后征蛮者，千万人行无一回。是时翁年二十四，兵部牒中有名字。夜深不敢使人知，偷将大石捶折臂。张弓簸旗俱不堪，从兹始免征云南。骨碎筋伤非不苦，且图拣退归乡土。此臂折来六十年，一肢虽废一身全。至今风雨阴寒夜，直到天明痛不眠。痛不眠，终不悔，且喜老身今独在。不然当时泸水头，身死魂孤骨不收。应作云南望乡鬼，万人冢上哭呦呦。老人言，君听取。君不闻开元宰相宋开府，不赏边功防黩武。又不闻天宝宰相杨国忠，欲求恩幸立边功。边功未立生人怨，请问新丰折臂翁。

《新乐府》五十篇作于元和四年（809），作者自称"为君、为臣、为民、为物、为事而作，不为文而作也"（《新乐府序》）。这首诗题下原有小序："戒边功也"，说明此诗旨在谴责天宝年间穷兵黩武，这是《毛诗》的做派。

天宝年间白族领袖阁罗凤在云南建立南诏国，与唐朝是封建藩属关系，起到为唐朝牵制吐蕃后方的作用。但因为云南太守张虔陀对阁罗凤进行侮辱和挑拨，遭到阁罗凤的反抗而被杀死。天宝十载（751）四月，剑南节度使鲜于仲通率兵八万去攻打南诏国，阁罗凤曾派人讲和，鲜于仲通不听，结果在西洱河打了败仗。天宝十三载（754）四月，以宰相名义兼领剑南节度使的杨国忠，派节度留后李宓率兵七万再次攻打南诏国，结果李宓被擒，全军覆没。但杨国忠却隐瞒军事失利消息，而且向唐玄宗报捷邀功；同时又派御使捕捉壮丁，强迫押送入伍，结果屡战屡败，死亡达二十余万人。这首诗即是以天宝十三载之战为背景，通过新丰（在今陕西西安市临潼区境内）折臂翁独特的经历，以个别反映一般，揭露了唐王朝统治集团对南诏国发动不义战争给人民带来的灾难痛苦，表现了百姓要求团结友好，反对穷兵黩武的愿望。

《新乐府》的写法是"首句标其目"（《新乐府序》）。诗三段，从"新丰老翁八十八"至"兼问致折何因缘"为第一段，主要写折臂翁的外观形象。首句一作"新丰老翁年八十"，按后面诗云"是时（天宝十三载）翁年二十四"推算，"年八十"是。说"八十八"，是为了趁韵。"头鬓眉须皆似雪"是老翁高龄的具体写照。这一段的关键句是"左臂凭肩右臂折"——左臂搭在玄孙的肩头上"向店前行"，而"右臂"却已折断。这一奇特的残肢形象，引出诗人之问，从而又引出下段老翁自述，起到承上启下的作用。

从"翁云贯属新丰县"至"万人冢上哭呦呦"三十四句为第二段，也是全诗主要的一段。此段以第一人称叙事，增强了叙事内容的可信度。一层写老翁回忆天宝征兵前"圣代（开元年间）无征战"的安居乐业生活。二层写老翁回忆天宝十三载，杨国忠广征壮丁及重新派兵攻打南诏国而全军覆没的悲惨情景。这一小层采用空间转换的结构，即由此及彼，再由彼即此，把新丰的征兵与云南的征战相联系，指出征兵等于送死。接下来写云南气候的恶劣，出征南诏的可怕。三层写"折臂"的经过。当年老翁年二十四，正是应征之年，其名列入兵部征兵册上，无法逃避。但为避免蹈出征者之覆辙，乃有"夜深不敢使人知，偷将大石捶折臂"的自戕惨剧。这一自残的结果是老翁终于逃脱了"云南行"的必死厄运，是不幸中之大幸。四层写老翁折臂后六十年来的感慨，"一肢虽废一身全"是其总体的评价。显然，残疾毕竟给老翁带来巨大的痛苦："至今风雨阴寒夜，直到天明痛不眠。"但他却"终不悔"——"不然当时泸水头，身死魂孤骨不收。应作云南望乡鬼，万人冢上哭呦呦。"作者自注："云南有万人冢，即鲜于仲通、李密（当作"宓"）曾覆军之所也。"

"老人言，君听取"以下，是"卒章显其志"，是诗人直接发表议论，为第三段。这几句虽属于议论，但能"带情韵以行"（沈德潜《说诗晬语》），通过开元宰相宋璟与天宝宰相杨国忠的对比，爱憎分明地挑明"防黩武"之旨。作者自注：开元初年，突厥数犯边，当时天武军牙将郝灵筌出使，斩了突厥默啜首级献给朝廷，自谓有不世之功。时宋璟为相，因天子年少好武，恐好大喜功因而生黩武之心，没有给郝氏任何奖赏，次年才授郎将。诗人对此是极为赞赏的。相反，天宝末，杨国忠为相，重新发动征讨阁罗凤的战争，前后征兵二十余万人，皆一去不返。但仍征兵不止，甚至捉人连枷赴役，天下怨恨，民不聊生，故安禄山得乘机而造反。对此，诗人则痛恨之至！

此诗与其他新乐府诗一样具有"意深词浅，思苦言甘"（袁枚《续诗品》）的特色；而且善于"用常得奇"（刘熙载《艺概》），即以平浅的语言表现惊警之意，如"此臂折来六十年，一肢虽废一身全"，"痛不眠，终不悔"，等等，都发人深思，耐人寻味。

（周啸天）

◇卖炭翁

卖炭翁，伐薪烧炭南山中。满面尘灰烟火色，两鬓苍苍十指黑。卖炭得钱何所营？身上衣裳口中食。可怜身上衣正单，心忧炭贱愿天寒。夜来城外一尺雪，晓驾炭车辗冰辙。牛困人饥日已高，市南门外泥中歇。翩翩两骑来是谁？黄衣使者白衫儿。手把文书口称敕，回车叱牛牵向北。一车炭，千余斤，宫使驱将惜不得。半匹红纱一丈绫，系向牛头充炭直。

此诗是白居易《新乐府》第三十二首，其自序云："苦宫市也。""宫"，指皇宫，"市"，即买，采购的意思。皇宫里所需日用品，由官吏到民间市场上去采办，但到中唐时期，宦官专权，经常遣数百人遍布热闹街坊，称之为"白望"。他们利用采购的机会强行以低价购买货物，有时甚至分文不给。所谓"宫市"，实际上已成为一种光天化日下的掠夺。

王维《终南山》诗云："太乙近天都，连山到海隅。白云回望合，青霭入看无。分野中峰变，阴晴众壑殊。欲投人处宿，隔水问樵夫。"南山磅礴的气势与幽深的环境跃然纸上。然而，卖炭翁却因苦于衣食之忧而无心欣赏如此美景，他必须辛苦地劳作才能苟且存活于乱世。人迹罕至的南山作为欣赏的对象会给人带来静谧的美感，可是若伐薪烧炭于其中，甘苦滋味恐怕唯有卖炭翁自己知晓。"一车炭，千余斤"，仅就"伐薪"一项，就不知要挥洒多少汗水，且不说还须经过"烧炭"这一复杂、漫长的劳动过程，而最终还得将炭运到五十里以外的长安城出售，山路之崎岖、旅途之艰辛可以想见。山是同样的山，山中人却已不再是优游不迫、沉醉山水的诗人，而变成"满面尘灰烟火色，两鬓苍苍十指黑"的一位老翁。

千辛万苦地烧薪成炭，所为何来？只为"身上衣裳口中食"！他若是一个贩卖木炭的商人，也无须如此辛苦，或者他是一个尚有田地的农夫，那也不至于挨饿受冻，可是，他仅仅是一个依靠伐薪烧炭来维持生活的卖炭翁，除此而外，他没有任何的衣食来源，卖炭成为他唯一的生活指望。所以在寒风凛冽的冬天，他虽然衣着单薄，瑟瑟发抖，却一心只盼这天气更冷，能将这一车炭卖个好价钱。此处"可怜身上衣正单，心忧炭贱愿天寒"，读之令人心生酸楚。

"夜来城外一尺雪"燃起了卖炭翁生活的希望，那寒冷、饥饿及路途的遥远、艰难在他看来都成为可以克服也必须克服的困难，他带着对生活的憧憬在雪后的一天早晨驾着炭车辗过冰辙来到了长安城。

忍饥挨饿地到了市南门外，卖炭翁或许在盘算着这一车炭能卖多少钱，卖的钱能换多少衣食，想着想着，这一切的辛苦都变得很值得。可是，不幸的他遇上了"黄衣使者白衫儿"，当这些"宫使""手把文书口称敕"时，那满满一车的希望都化成了泡影，他再舍不得也无可奈何。最终只有"半匹红纱一丈绫"成为他全部辛苦的见证。

（周啸天）

●刘禹锡（772—842），字梦得，匈奴血统，祖上于北魏孝文帝时改汉姓，入洛阳籍。唐贞元九年（793）与柳宗元同榜登进士第，同年又登博学宏词科。永贞革新时为屯田员外郎，后贬朗州（今湖南常德）司马。元和十年（815）召还长安，复出为连州（今属广东）刺史。宝历二年（826）还洛阳。开成元年（836）以太子宾客分司东都，与白居易颇多唱和，编为《刘白唱和集》。有《刘梦得文集》。

◇元和十年, 自朗州承召至京, 戏赠看花诸君子

紫陌红尘拂面来，无人不道看花回。
玄都观里桃千树，尽是刘郎去后栽。

中国的文学史，包括野史笔记，但凡言及刘禹锡的，几乎都不会舍弃他游玄都观的两首桃花诗。人们之所以如此看重这两首诗，不仅因为它们较好地体现了刘的诗歌艺术特色和刚正不阿的人品，更重要的是，这两首诗集中代表了刘禹锡宦海沉浮的曲折人生。

这是第一首桃花诗，作于元和十年。十年前，刘禹锡因参与永贞革新，被唐宪宗贬至朗州。十年放逐生涯，在诗人心灵上留下了巨大创伤。

十年后，刘禹锡终有机会奉召还京。重新踏上长安的土地，他觉察

到这里的一切已经不再熟悉，遥远而生疏的感觉袭来，自己像一个误闯的外人，格格不入。热闹是别人的，我什么也没有。十多年前，在这座繁华富庶的京都里，自己曾有过的叱咤纵横、风光荣耀的日子，如今想来竟恍若隔世……再看看当朝新贵，锦衣肥马招摇过市，前呼后拥扬扬自得。今昔比照，巨大的落差给诗人带来了心理上的失衡，心酸苦楚蔓延开来，心中的不平与怨怼却无人可诉。

时值京城赏花季节，刘禹锡邀约几位老朋友去极负盛名的玄都观看花，本为排遣心中积郁、畅快身心，没想到触景生情，聊发感慨，挥笔一诗竟成为当权者对其再贬再逐的借口：由于“语涉讥刺”，诗人即以待命之身又被贬谪到更加偏远的地方，此一去又是十四年。这就是历史上的“玄都观诗案”。

这首诗表面是写人们去玄都观看桃花的情景，骨子里却是讽刺当朝权贵的。京城赏花的情景在诗人笔下显得张扬恣意：宽阔的街道上草木葱茏，尘土飞扬，车水马龙人声鼎沸的盛况呼之欲出。一路上都能看见赏花人兴高采烈心满意足的神态，飞扬的神采和满脸的幸福感渲染了玄都观里桃花繁富鲜妍的胜景。

最后一句笔锋一转，灿若云霞的千树桃花，全是我贬谪离京后新栽种的。十年光景，我在偏远的地方落魄潦倒，这些新栽种的桃树却在京城妖艳，花开如锦灼灼灿烂，今时的春色，以炫耀的姿态，绽放在我眼前。

“尽是刘郎去后栽”，成为全诗的诗眼，心酸感慨与愤懑不平表露无遗，字里行间“别有一番滋味”。“十年树木”的日子里，自己受尽屈辱，历尽艰险，政治上挫败，生活上失意，诗人的命运总在风浪里颠簸。而朝廷里那些投机取巧、趋炎附势的官员，本为君子所不齿的小人，却个个被提拔，成为当朝新贵。由此不难理解，诗句中的“去”，显然指自己被贬谪外放，"去后栽"的桃树，即指作者被排挤之后提拔起来的趋炎附势的权贵。

旧地重游，借景抒情，诗人用畅快淋漓的笔墨泼洒出对朝中新贵辛辣而轻蔑的讽刺，全诗上下寄托着诗人的重重心事。诗人的锋芒刺痛了当朝新贵，这种极富力量的轻蔑让他们心神不宁、坐立不安，他们在皇帝面前极尽挑唆之能事，原本就对刘禹锡耿耿于怀的唐宪宗，便借此理由将他再度贬谪……政治上的排挤，让诗人重回长安未足一月，又开始了一个长达十四年的放逐。

（殷志佳）

◇再游玄都观

百亩庭中半是苔，桃花净尽菜花开。
种桃道士归何处？前度刘郎今又来。

这首诗是前诗续篇。诗文前有一长段小序："余贞元二十一年为屯田员外郎时，此观未有花。是岁出牧连州，寻改朗州司马，居十年召至京师。人人皆言有道士手植仙桃满观，如红霞，遂有前篇，以志一时之事。旋又出牧，今十有四年，复为主客郎中，重游玄都观，荡然无复一树，惟兔葵燕麦动摇于春风耳。因再题二十八字，以俟后游。时大和二年三月。"将作诗的来龙去脉交代得非常清楚，似一篇详细的背景说明。十四年前，诗人经历了十年颠沛流离的贬谪生活后，奉召入朝，却因一篇畅快淋漓的赏花诗"语涉讥刺"，触怒权贵，再度被贬，这一去

又是十四年。宪宗、穆宗、敬宗而后文宗，四朝天子四朝臣，朝廷官员不断变化，但唯一不变的是永不消停的政治斗争。十四年后的今天，皇帝重召刘禹锡入朝任职。回到长安——这个曾让他风光无限，也曾让他获罪再贬的是非之地，他有意重提旧事——故地重游，看到眼前之景与往昔殊异，一蹴而就写下了这首《再游玄都观》。骨子里的倔劲令他不改初衷，向打击他、嫉恨他的权贵挑战，痛快淋漓地表达了自己绝不因屡遭报复就屈服妥协的抗争精神，与生俱来的硬气更让我们重新看到了大诗人刘禹锡燃烧一生、奔腾一世的倔强的战斗意志。

　　百亩广场，半是青苔，须知常有人迹的地方是不可能长出青苔来的。曾经人流如织，如今已荒无人烟，十四年前"如红霞"的满观桃花，待我重游之时"荡然无复一树"，顷刻之间，天壤之别。这转变好似黄粱一梦，又好似自己才从武陵人的桃花源里走出来……记忆中尚存着如桃花般得意于春风的权臣新贵，十四年前的那首诗，至今还心有余悸。想不到重游故地，盛极一时的桃花已被不足以供观赏的菜花取代。

此地，就是不久前人流如织的地方；此景，却已是彼时极度繁盛后的荒凉。让读者不由得联想起第一首桃花诗中"无人不道看花回""玄都观里桃千树"的句子，强烈的对比，在诗人巧妙的构思中有意无意地显露出来。

诗人在这首诗中寄寓了更深一层的意思，"桃花"喻新贵，"种桃道士"自然是一心要培植桃树、护持桃花的人了，即打击当年政治革新运动的当权者。历时二十几年，这些当权者或隐退，或亡故，或失势，被他们提拔起来的新贵也就跟着改变了原有的煊赫声势，不得不让位于其他人，这正是"桃花净尽菜花开"的真相，也是"种桃道士""归去"所直接导致的结果。恰逢此时，我这个饱受排挤打击的人，却被重新召回起用，是偶然，是必然？该喜悦，该怅然？对于扼杀那次政治革新的政敌，诗人在这里投以轻蔑的嘲讽，字里行间不仅传达了自己的不屈和乐观，也让读者信服于他将继续战斗下去的伟大决心和勇气。

刘禹锡性格旷达，刚毅坚强，具有倔强的战斗意志，从不随波逐流，即使在长期的贬谪生活中也始终不屈不挠，时时以乐观进取的精神勉励自己。因此，较之同时代的诗人，刘禹锡的诗歌常常流露出激昂奋发的意气而较少衰飒颓唐的语调，正所谓"彭城刘梦得，诗豪者也。其锋森然，少敢当者"（《刘白唱和集解》）。

（殷志佳）

◇聚蚊谣

沉沉夏夜兰堂开，飞蚊伺暗声如雷。嘈然歘（xū）起初骇听，殷殷若自南山来。喧腾鼓舞喜昏黑，昧者不分聪者惑。露华滴沥月上天，利嘴迎人看不得。我躯七尺尔如芒，我孤尔众能我伤。天生有时不可遏，为尔设幄潜匡床。清商一来秋日晓，羞尔微形饲丹鸟。

这是一首政治讽刺诗，作于作者任朗州司马期间。当时，主张革新的王叔文政治集团失败，作者受到牵连，被贬谪朗州。朝中政敌——腐朽官僚乘机对参与王叔文政治集团的人大肆进行造谣中伤，不断排挤打击，掀起了一阵阵鼓噪。作者在严酷的政治现实面前，有感于腐朽官僚的狠毒，于是写了这首诗。诗歌采用比喻的手法，把那些阴贼险狠的官僚比作在昏暗中喧嚣、害人的蚊子，生动形象而又入木三分地刻画了他们的丑态，并且坚信他们总有一天会被消灭，从而表现了作者在政治斗争中的铮铮硬骨，以及对腐朽官僚的鄙视。

诗歌前八句集中笔墨写蚊子的特性，活画出了腐朽官僚的丑恶嘴脸。首先，它们的重要特点是都不敢正大光明地活动，只有在"沉沉夏夜"中，才"喧腾鼓舞"，"伺暗"而动。诗歌第一句"沉沉夏夜闲堂开"，一开始就点出时间，接着写"伺暗""喜昏黑"，深刻地表现出了"飞蚊"那种偷偷摸摸、鬼鬼祟祟的本性。正因为它们是在黑暗中活动，所以糊涂人分辨不清，而聪明者也疑惑起来。其次，它们特别善于聚众起哄，"嘈然欻（忽然）起"，其声"殷殷若自南山来"，好像从南山传来的隆隆的雷声。这里用雷声来比喻"飞蚊"聚集的鸣叫之声，虽带夸张，但却极为形象，并且暗用了《汉书·景十三王传·中山靖王传》中"夫众煦（吹气）漂山，聚蚊成雷"的典故，使得诗意更加含蓄、深厚。第三，它们都心地狠毒，在花滴露珠（"滴沥"，水下滴貌）、月色初上的朦胧中，乘人不备，利嘴相加，给人以突然伤害。这三种特性，既是"飞蚊"的特点，也是朝中那些腐朽官僚的特点，他们为了迫害正直的人，不是也像"飞蚊"那样，暗中活动，造谣惑众，纠集起来，乘机给人以致命的中伤吗？作者抓住他们与"飞蚊"的共通处进行比喻，使他们的本性更加鲜明突出，极为清楚地暴露在读者面前，这就比直接写他们生动得多，有力得多。从"嘈然欻起""喧腾鼓舞""利嘴迎人"这些感情色彩很强的用语中，作者对它们的厌恶、鄙视之意，也溢于言表。在写法上，作者错综交织地来表现它们的特性，既井然有序又变化有致，也便于夹叙夹议，把自己的感情表达得更加充沛和强烈。

从"我躯七尺尔如芒"以下四句，写作者对待"飞蚊"的态度。

从形体上看，以堂堂七尺之躯与小如芒刺的"飞蚊"相比，其间悬隔，何啻霄壤，诗中满含极为蔑视之意。但接着却一转，"我孤尔众能我伤"。"飞蚊"虽然小，但却很多，从数量上看，又占着明显的优势，所以情况是"能我伤"，它们是足以给人造成伤害的，这表现出作者清醒的头脑。因为只有正视现实，才能采取正确的应对措施。"天生有时"二句，就写出了作者对付它们的办法：蚊子滋生之时是无法抵挡的，只好暂时躲进蚊帐里去。"遏"是阻止之意，"设幄"即装上帐子，"匡床"即方正的床。两句的意思，就是俗语所说的"惹不起，躲得起"。此时，作者贬官之后，待罪朗州，他在政治上孤立无援，明显处于劣势。那些如"飞蚊"一样的官僚把持朝政已经形成了强大的政治气候，作者一时无法相与抗衡。他能够选择的，只能是暂时的退避，这对于一个有远大政治抱负的人来说，当然是明智的决策，而绝不是软弱胆小。这四句写得流利自然，明白如话，但其中却包含着深刻的人生哲理和政治意义，启人深思。

最后两句，作者以坚定的信念，预言了"飞蚊"的必然灭亡："清商一来秋日晓，羞尔微形饲丹鸟。""清商"即秋风，"丹鸟"即萤火虫。据《大戴礼记·夏小正》及《古今注·鱼虫》说，萤火虫能吃蚊子。两句说，等到秋天一来，你们这些小小的蚊子，都要去喂萤火虫了。前一句与"沉沉夏夜闲堂开"相照应，夏去秋来，这是时序推移，谁也无法更改，暗示出蚊子的注定灭亡。后一句与上面对"飞蚊"的赫赫威势的描写，也恰成对比，那不可一世，"利嘴迎人""能我伤"的蚊子，这时都要被吃掉了。通过这样照应、对比，不仅使全诗显得严谨、完整，而且也突出了"飞蚊"的可悲、可耻的下场。"秋日晓"三字，以清秋丽日的美景，烘托出作者的乐观情怀；"羞"字，又进一步表现出作者对"飞蚊"的鄙视。作者身处逆境中，能够往远处想，往大处看，不因一时的挫折而颓堕，这种积极进取的精神和乐观豪爽的气度，是难能可贵的。

（管遗瑞）

◇百舌吟

晓星寥落春云低，初闻百舌间关啼。花树满空迷处所，摇动

繁英坠红雨。笙簧百啭音韵多，黄鹂吞声燕无语。东方朝日迟
迟升，迎风弄景如自矜。数声不尽又飞去，何许相逢绿杨路。
绵蛮宛转似娱人，一心百舌何纷纷？酡颜侠少停歌听，坠珥妖
姬和睡闻。可怜光景何时尽，谁能低回避鹰隼？廷尉张罗自不
关，潘郎挟弹无情损。天生羽族尔何微，舌端万变乘春辉。南
方朱鸟一朝见，索寞无言蒿下飞。

百舌，鸟名，即乌鸫，全身黑色，唯嘴黄，善鸣，其声多变，能效
百鸟之鸣，故称"百舌"。王维《题百舌鸟》诗句"入春解作千般语，
拂曙能先百鸟啼"作了概括的描写。刘禹锡这首《百舌吟》则更为具体
地写出了百舌鸟在春天的得意歌唱，讽刺了当时政治生活中那种巧言善
变、自矜自炫之徒，表现了对他们的厌恶，但也有善意的规劝。

全诗二十二句，大致可以分为两部分。前十四句为第一部分，后八
句为第二部分。

第一部分着重写出百舌鸟活动的季节、环境，生动地描摹了它们
那种故意卖弄而得意鸣叫的声音和神态。前六句侧重写季节、环境。
春天的早晨，在云低星稀之时，就开始听得它们"间关"（鸟鸣声）的
叫声了。循声望去，但见花枝满空，繁花坠落如雨，它们的声音像"笙
簧"（"笙"是一种乐器，"簧"是乐器中用以发声的片状振动体）的
奏鸣一样从中传来，巧妙多变，连一向以鸣声动听的黄莺和燕子也自叹
弗如，不敢出声再叫了。这六句中，写景有如秾丽的水彩画，设色浓
艳，为突出百舌鸟的叫声作了烘托；其中"初闻"一句正面写百舌的叫
声，"笙簧"一句是作比喻，"黄鹂"一句又进行反衬，从不同的角度
写出了百舌的善鸣，十分生动形象，使人如见其景，如闻其声。接下来
八句，作者侧重写它们的自矜自炫，由初闻时的讨人喜欢，过渡到令人

生厌。也许是因为叫声太动听了吧，连东方的朝日也迟迟才升起，这时，它们更加得意了——"迎风弄景"，好像在自我夸耀；飞来飞去，出没在花柳丛中和绿杨路上；"绵蛮（鸟叫声）宛转"，似乎故意在讨人喜欢，耳里只听得它们纷乱的叫声。果然不负苦心，它们的叫声博得了"酡（饮酒脸红）颜侠少"和"坠珥（女子的珠玉耳饰）妖姬"的欣赏，使他们停歌倾听，和睡而闻。这八句在前六句的基础上，显然深入了一步，讽刺意味渐渐显露出来，并且不断加重。但是，这种讽刺并不是单靠发议论来表现，而是通过写景、描摹和抒情的穿插安排来含蓄委婉而又自然地表现的。特别是"酡颜"二句，把它们的叫声与豪门中醉生梦死的"侠少""妖姬"联系起来，说明它们的叫声只有这些人才最喜欢，而其善鸣多变，也就顿然失去了可爱的意味，而变得可厌了。这体现出作者巧妙的手法。

第二部分从"可怜光景何时尽"到末尾，着重写百舌的"舌端万变"不会有好结果，也决不会长久。"可怜光景何时尽"一句，讽刺意味进一步明显，它的弦外之音是：看你得意到几时！接着作者从两个方面指出了百舌不可避免的厄运。一个方面，是来自背后的暗算，它无法避免鹰隼的突然袭击；虽然酷吏的深文周纳、张罗设网与它无关（"廷尉张罗自不关"一句，用了《史记·酷吏列传》中西汉时好诈的廷尉张汤给人罗织罪名、陷人于狱的故事），但像潘岳那样的游乐少年的无情弹射，却是躲不开的（《晋书·潘岳传》：潘郎"少时常挟弹出洛阳道"）。另一个方面，是时运的无情消逝。百舌本是飞禽中一种微形小鸟，它的"舌端万变"完全是靠着春日的美好时光。而春天总是要过去的，到了夏天，它就再也叫不出声，而仓皇地在蒿下乱飞了（据《礼记·月令》："仲夏之月，反舌无声。"郑玄注："反舌，百舌鸟。"）。这几句，表现出作者对百舌的鄙视，但同时也含有警告的意思，似乎在劝告它们不要再以"舌端万变"去取悦"侠少""妖姬"了。另外，最后两句中，"索寞无言"与"笙簧百啭"、"蒿下飞"与"迎风弄景"，都形成鲜明对照，深刻地说明了巧舌善变的可悲下场，全诗首尾照应，在结构上显得一气呵成，颇为谨严。

刘禹锡参与的王叔文政治集团失败后，政治集团内部发生了剧烈分化。在分化中，有的人坚持操守，而有的人却见风使舵，以巧言善变去取媚政敌——腐朽的官僚，并且还自矜自炫，十分得意。诗中"舌端万变"的百舌鸟，正是这种政治小丑的化身。对于这种人，作者表示了鄙薄之意，通过对百舌鸟的描写而进行了有力的讽刺。但同时也有劝诫之意，其中"廷尉张罗自不关"一句，是反语，其实是提醒他们，政敌是十分狠毒的，要注意暗算，不要沾沾自喜。最后两句"南方朱鸟一朝见，索寞无言蒿下飞"二句，与《聚蚊谣》中"清商一来秋日晓，羞尔微形饲丹鸟"的诅咒灭亡，大有不同，可见作者对不同的人的态度有着严格的区分，在遣词用语中极有分寸。在这些地方，表现了作者的深刻认识和艺术匠心。

（管遗瑞）

◇浪淘沙九首（录一）

莫道谗言如浪深，莫言迁客似沙沉。

千淘万漉虽辛苦，吹尽狂沙始到金。

这是《浪淘沙》九首之八。本篇直接取材于人民生活，极富民歌气息，它以淘沙取金比喻被谗言所害遭到放逐的人终会洗清罪名，得到赦免，表现出诗人在迁谪中的乐观情绪和坚定信念。

通篇采用比兴手法来寄托作者的情感。前两句"莫道谗言如浪深，莫言迁客似沙沉"，连用两个比喻。第一个比喻是把小人有意制造的诬陷好人的谗言比作滔天大浪，平地而起，来势凶猛，十分险恶。一个"深"字包含着这个意思。第二个比喻是把受到谗言诬陷而遭贬谪的人比作河沙沉水，深刻地说明了遭贬者在社会上的低下地位和内心的沉痛，有的甚至一蹶不振，屈原自沉汨罗，贾谊悲愤而死等，就是最好的明证。这两个比喻，都很形象、生动，而且紧扣题面的"浪""沙"等字，自然巧妙。连用两个否定词"莫道""莫言"，十分强烈地表现出作者不怕谗言打击、不怕贬谪投荒的凛然气概，一个正直而又坚强不屈的高大形象，像泰山一样顶天立地。两个否定句连用，排叠而下，更加强了这种坚定气势，显得斩钉截铁，不可动摇。

后两句仍然是比喻："千淘万漉虽辛苦，吹尽狂沙始到金。"用淘沙取金比喻清白正直的人虽然一时被小人诬陷，历尽辛苦之后，他的价值还是会被人发现的，比喻生动而又贴切。前一句紧接上两句不怕谗言和打击而来，但又略有转折，意谓要保持铮铮硬骨，难免要付出代价，这就是经受磨难，吃尽千辛万苦。不过，从"虽"字中，已经看出作者认识到这种"辛苦"只是暂时的，即使受到磨难，只要咬牙挺住，就会取得胜利，这一句较多自我勉励之意。后一句则较多自慰，表现出坚定的自信：深信自己是经得起锤炼的真金，随着"千淘万漉""吹尽狂沙"，真金的光芒就会熠熠闪耀。这两句在自勉、自慰中，进一步表现出作者面对谗言打击的坚强性格，在满怀激情的诉说中，具有高度的理智。这比前两句的斩钉截铁又进了一步，在始终充满乐观的情绪中，变得深沉而又不屈不挠，体现出作者伟大的人格和高尚的情感。

这首诗成功地运用了比兴寄托手法，使抽象的情感具体化，耐人玩味，收到了言有尽而意无穷的效果。其表现手法使得作者的情感表达得既清楚而又委婉，把人生的哲理说得既透辟而又含蓄，显得意蕴深沉。这首诗千百年来受到人们的反复吟诵和喜爱。

（管遗瑞）

●李涉（生卒年不详），自号清溪子，唐洛阳（今属河南）人。宪宗时为太子通事舍人，后贬谪峡州司仓参军。曾为太学博士，敬宗时以事流南方，浪游桂林。《全唐诗》存诗一卷。

◇井栏砂宿遇夜客

暮雨潇潇江上村，绿林豪客夜知闻。

他时不用逃名姓，世上如今半是君。

这首诗的写作本事见于唐人范摅《云溪友议》，略云：李涉过九江，至皖之西，忽逢大风鼓其征帆，数十人皆持兵杖，而问是何人。从者曰："李博士（李涉曾任太学博士）船也。"其中豪首曰："若是李涉博士，吾辈不须剽他金帛。闻其诗名日久，但希一篇。金帛非贵也。"李乃赠一绝句，即此诗。不过，从诗题看李涉遭遇"夜客"之地是个叫"井栏砂"的村庄，在皖口（今安庆市皖水入江处）。本事说江上相逢，乃属传闻异辞。

"暮雨潇潇江上村"二句，写诗人在井栏砂遭遇"夜客"。但凡出口成章的诗，大都从眼前景写起，以营造气氛，这叫起兴。"江上村"指井栏砂，地方偏僻，"暮雨潇潇"谓黑夜降临，下起了毛毛雨。虽非"月黑杀人夜，风高放火天"，却也写出一种作案的典型环境。"绿林豪客"（犹"绿林好汉"，本指东汉末年王匡、王凤领导的农民起义军）同题面之"夜客"，都是诗人的发明，描摹当夜对话的一个细节，充分发挥了汉语避讳的功能。因为传统礼俗重视称谓，对于可能冒犯对方的称谓须尽量换个说法，以防招致严重后果。而且，在这里诗情有一个跳跃，就是省去了累赘的、不愉快的叙事，直接跳到愉快的、想不到的结果："夜知闻"——原来夜客对诗人慕名已久，正是：有眼不识泰山。

（刘学锴）

●贾岛（779—843），字浪仙，一作阆仙，自称碣石山人，唐范阳（治今河北涿州）人。早年曾为僧，法名无本。宪宗元和间受知于韩愈，返俗应举，但终身未第。文宗开成二年（837）遭飞谤，责授遂州长江（今四川蓬溪）主簿，世称贾长江。有《长江集》。

◇题兴化园亭

破却千家作一池，不栽桃李种蔷薇。
蔷薇花落秋风起，荆棘满庭君始知。

这首诗的写作本事，见宋人曾慥《类说》本《本事诗·不栽桃李》条：贾岛初有诗名，狂狷薄行，久不中第。裴晋公兴化里凿池，起台榭。岛方下第，怨愤题诗亭内曰，云云。人皆恶其不逊。卒不第而终。把它说成是一首泄愤诗，未免小看了它。一首好诗纵然是缘事而发，却可以对事不对人，且意蕴不受本事局限。这首诗形象大于思想，是《全唐诗》中难得一见的讽喻杰作。

这首诗的第一句"破却千家作一池"，点出了一件事，就是裴度在修兴化池这"一池"的时候，涉及大量拆迁这样的事情，而且是"破却千家"。在当时应该是一个很大的事件。大家都知道，凡是涉及拆迁的事情，就会涉及利益冲突，会引发很多的社会矛盾，会涉及侵犯弱势群体的问题。只是这么一句，够令人浮想联翩。然后就不再说这件事，因为这是写诗，不是写调查报告，以下全出以比兴手法。

"不栽桃李种蔷薇"，这一句用园林里面栽花来暗示"兴化园亭"拆迁事件。这里提到种植两种花木，代表两种情况。一是"栽桃李"，一是"种蔷薇"。在中国古代传统的文学意象中，"栽桃李"是好事，比如说"桃李不言，下自成蹊"，比喻的就是"其身正，不令而行"（司马迁）。有意思的是，白居易《奉和令公绿野堂种花》恭维裴度，就曾以"桃李满天下"，点赞裴度培养过很多的人才。

"种蔷薇"呢，如所周知，蔷薇花是带刺的，因此在种花的同时，也就种下了刺。所譬喻的，就是像拆迁这样的，会侵犯群众利益之类的，会造孽会遭报应的事。所以中国有句俗话叫"多栽花，少种刺"，意思是教人多做善事，少做过恶的事。兴建园亭，对主人自己来说，是栽花；然而涉及欺压群众，那就是种刺了。所以这个比喻就是双刃剑，设计太妙。

"蔷薇花落秋风起"，这句也是比兴，讲的是一个时间概念。中国有谣谚道："善有善报，恶有恶报，不是不报，时候未到。"这里的时间概念，就是说报应到了。那会怎样呢？末句仍出以比兴，道"荆棘满庭君始知"，意思是，那时你才知道，收获的全是刺。中国另一句谣谚道"种豆得豆，种瓜得瓜"，意思是种什么因，得什么果。这句诗用形象做了丰富的暗示，可以使人想得非常深远。《韩诗外传·卷七》说："夫春树桃李，夏得阴其下，秋得其实。春树蒺藜，夏不可采其叶，秋得其刺焉。"是此诗用语之所本。三、四句容量之大，亦不限于本事。所缘之事涉及阶级矛盾。阶级矛盾一旦激化，最后就会演变成阶级斗争。一旦发展到了阶级斗争，矛盾就不可调和，后果非常严重。历代农民起义，不就是阶级矛盾引发的吗？

　　"君始知"是警示语，意思是到那个时候你知道也晚了，语极冷峻。就本事而言，"君"指裴度；就能指而言，上自皇帝、下到土豪劣绅都包括在内了。这首诗运用了比兴手法，巧而不华，极富理趣，"其称文小而其指极大，举类迩而见义远"，达到了传统讽喻诗的最高境界。可以说，它本身就是一朵"带刺的蔷薇"。

（周啸天）

●李贺（790—816），字长吉，唐宗室郑王之后，福昌（今河南宜阳西）人。宪宗元和二年（807）赴洛阳应进士举，妒之者以犯父名讳为由，加以阻挠。仕途失意，为奉礼郎，两年后因病辞官。有《昌谷集》。

◇感讽五首（录一）

南山何其悲，鬼雨洒空草。长安夜半秋，风前几人老。低迷黄昏径，袅袅青栎道。月午树立影，一山唯白晓。漆炬迎新人，幽圹萤扰扰。

李贺有一种境界幽冷荒诞的诗，它们常常为人引以说明李贺诗的某种特点，却又因为情调的"消极"，为选家所摒弃。连司空图的《二十四诗品》也没有"荒诞"一品，不免小有遗憾。而这类"荒诞"的诗，实蕴含诗人李贺的苦心孤诣，是诗人获得"诗鬼"之谥的主要凭据，在美学风格上也有独到的贡献。列在《感讽》这一题下的"南山何其悲"，便是这样的呕心沥血之作。诗中塑造的阴森恐怖的境界，是诗人内心苦闷的深刻的象征。

我国古代通行土葬，城市近郊的山陵往往为市朝之公墓，如洛阳的北邙与长安的终南山，都有松柏丛生的陵园。此诗写的就是深秋夜半南山墓地的情景。

　　南山是坟地，故空寂无人，雨天尤其萧瑟。"鬼雨"的铸辞由此而来，非常警策。而"空草"的铸辞也非常别致。因为秋能兴悲，愁能杀人，尤其在远离市井的南山，打在空寂的草木上的秋雨，真个别有阴冷的鬼气。"鬼"字遥兴篇末的冥境。（人口语中的"鬼天气""鬼话"等含有诅咒的意味，即由此延伸而出）以下一跳写到长安，那是繁华的人境。然而人皆有死，终须托体山阿。联系到开篇，"长安夜半秋，风前几人老"二句只平平道来也有些惊心动魄了。由青春年少而至于衰老，本是自然规律，何关乎秋风秋雨？然而秋风秋雨使人忧伤，忧伤足以加速人的衰老，而衰老则将导致人的死亡啊。

　　"低迷黄昏径，袅袅青栎道。"两句是三重意义上的过渡：就地域言，是从长安到南山的过渡；就气候言，是从风雨到雨雾的过渡；就生命言，是从人境到冥界的过渡。这个过渡通过对山林的道径描述而完成，很有别趣。曲折的路径笼罩在昏暗之中，两旁是沙沙响着的青栎，谁走在这样的路上也不免心中犯怵，乃至毛骨悚然。这条幽暗之路，最后通到了一片白晃晃的世界。后四句中读者就看到了一个安静得可怕的午夜世界。诗人用战栗着的想象和可补造化之笔，描绘了一个神秘的，比黑夜更为可怕的白夜："月午树立影，一山唯白晓。漆炬迎新人，幽圹萤扰扰。"

　　寂静的山林，月到中天，树影缩成一团，消失在树脚，于是到处明晃晃，有甚于天亮的时候。这时磷火（漆炬）如烛光点点；鬼影幢幢，似乎是在迎接新来的伙伴，坟茔中乱糟糟萤火般的磷光，使人想到鬼的聚会！这想象，是幻觉，又那么逼真。铸辞用字的倒错和异常，产生了令人惊愕不已的效果："月午"对应着人间的日午，"白晓"其实出现在深夜，鬼灯发着幽昧的光，故曰"漆炬"，"新人"其实是新鬼……阴错阳差的语言有力地刻画出一个本不存在的冥界。在古诗或乐府中，

"新人"还特指新妇（如《焦仲卿妻》"不足迎新人"，《上山采蘼芜》"新人不如故"，杜甫《佳人》"但见新人笑"），从李贺《苏小小墓》看，他是认定鬼也能恋爱婚嫁的。所以"漆炬迎新人"二句，未尝不可解为鬼的迎娶，正是"冷翠烛（即漆烛），劳光彩"（《苏小小墓》）呢。"幽圹萤扰扰"则应是鬼的喜庆热闹的婚筵场面了。这也是诗中的别趣。

据说天才的诗人在创作时都有些精神失常或失态。作为一位有些神经质的诗人，李贺更是如此。他在悲哀苦闷时想到死后，却又把幻想作为审美观照的对象加以玩味，不由自主地又给它添上一点点生趣，"虚荒诞幻"中仍有着天真烂漫的所在。读者为之既错愕又神往。诗列在"感讽"题下，显然想要告诫世人什么，又终于没有说出。然而他却创造了一个独到的艺术境界，借以表现了一种生之困惑。杜牧说"荒国陊殿，梗莽邱垄，不足为其怨恨悲愁也；鲸吸鳌掷，牛鬼蛇神，不足为其虚荒诞幻也"（《李长吉歌诗序》），于此诗可见一斑。

（周啸天）

●杜牧（803—853），字牧之，京兆万年（今陕西西安）人。宰相杜佑之孙。唐文宗大和二年（828）登进士第，登贤良方正能直言极谏科，授弘文馆校书郎。同年应沈传师之辟，为江西团练巡官，后随沈赴宣州。七年应牛僧孺之辟，在扬州任淮南节度府推官，转掌书记。九年回京任监察御史，后分司东都。开成中回京任左补阙，转膳部、比部员外郎，皆兼史职。武宗会昌二年（842）后出为黄州、池州、睦州等地刺史。宣宗大中二年（848）擢司勋员外郎，转吏部员外郎，四年复守池州。五年入为考功员外郎、知制诰，次年为中书舍人。有《杜樊川集》（《樊川文集》）。

◇早雁

金河秋半虏弦开，云外惊飞四散哀。
仙掌月明孤影过，长门灯暗数声来。
须知胡骑纷纷在，岂逐春风一一回？
莫厌潇湘少人处，水多菰米岸莓苔。

此诗作于武宗会昌二年，时杜牧为黄州刺史。当年八月，回鹘一部在乌介可汗率领下侵扰天德、振武一带，并深入云州（今山西大同），大肆掳掠。诗咏其事，以北雁提早南飞，暗示北方发生战事，并有以雁之"惊飞四散"喻人民流离失所的用意，通体比兴，不似他作，是杜牧

七律别调。

　　首联想象鸿雁遭射四散的情景，金河为唐单于都护府治所，今内蒙古自治区境内，此泛指北方边地。

　　次联续写"惊飞四散"的征雁飞经都城长安上空的情景。用笔爽健，以"仙掌"（铜仙掌承露金盘）、"长门"代表的帝王宫殿之壮丽高华来反衬南飞秋雁之"孤影""数声"的凄凉可悯，尤为警策。

　　三联由北雁南飞关心到它们的归期。句中"春风"似兼有比兴象征意义，据《资治通鉴》载，当时唐朝廷曾诏发陈、许、徐、汝、襄阳等兵屯太原及振武、天德，俟来春驱逐回鹘。但诗人对此似乎还有些怀疑和担心。

　　末联乃是对大雁的寄语。相传雁飞不过衡阳，以其地气候暖和故也。故诗人想象它们在潇湘一带停歇下来，并以江南主人的口气对它们表示慰问，"莫厌"云云，口气温馨，充满体贴同情。全诗笔笔写雁，但不着一雁字；句句咏雁，句句写人；言近旨远，意切情深，表现了诗人对国计民生的关切。

按会昌年间李德裕为相，是晚唐政治经济上有所作为的时期。面对这次入侵，李德裕采取了坚决回击的措施，在次年春夏之交，便一举击败了乌介可汗一部，使之逃往天山，最后遭到覆灭。此诗五、六句表示的担忧和讽刺，原是不必要的。

（周啸天）

◇送隐者一绝

> 无媒径路草萧萧，自古云林远市朝。
> 公道世间唯白发，贵人头上不曾饶。

南宋胡仔《苕溪渔隐丛话》云："牧之云：'无媒径路草萧萧，自古云林远市朝。公道世间唯白发，贵人头上不曾饶。'罗邺云：'芳草和烟暖更青，闲门要路一时生。年年点检人间事，唯有春风不世情。'余尝以此二诗作一联云：'白发惟公道，春风不世情。'盖穷人不偶，遣兴之作。"他别具只眼地拈出杜、罗二诗予以比较，又颇有创意地概括出"白发惟公道，春风不世情"一联，揭出二诗共同旨意，令人击节叹服。但细味诗意，"穷人不偶，遣兴之作"八字评语，实在未搔着痒处。殊不知小杜绝非一般"遣兴"，他抗议世间不平，呼吁社会公道，情绪正无比激越、慷慨。

首两句从隐者的居所和处境着笔，称扬隐者的德行。"无媒"语出《韩诗外传·卷三》："士不中道相见，女无媒而嫁者，君子不行也。"原意是女子因无人为媒难以出嫁，这里指士子因无人举荐、引进而无法用于世。正因为无汲引者问津，隐者门可罗雀，屋前小路长满了荒草，一片萧索冷落。"草萧萧"暗用汉代张仲蔚事。据《高士传》载，张仲蔚"善属文，好诗赋，闭门养性，不治荣名"。透过萧萧荒草，一个安于索居的隐者形象呼之欲出。"云林"，高入云中的山林，这里指隐者深隐之处。市朝，指交易买卖场所和官府治事所在。自古以来，隐者乐于洁身自好，有意远避这些争名夺利的尘嚣地，"退不丘壑，进不市朝，怡然自守，荣辱不及"（《周书·薛端传》）。清心寡欲，恬淡自适，诗人对隐者的洁行高志，流溢出钦羡、赞许之情。

末两句从白发落墨，生发健拔昂扬的议论。"白发三千丈，缘愁似个长"，白发与忧愁有着不解之缘。隐者"无媒"，因而怀才不遇。社会的压抑使他产生忧愁，难以排遣的忧愁又使他早生华发。他慨叹英雄无用武之地，痛恨扼杀人才的社会势力，呼唤世间公道。诗人充分理解隐者的心境，他与隐者灵犀相通，命运与共，对人世、对社会有着相同的见解。他以为，世间只有白发最公道，即使是达官贵人的头上也照长不误，决不饶过。白发不受财富摆布，不向权贵拜倒，不阿谀，不徇私，公平合理，这就是人间的公道。诗中"惟"字，包含言外之意：除了白发，人世间再没有公道可言。社会不平，在诗人笔下得到深刻的揭露和无情的针砭。这是理性的批判，是对当时整个社会现实的有力鞭挞。

全诗随情感的流动、意绪的变化而呈现不同的节奏和语势：前两句如静静溪流平和舒缓，后两句如滔滔江潮激荡喷涌。批判的锋芒直指不公道的封建社会制度，议论警动，痛快淋漓而又不乏机趣幽默。前人仅以"青楼薄幸"品藻小杜者，由此诗观之，实在是极大的历史偏见和误会。

（吉明周）

●曹邺（生卒年不详），字邺之，唐桂州阳朔（今属广西）人。屡试不第，唐宣宗大中四年（850）始登进士第，与刘驾、郑谷等为诗友。曾任天平军节度判官、太常博士、祠部郎中、洋州刺史、吏部郎中等职。中年辞官南归，隐居以终。《全唐诗》存诗一卷。

◇官仓鼠

官仓老鼠大如斗，见人开仓亦不走。

健儿无粮百姓饥，谁遣朝朝入君口？

这是一首反贪诗。唐朝末年，苛政极繁，贪官污吏滋多，本篇为此而作。

"官仓鼠"这个形象可说是直接来自生活，却也有一个出典，见《史记·李斯列传》："（斯）年少时，为郡小吏，见吏舍厕中鼠食不洁，近人犬，数惊恐之。斯入仓，观仓中鼠，食积粟居大庑之下，不见人犬之忧。"可知"官仓鼠"，第一有"积粟"可食，较之厕中饥鼠，自然肥大。"官仓老鼠大如斗"，夸张而不失实，用喻贪吏，得其神似。第二是"不见人犬之忧"。古人云"社鼠不熏"，官仓之鼠亦然。所以成语虽有"胆小如鼠"之说，"官仓鼠"却是例外。柳宗元曾写过一篇寓言《永某氏之鼠》，其中说到由于主人属鼠，禁畜猫犬，恣鼠不问，老鼠居然白昼与人兼行。所谓"见人开仓亦不走"，亦可见"官仓鼠"不仅身大如斗，亦有"斗胆"，虽平淡写来，亦使人毛骨悚然。用来比喻胆大妄为的官吏，也很形象。

诗第三句撇开鼠而写到人："健儿无粮百姓饥"。兵民为邦国之本，却挣扎于饥饿死亡线上。这里构成了一个强烈对比：一面是军民劳而不获，一面是"官仓鼠"无功食粟。这是多么不合理的社会现实。诗以痛切的一问作结："谁遣朝朝入君口。"这问题的深刻性在于，诗人并非简单地以"鼠"患为民生疾苦的唯一原因，而进一步追究产生这种不平的根源。虽然答案没有现成地给出，却发人深思。

《史记》写李斯见"官仓鼠"是十分羡慕的，在诗人笔下这一形象却发生了质变，成为极可憎恶的对象。因而此诗精神上更接近《诗经·硕鼠》。那首古代民歌愤切地说："硕鼠硕鼠，无食我黍""逝将去女，适彼乐土"。此诗中也潜在有同样愤切的情绪。

此诗不用赋法，未局限于官吏贪赃枉法之具体事实，而就其贪婪成性、胆大妄为的本质特征设喻，即用比兴手法，显得言省意足。虽然没有《硕鼠》那样的复迭章句，但第三句的提唱和末句的设问，亦饶有唱叹之音。语言的通俗幽默，易记易传，又增强了诗的战斗性。

（周啸天）

●王镣（生卒年不详），字德耀，祖籍太原（今属山西），后迁居扬州（今属江苏）。宰相王铎之弟。屡举不第，唐懿宗咸通中始登进士第，累官主客、仓部员外郎，迁左司郎中，僖宗乾符二年（875）任汝州刺史。终太子宾客。《全唐诗》存诗一首。

◇感事

击石易得火，扣人难动心。
今日朱门者，曾恨朱门深。

阶级社会里充满不平等，人们都在一定的社会地位里生活，思想感情和立场观点随着社会地位的变化而变化，从而产生出一种发人深省的"角色互换"的现象；专制的家长曾经是俯首帖耳的子孙；恶毒的婆婆曾经是受气的小媳妇儿；刚愎的暴君曾经是造反者；一怒之下杀了伙伴的王者，当年也曾讲过"苟富贵，勿相忘"的肺腑之言……人们显得那样健忘，仿佛人际关系中确乎存在一个个怪圈。这首五绝就用极简劲的语言，道破了这样一种世相，既痛快又深刻。

诗前两句以比兴手法，为警策之句："击石易得火，扣人难动心。"在火柴传入之前，人们取火的办法之一便是击石取火：工具是两片火石，或一片火石一块铁，以纸媒相凑，击石引着，再吹出明火。今人看来这很不方便，而在古人却认为"易得"了。写"击石易得火"，为的是引出"扣人难动心"。以"易"形"难"，这是反兴的方法。相形之下突出了人心的冷酷，比石头还僵硬。人间固然也有古道热肠者，并非全无恻隐之心，不过，此句是有所特指，便是题目显示的，作者在生活中遇到了一件不愉快的事，碰了钉子，故感发为诗。他的高明在于，并不停留在具体事件上，而是着重揭示其中包含的生活哲理："今日朱门者，曾恨朱门深。"今日有权有势的冷面人，当初也曾需要温情，也曾要求权门的援引，可能也曾有过求告无门的苦衷。这里言下之意是：人哪，你为什么如此健忘呢？你当初深恶痛绝的那种角色，如今为什么就安之若素呢？所以这二句"朱门"的重复中，见出角色互换，读来饶有意味。诗人对其所针砭的那个具体对象，也许深知其底细，他可能就是"一阔脸就变"的势利小人。不过诗中并不局限在一人一事，而重在揭露鞭笞一种世相，所以深刻。

同一个题目，如果施之散文，可能就下笔千言，通过旁搜远绍，甚至可能写成论人类不平等什么什么的长篇大论。而一首绝句，却只需点到为止，读者触类旁通，自能产生愈短愈长的效果。这首诗前二句固然是警句，后二句则是更为发人深省的警句。语言的警策，也是小诗成功的诀窍之一。

（周啸天）

●李商隐（813—858），字义山，号玉谿生。怀州河内（今河南沁阳）人。九岁丧父，从堂叔学习古文。唐大和三年（829）为令狐楚辟为幕僚。开成二年（837）登进士第。三年入泾原节度使王茂元幕，且入赘王家，为牛党中人所忌，致使仕途蹭蹬，长期辗转于幕府。有《李义山诗集》。

◇马嵬二首（录一）

海外徒闻更九州，他生未卜此生休。
空闻虎旅传宵柝，无复鸡人报晓筹。
此日六军同驻马，当时七夕笑牵牛。
如何四纪为天子，不及卢家有莫愁。

唐玄宗天宝十四载（755），安禄山起兵叛乱。次年六月，叛军逼近长安，潼关失守，国都长安岌岌可危。一个阴雨连绵的黎明，唐玄宗携杨贵妃、宰相杨国忠、太子李亨及部分皇亲国戚，在禁军护卫下，仓皇出城逃往成都。行至距长安城仅一百多里的兴平县马嵬坡时，禁军哗变，诛杀了杨国忠，并包围了帝妃住处。继而禁军将领陈玄礼代表军中，要求玄宗处死杨妃。玄宗在不得已的情况下，同意让杨妃以白练自缢于佛堂。这就是历史上有名的"马嵬之变"。

　　马嵬事变过去多年后，民间却流行这样一个传说：道教发源地之一临邛（今四川邛崃）的一个方士云游长安，此人有感于玄宗怀念杨妃的一腔精诚，愿替他为杨妃招魂。方士最终在海外仙山觅得杨妃。方士拟告辞复命之时，杨妃为他讲述了当年七夕节在长生殿发生的一段故事。那个夜晚，玄宗和杨妃曾按民间习俗，对着新月双双盟誓——"愿世世为夫妇"。这信誓旦旦的一幕在白居易《长恨歌》中，被演绎为"在天愿作比翼鸟，在地愿为连理枝"。

　　李商隐《马嵬》的开篇，正是针对这个传说和传说中的爱情誓言而发的。一个"徒"字，表明那个传说之于事无补。而"他生未卜此生休"，短短七字，则包含着无尽的感慨——既然夫妻缘分在"此生"已然完结，还谈何"他生"之事！要知道，所谓"来生缘"是多么靠不住啊！

　　中间两联是对马嵬事变的展开描写，也是诗中的重笔，着重渲染当事人玄宗的心境：在一个荒凉的驿站，深夜里只听见军中报更的凄凉柝声，不复往日宫中景象——按，唐时宫中不养鸡，鸡鸣时分由戴着绛色头巾的侍卫仿效鸡鸣以向宫中报晓。"鸡人报晓筹"是多么温馨的回忆，而"虎旅传宵柝"则是冷冰冰的现实。

　　"此日"，指马嵬事变的当日。"六军同驻马"五字说得含蓄，暗示的事态却相当严重——御林军竟驻马向皇帝请愿，打出的口号是带有威慑力的——"不杀贵妃，誓不扈驾！"在自身难保的情况下，唐玄宗除了忍痛割爱，还有什么办法呢？想当初，长生殿盟誓的那个七夕，他和她还取笑天上的牛郎织女，觉得他们可怜来着——鹊桥会只能一年一度。谁知道后来自个儿会落得个生死异路，反不如牛郎织女能够长久地隔河相望呢。

　　诗人不禁要问一个为什么——为什么做了四十多年天子，集天下权力于一身的玄宗，此刻却无力保护一个心爱的女人？为什么连寻常夫妻的相亲相守，对于他们来说，竟然也会成为一种奢望？为什么玄宗本人竟不及古代那个卢姓男子，能与心爱的莫愁执手偕老？这一切究竟是为什么？为什么？为什么？——究竟应该由谁来为这段不到头的爱情悲剧买单？

　　"前事不忘，后事之师。"显然，传说归传说，动人的传说不能更改无情的历史，而历史的鉴戒是不应该被忘记的。至于那个"为什么"，诗人只点到为止、问到为止，不予说破。通过一句诘问，诗意在高潮处凝固，像一条抛物线画到顶点，停下来，将后半段，即问题的答案，留给聪明的读者自己去完成——诗就该这样写。

（殷志佳）

◇宫辞

> 君恩如水向东流，得宠忧移失宠愁。
> 莫向尊前奏花落，凉风只在殿西头。

"宫辞"通常书作"宫词"，一般以宫女生活为题材，以抒写宫人怨情为主。这首诗在写宫怨的同时，别有寓意。

"君恩如水向东流"二句写君恩无常，宠不可恃。首句以流水譬君恩，用意微妙，表面可以是指皇恩浩荡，如水流不已；也可以指君恩无常，如流水常处变动之中。"子在川上曰：逝者如斯夫，不舍昼夜。"（《论语·子罕》）李白说"世间行乐亦如此，古来万事东流水"（《梦游天姥吟留别》），过去的事就回不来了。"得宠忧移失宠愁"句，极具概括性，不仅是说君恩是个好东西，故得宠者开心，失宠者抑郁，而且表现出宫女希宠患得患失的常态："得宠忧移"是既得之患失之，"失宠愁"是既失之自悼之，总之是惶惶不可终日。清人张采田云："次句极为自然，但未加修饰耳。集中此种颇多，转觉有致，岂欠浑雅哉！"（《李义山诗辨正》）

"莫向尊前奏花落"二句，以失宠者的口吻警告得宠者，谓不可高兴太早。三句出以呼告，喻指伴侍君王宴饮作乐。"尊前"是宴会上，"花落"是曲调名《梅花落》或《落梅风》，起末句"凉风"二字。"凉风"语出南朝江淹《拟班婕妤咏扇》："窃愁凉风至，吹我玉阶树。君子恩未毕，零落在中路。""只在殿西头"是出人意表的构思：

盖"凉风"是流动的空气，难把它定位在某处，可是诗人偏说"凉风只在殿西头"，这等于说千万不要高兴太早，噩耗可是说来就来。这话说得怕人，正是诗人要的效果。原来在诗人笔下，代表失宠的"凉风"，被人格化了，好像它就在不远的地方，即"殿西头"等着。《落梅风》的曲调，搞不好就是一种召唤。这是诗人的冷幽默。

俞陛云说："唐人赋宫词者，鸦过昭阳，阶生春草，防琼轩之鹦语，盼月夜之羊车，各写其怨悱之怀。此诗独深进一层写法，谓不待花枝零落，预料凉风将起，堕粉飘红，弹指间事，犹妾貌未衰，而君恩已断，其语殊悲。"（《诗境浅说续编》）而在牛李党争的背景下，此诗寓意深曲，正后来辛词所谓："君莫舞，君不见玉环飞燕皆尘土。"（《摸鱼儿》）清人冯浩评："下二句却唤醒得宠人，莫恃新宠，工为排斥，凉风近而易至，尔亦未可长保也。"（《玉谿生诗集笺注》）

（周啸天）

●韩偓（约842—923），字致尧（一作致光），小字冬郎，号玉山樵人。京兆万年（今陕西西安）人。昭宗龙纪元年（889）登进士第。官翰林学士、中书舍人，迁兵部侍郎、翰林承旨。有《韩内翰别集》。

◇观斗鸡偶作

何曾解报稻粱恩？金距花冠气遏云。
白日枭鸣无意问，惟将芥羽害同群。

这首诗通过对斗鸡的形象描写，以辛辣的笔调，对当时拥兵自重、互相残杀，专搞"窝里斗"，而不管唐朝兴亡、国家安宁的藩镇，作了深刻的揭露和无情的鞭挞，真实地反映了当时的社会现实。

诗一开始就斥责"斗鸡"不知报答人的喂养之恩。"稻粱"本是人的主要粮食，鸡吃着人的粮食，待遇已经十分优厚，但却无情无义。接着，作者对"斗鸡"的形象作了具体刻画："金距花冠气遏云。"斗鸡者用铁一类的金属装在鸡爪上，以利与同类搏斗，称"金距"。金爪、花冠的"斗鸡"，昂首阔步，不可一世，似乎随时都在寻找机会，准备给同类以致命打击，必欲置之死地而后快。"气遏云"三字，又把那种扬扬得意、飞扬跋扈的神态，写得活灵活现。前两句一虚一实，虚实交替，揭露了"斗鸡"的凶残本性。

　　后两句分承第一、二句。"白日枭鸣无意问"，承第一句而来，进一步严厉谴责"斗鸡"只吃"稻粱"，不干好事。"枭"即猫头鹰，古人以为猫头鹰是凶恶的害禽。"白日枭鸣"，是指猫头鹰在光天化日之下，为非作歹。面对这样凶恶的敌人，"斗鸡"却根本不想去作斗争，甚至连问都不想问一下，它"何曾解报稻粱恩"，简直没有一点心肝！最后一句"惟将芥羽害同群"，承第二句，"芥羽"与"金距"相对。据《史记·鲁周公世家》载：季氏斗鸡，捣芥子播其鸡羽，可以刺激对手之鸡目，有类暗器伤人。最后这两句是虚实相生，每句虚中有实，实中有虚，交错描写和谴责。两句中的"无意"与"惟将"，不仅十分深刻地揭露出"斗鸡"的残忍，而且使诗意连属紧密，一气直下，显得势不可遏。诗人的满腔愤怒和严词谴责，得到了充分而有力的表现。

　　以鸡相斗，是中国的传统游戏，到了唐代特别盛行，上至宫廷，下至村巷，莫不以斗鸡为戏。这样，凶狠的"斗鸡"就有了得逞之机和用武之地，而受到普遍豢养。作者生活的唐代末期，由唐王朝一手培植起来的藩镇已经羽翼丰满，他们割据称霸，根本不管唐室的存亡，对篡唐叛乱的朱温之流不闻不问（诗中以"白日枭鸣无意问"作比），只管互相厮杀，扩充地盘，为了一己之利，不择手段地彼此残害，弄得局势动荡，国无宁日，更给篡位叛乱者以可乘之机。作者用敏锐的观察力和感受力，把这种政治现象的本质之点，和"斗鸡"的本质之点联系起来，相互沟通，通过对"斗鸡"的讽刺、谴责，表示了对为祸惨烈的藩镇的痛恶，指出了唐朝之所以最终灭亡的重要原因，具有深刻的政治意义。诗中看来句句是在写鸡、骂鸡，但却句句是在写人、骂人，而且写得生动形象，骂得痛快解恨，在嬉笑怒骂中，成就了这首颇具讽刺意义和战斗意义的小诗。读罢这首小诗，作者的形象的描写，犀利的笔锋，以及强烈的正义感，都给读者留下了深刻的印象，令人难忘。

（管遗瑞）

●罗隐（833—910），字昭谏，杭州新城（今浙江杭州富阳区西南）人。举进士十余年不第。唐懿宗咸通十一年（870）始为衡阳主簿。广明元年（880）黄巢攻陷长安，罗隐归隐池州（今安徽池州市贵池区）梅根浦。天祐三年（906）充节度判官。后梁开平二年（908）授给事中。清人辑有《罗昭谏集》。

◇感弄猴人赐朱绂

十二三年就试期，五湖烟月奈相违。

何如学取孙供奉，一笑君王便著绯。

《幕府燕闲录》记载，黄巢起义爆发，唐僖宗逃难，随驾的伎艺人中有一个耍猴的。这猴子驯养得很好，居然能像人一样随朝站班，深得僖宗欢心，遂赏赐耍猴人以"朱绂"（绯袍），相当于五品官职。"孙供奉"，靠某种技艺在宫中侍奉皇帝者，通称"供奉"；猴子亦名"猢狲"，取"狲"字谐音，戏称弄猴人为"孙供奉"。这首讽喻诗乃诗人感事而发，故题曰《感弄猴人赐朱绂》。

本诗开头两句，凝练地概括了诗人怀才不遇、仕途不畅的辛酸经历。十多年来背井离乡，一直执着于应进士举，但一次未中，终不能得到统治者的赏识。"五湖烟月"描绘了诗人故乡的美丽风光，他是杭州人，因此举"五湖"概称。"奈相违"，一个"奈"字，活化出诗人为考功名不得不远离故土亲人时无可奈何的惆怅。诗人想起这漫长的十二三年，为博功名，闻鸡起舞，那些"焚膏油以继晷，恒兀兀以穷年"的日子里，痛苦与艰辛，似浓云漫卷，始终未能拨云见日。假使不赶考，或许可换作在家乡山山水水间的小日子，安逸而自得其乐……

后二句巧妙设问，照应题面，对唐僖宗赏赐耍猴人高官之事生发感慨，自嘲不如一个耍猴的伎艺人——只要博得君王一笑，红袍加身便顺理成章了。诗人只设问，并不作答，将一个富有历史教训的答案留给读者揣摩，这样的设计看似轻巧，却不难体会诗人的一片苦心：将诘问的锋芒蕴于含蓄之中，警示的答案不言自明。"一笑君王便著绯"，既痛刺唐僖宗的症结，也刺痛自己郁结多年的心：亡国之祸临头，不急于求人才、谋国事，反倒是非不明、赏罚不公，仅凭皇帝一时好恶便决定一个人的仕途人生。荒唐的行为让天下读书人心寒。在皇帝眼里，十年寒窗的苦心人反倒不如一个耍猴的艺人了？忧愤与感慨，意在言外。

诗人将自己的辛酸遭遇和耍猴人的荒诞得宠放在一起来写，用对比加强讽刺，这本是文人惯用的手法。自古以来，有许许多多的诗人用这种手法记录了他们的失意落魄，或严肃，或放任，或沉郁，或调侃。但这首诗自有其格外妙处：诗人用正经的笔法记下当朝荒诞之事，用恣意的嬉笑对最高统治者进行辛辣嘲讽，将"故意"隐藏在看似轻松的笔调背后，实则，有多少辛酸不为人知。

（殷志佳）

●杜荀鹤（846—904），字彦之，号九华山人，唐池州石埭（今安徽石台）人。早年读书九华山，累举进士不第，漫游闽越、荆楚、梁宋等地，复归隐山中十五年。昭宗大顺二年（891）登进士第。天祐元年（904）朱温奏为翰林学士、主客员外郎，五日后病卒。有《唐风集》（《杜荀鹤文集》）。

◇旅泊遇郡中叛乱示同志

握手相看谁敢言，军家刀剑在腰边。
遍收宝货无藏处，乱杀平人不怕天。
古寺拆为修寨木，荒坟开作甃城砖。
郡侯逐出浑闲事，正是銮舆幸蜀年。

"乱世英雄起四方，有枪就是草头王"，其辞虽鄙，却是中国封建社会动乱年代的生动写照。唐僖宗中和元年（881），黄巢起义军占领长安，銮舆西迁。各地地方军阀、地主武装拥兵自重并趁乱抢掠财物，虐害人民，到处发生着流血恐怖事件。在这些"乱世英雄"心目中，什么天理，什么王法，什么朝廷命官，全都不算回事。韦庄《秦妇吟》就写过官军的纵暴："自从洛下屯师旅，日夜巡兵入村坞。匣中秋水拔青蛇，旗上高风吹白虎。入门下马若旋风，罄室倾囊如卷土。"而当年杜荀鹤旅途停舟于池州，遇郡中发生兵乱，郡守被乱军逐出，恐怖笼罩秋浦。诗人目睹这一切，忧心如焚而回天乏术。"诗可以怨"，或者说"愤怒出诗人"。他写了这首《旅泊遇郡中叛乱示同志》，留下了宝贵的历史见证。

"握手相看谁敢言，军家刀剑在腰边。"诗人不兜任何圈子，落笔就写郡中叛乱后的恐怖世相。人们握手相看，道路以目，敢怒而不敢言，这是一种极不正常、极为压抑的情况。对于它的原因，只轻轻一点："军家刀剑在腰边"，就像一个特写镜头，意味深长。"在腰边"三字极妙，暴力镇压的威慑，不待刀剑出鞘，已足以使人侧目。所谓"秀才遇到兵，有理说不清"，乱军的跋扈，百姓的恐惧，诗人的不安，俱在不言之中。这种开门见山的做法，使人感到这诗不是写出来的，而是按捺不住的喷发。

"遍收宝货无藏处，乱杀平人不怕天。"二句承上"军家刀剑"，直书乱兵暴行。他们杀人越货，全是强盗的行径。其实强盗还畏惧王法，还不敢如此明火执仗，肆无忌惮。"平人"即平民（避太宗名讳改），良民，岂能杀？更岂能乱杀？"杀"字前着一"乱"字，则突出行凶者面目的狰狞，罪行的令人发指。"不怕天"三字亦妙，它深刻地写出随着封建秩序的破坏，人的思想、伦常观念也混乱了。正常时期不怕王法的，还怕天诛呢。但天子威风扫地的末世，天的权威也动摇了，恶人更是为所欲为。

更有甚者："古寺拆为修寨木，荒坟开作甃城砖。"拆寺开坟，在古代被视为极大的罪孽，恶在不赦，此时却在青天白日下发生着。战争造成大破坏，于此也可见一斑，参阅以《秦妇吟》"采樵斫尽杏园花，修寨诛残御沟柳"，尤觉真切。诗人通过收宝货、杀平人、拆古寺、开荒坟等时事，生动地展示了满目疮痍的社会状况，同时也表现了对乱军暴行的切齿痛恨。

怎么办？这是现实必然要逼出的问题。然而诗人不知道。他也老老实实承认了这一点："郡侯逐出浑闲事，正值銮舆幸蜀年。"这像是无奈何的叹息，带着九分伤心和一分幽默：你看，这种局面，连一方"诸侯"的刺史都没办法。岂但没有办法，他还自身难保，让"刀剑在腰边"的乱军轻易地撵了，全不当回事儿。岂但郡守如此，皇帝老官也自身难保，不是被黄巢、尚让撵出长安，全不算回事吗？"銮舆幸蜀"，不过是好听一点的说法而已。诗末的潜台词是：如今皇帝蒙尘，郡守被逐，四海滔滔，国无宁日，你我"同志"，空怀忧国忧民之诚，奈何无力可去补苍天，只有记下这一页痛史，留与后人平章去罢。

诗不仅深刻真实地反映了唐末动乱的社会现实，而且出以满腔激情。仔细玩索，前六句刻意暴露，固然有力，然而，倘无后两句以感慨无端，不了了之相补救，就不免失之剑拔弩张，哪得如此火色俱融之妙！

（周啸天）

●花蕊夫人（生卒年不详），女，后蜀孟昶妃，姓徐，一说姓费，青城（今四川都江堰市南）人，蜀亡入宋宫。有《宫词》百首。

◇述国亡诗

君王城上竖降旗，妾在深宫那得知？
十四万人齐解甲，更无一个是男儿。

花蕊夫人以才貌双全，得幸于后蜀主孟昶，蜀亡，被掳入宋。宋太祖久闻其人，召她陈诗，因诵此作，太祖颇为赞赏（事据《十六国春秋·蜀志》）。

开篇直述国亡之事："君王城上竖降旗。"史载后蜀君臣极为奢侈，荒淫误国，宋军压境时，孟昶一筹莫展，屈辱投降。诗句只说"竖降旗"，遣词含蓄。下语只三分而命意十分，耐人玩味。

次句"妾在深宫那得知"，纯用口语，而意蕴微妙。大致有两重含义：首先，历代追咎国亡的诗文多持"女祸亡国"论，如把商亡归咎于妲己，把吴亡归咎于西施，等等。而这句诗则像是针对"女祸亡国"而作的自我申辩。语似轻声叹息，然措辞微婉，而大有深意。其次，退一步说，"妾"即使得知投降的事又怎样？还不照样于事无补！一个弱女子哪有回天之力！不过，"那得知"云云毕竟还表示了一种廉耻之心，比起甘心做阶下囚的"男儿"们终究不可同日而语。这就为下面的怒斥预留了地步。

第三句照应首句"竖降旗"，描绘出蜀军"十四万人齐解甲"的投降场面。史载当时破蜀宋军仅数万人，而后蜀则有"十四万人"之众。以数倍于敌的兵力，背城借一，即使面临强敌，当无亡国之理。可是一向耽于享乐的孟蜀君臣毫无斗志，闻风丧胆，终于演出拱手让国的屈辱一幕。"十四万人"没有一个死国的志士，没有半点丈夫气概，当然是语带夸张，却有力写出了一个女子的羞愤：可耻不在国亡，而在于不战而亡！

末句爆发出一句热骂："更无一个是男儿。""更无一个"与"十四万人"对比，"男儿"与"妾"对照，可谓痛快淋漓。"诗可以怨"，这里已是"嬉笑怒骂，皆成文章"了。

此诗写得很有激情，表现出亡国的沉痛和对误国者的痛切之情。诗人以女子身份骂人枉为男儿，就骂得有力，个性鲜明。就全诗看，有前三句委婉含蓄作铺垫，虽泼辣而不失委婉，非一味发露、缺乏情韵之作可比。

据宋吴曾《能改斋漫录》，花蕊夫人作此诗则有所本。"前蜀王衍降后唐，王承旨作诗云：'蜀朝昏主出降时，衔璧牵羊倒系旗。二十万人高拱手，更无一个是男儿。'"对照二诗，花蕊夫人对王诗几处改动都很好。原诗前二句太刻意吃力，不如改作之含蓄有味，特别是改用第一人称"妾"的口气来写，比原作多一重意味，顿添神采。这样的改作实有再造之功。

（周啸天）

●王禹偁（954—1001），字元之，济州巨野（今属山东）人。世代务农。太平兴国八年（983）进士。历任右拾遗、翰林学士、知制诰。遇事敢言，屡以事贬官。真宗时，预修《太祖实录》，直书史事，为宰相不满，降知黄州，后迁蕲州，病卒。有《小畜集》。

◇对雪

帝乡岁云暮，衡门昼长闭。五日免常参，三馆无公事。读书夜卧迟，多成日高睡。睡起毛骨寒，窗牖琼花坠。披衣出户看，飘飘满天地。岂敢患贫居，聊将贺丰岁。月俸虽无余，晨炊且相继。薪刍未缺供，酒肴亦能备。数杯奉亲老，一酌均兄弟。妻子不饥寒，相聚歌时瑞。因思河朔民，输挽供边鄙。车重数十斛，路遥数百里。羸蹄冻不行，死辙冰难曳。夜来何处宿，阒寂荒陂里。又思边塞兵，荷戈御胡骑。城上卓旌旗，楼中望烽燧。弓劲添力气，甲寒侵骨髓。今日何处行，牢落穷沙际。自念亦何人，偷安得如是！深为苍生蠹，仍尸谏官位。謇谔无一言，岂得为直士？褒贬无一词，岂得为良史？不耕一亩田，不持一只矢。多惭富人术，且乏安边议。空作对雪吟，勤勤谢知已。

　　诗题《对雪》，诗意不在咏雪，而在于抒感。诗约作于宋太宗端拱元年（988），作者在汴京（"帝乡"）供职，任右拾遗直史馆。那时候宋跟契丹（后称"辽"）正打仗，战争的负担和灾难全部转嫁到人民身上，作者对此颇有感慨，于是在雪天写下了这首诗。

　　诗分五段。第一段从篇首至"飘飘满天地"，从题面叙起，写岁暮深居值雪。这段文字很平，但有两方面的作用。一是突出天气的奇寒：为官的作者本人是深居简出（"衡门昼长闭"），朝廷免去五日一上朝的惯例（"五日免常参"），官署亦不办公（"三馆"指昭文、国史、集贤三馆），这些都间接表明岁暮天寒的影响。而大雪漫天飞扬则是直接写寒冷（"睡起毛骨寒，窗牖琼花坠"）。二是描述一己的闲逸：既无案牍劳形之苦，复多深夜读书之趣，因而往往睡到日上三竿才起来。一日睡起，忽觉寒气入骨，有玉屑一样的白花飞入窗内，于是"披衣出户看，飘飘满天地"。十个字对雪没有作细致的描绘，却全是一种潇散愉悦的情味。这里写的是闲人眼中的雪，是"帝乡"京都的雪，倒使人联想到一首唐诗："飞雪带春风，徘徊乱绕空。君看似花处，偏在洛城中。"（刘方平《春雪》）天寒风雪，独宜于富贵之家啊。这里写天寒，写闲逸，无不是为后文写边地兵民劳役之苦作铺垫或伏笔。

　　第二段（从"岂敢患贫居"到"相聚歌时瑞"）承上段，写家人团聚，赏白雪而庆丰年。值得玩味的是从篇首"衡门"（横木为门，谓简陋的住宅）句到这一段，诗人一再称穷。"贫居"固然是穷，"月俸无余""数杯""一酌"亦无不意味着穷。其实这倒不是他真的要发什么官微不救贫一类的牢骚，而是别有用意。他虽说"穷"，却不愁薪米、能备酒肴，惠及父母兄弟妻子。在这大雪纷飞的岁暮，他们能共享天伦之乐，共贺"瑞雪丰年"。这里句句流露出一种"知足"之乐，言"贫"倒仿佛成了谦辞。所以，诗人实际上是要告诉读者：贫亦有等，从而为后文写真正贫而且困的人们再作铺垫。晚唐罗隐诗云："尽道丰年瑞，丰年事若何？长安有贫者，为瑞不宜多。"（《雪》）从"相聚歌时瑞"的人们联想到长安贫者，替他们说了一点话。本篇写法大致相同，但想得更远，语意更切。

第三段即以"因思"（由此想到）二字领起，至"阒寂荒陂里"句，转而以想象之笔写黄河以北（"河朔"）人民服劳役的苦况。关于北宋时抽民丁运输军粮的情况，李复《兵馈行》写得最详细，可以参看："人负六斗兼蓑笠，米供两兵更自食；高卑日概给二升，六斗才可供十日。……运粮恐惧乏军兴，再符差点催馈军。比户追索丁口绝，县官不敢言无人；尽将妇妻作男子，数少更及羸老身。"（《潏水集》卷十一）第四段则以"又思"二字领起，至"牢落穷沙际"句，进而写兵役的苦况。

这两段所写河朔兵民之苦，与一、二段所写身在帝乡的"我"的处境，适成对照。一方是闲逸，而一方是不堪劳碌：服劳役者"车重数十斛，路遥数百里。羸蹄冻不行，死辙冰难曳……"，服兵役者"城上卓旌旗，楼中望烽燧。弓劲添气力，甲寒侵骨髓"。一方无冻馁之苦，而一方有葬身沟壑沙场之忧：或夜宿"荒陂里"，或辗转于"穷沙际"。字里行间，表现出诗人对河朔军民之深厚同情，从而引出一种为官者的强烈责任感，和对自己无力解除民瘼的深切内疚。

从"自念亦何人"到篇终为第五段，作自责之词而寓讽喻之意。看来诗人内疚很深（源于其责任感），故出语沉痛。他觉得贪图一己的安逸是可耻的（"偷安"），感到自己身为"拾遗"而未能尽到谏官的责任，身"直史馆"而未能尽到史官的责任，不足为"直士"、不足为"良史"。"不耕一亩田"，又无"富人（民）术"，有愧于河朔之民；"不持一只矢"，又乏"安边议"，有负于边塞之兵；更对不住道义之交的热忱期望（"勤勤谢知己"乃倒装趁韵句法，意即谢知己之勤勤）。所以骂自己为蛀虫（"深为苍生蠹"）。而事实上，王禹偁本人为官"遇事敢言，喜臧否人物，以直躬行道为己任"，是不当任其咎的。他在此诗以及其他诗（如《感流亡》）中的自责之词，一方面表示他不愿尸位素餐的责任心，另一方面也是对那些无功食禄之辈的讽刺。

诗层次极清楚，主要运用了对比结构，但这不是两个极端的对比（如白居易《轻肥》），而是通过"良心发现"式的反省语气写出，对比虽不那么惊心动魄，却有一种恳挚感人的力量。全诗语意周详，多用排比句式（二、五两段尤多），乃至段落之间作排比（三、四段），却毫无拖沓之嫌。其所以"篇无空文"，实在于"语必尽规"。因此，此诗不仅在思想上继承杜甫、白居易系心民瘼的传统，在艺术风格上也深得白诗真传，以平易浅切见长。从诗歌语言的角度看，乃是以单行素笔直抒胸臆，初步表现了宋诗议论化、散文化的风格特征。

（周啸天）

●范仲淹（989—1052），字希文，苏州吴县（今江苏苏州市吴中区）人。真宗大中祥符八年（1015）进士及第。仁宗宝元三年（1040）任陕西经略安抚招讨副使，兼知延州。庆历三年（1043）任参知政事，推行新政。后因夏竦等中伤，罢政，出任陕西四路宣抚使。卒谥文正。有《范文正公集》。

◇江上渔者

江上往来人，但爱鲈鱼美。
君看一叶舟，出没风波里。

这首诗字面意义很浅显。前两句按字面意义理解，是写来来往往很多人等候在江边上，为什么呢？只因为他们喜爱肉味鲜美的鲈鱼啊。后两句与前两句之间有一个空白意义点，即，有一个从味道鲜美的鲈鱼联想到怎样得到这美味的提问，然后引出在波涛中挣扎的一叶小舟。

此外，有人理解为对不公平现实的揭露。这种理解是将一、二句与三、四句比较起来阅读产生的结论。"往来人"与"一叶舟"相比，二者皆指人。前者是有钱人，是有产者，是贵人，或者是为这些人服务的；而后者是没钱人，是无产者，是穷人。二者的社会地位悬殊在对比中一目了然。前者只是守在江边，而后者要与惊涛骇浪作斗争，他们显然是得不到鲈鱼的。劳者不得食的社会现实得到了很好的揭露。

　　还有一种理解认为是为官者的独白。持这种理解的人认为江边往来的人，是指为官者。庄子早就有身在江湖之上，心在魏阙之下的议论。范仲淹《岳阳楼记》中也有"居庙堂之高""处江湖之远"的忧思。顺之而下会，鲈鱼也有高官之位的象征意义了。人人都想要高官之位，这条路上充满艰险。江上那一叶小舟，就是辛辛苦苦的小吏们在与仕途上的惊涛骇浪作斗争。

　　　　　　　　　　　　　　　　　　　　　　　　（殷志佳）

●蒨桃（生卒年不详），北宋寇准妾，余不详。

◇呈寇公二首（录一）

一曲清歌一束绫，美人犹自意嫌轻。
不知织女萤窗下，几度抛梭织得成！

宋人宴席集会讲究排场盛大，官宦之家每逢宴集，必招歌姬前来，乐舞助兴，追求享乐。这种侈靡的生活风气盛行一时，仕宦之间亦借此互相攀比。

宋代笔记中记载，寇准家中陈设豪华，生活奢侈，常通宵达旦举行夜宴，并在宴会上以束绫赐赠歌姬，作为酬答。歌姬演唱一支歌曲，就可以得到一束绫，但歌姬对此等赏赐并不满意，认为赏赐轻微。作者为此写了两首《呈寇公》，这里选的是第一首。

开篇直入主题，介绍了宴集上寇公以束绫作赏酬答歌姬的事件：歌姬清歌一曲结束，寇公便在乐声中愉快地将一束类似缎子而较薄的丝织品赐赠于她。这种赏赐方式和赏赐物品在讲究排场、生活侈靡的宋朝，实在是一件再普通不过的事情，旁人看来不会大惊小怪。歌姬在接受赏赐之后，却不以为赏赐贵重，也许她并不会说出来，但一定是形之于色了，这就是所谓"意嫌轻"了。这一微妙的面部表情却被细心的侍妾蒨桃发现了。

　　歌姬自幼被送进教坊苦练琴棋书画，学成后落入风尘卖艺讨生活，贵人们的赏赐，就成为反映她们身价高低、艺技好坏的标尺。因此，她们非常在意自己的献艺所得，不只为钱财多寡，更为了攀比。然而在作者看来，这些美丽的绫罗绸缎，并不是易得之物——"不知织女萤窗下，几度抛梭织得成"——每一束、每一匹，都是辛勤的织绸女工日夜劳作的结晶啊！

　　第三、四句尤为出色。它们再现了一个情境：狭小潮湿的房间，寒窗之下，微弱如萤火的光线，织绸女工废寝忘食，踏机抛梭，脚不停手不住，筋力日渐枯竭，健康每况愈下；总共需要多少次来回的穿梭引线，才能织完这几束达官贵人们轻易就抛赏给美人的绫罗啊！言外之意是：如今，奢华阔绰的府内夜夜笙歌，赏者心悦兴起，受赏者却还那样不屑一顾，以为轻慢了她们的才情……若仅是不珍惜也就罢了，岂能恣意践踏他人的血汗之作？高高在上的显贵们，怎能体谅底层劳动者的辛勤，怎能爱惜得之不易的劳动成果？美人的一笑，在他掷出千金之前，就已经被他靡费财物的心理玷污了……

　　止奢节欲，不要随意挥霍，这样的主旨呼之欲出。作者只用了含蓄的语言，像一篇劝谏文，诗意幽曲而明朗。不需要直白的词句，对比色彩已然鲜明，指责之意已跃然纸上。

（殷志佳）

●李觏（1009—1059），字泰伯，北宋南城（今属江西）人。四十三岁时由范仲淹等人推荐入朝为太学助教，后升为直讲。有《直讲李先生文集》。

◇读《长恨辞》二首

玉辇迢迢别紫台，系环衣畔忽兴哀。
临邛谩道蓬山好，争奈人间有马嵬。

蜀道如天夜雨淫，乱铃声里倍沾襟。
当时更有军中死，自是君王不动心。

《长恨辞》即唐代白居易所作传世名篇《长恨歌》，以雍容华贵式的古典和超越现实的浪漫，展示了历史上著名的李杨生死恋。公元755年，安史之乱爆发，次年叛军攻陷潼关，唐玄宗仓皇出逃，行至马嵬驿（今陕西兴平西），禁军哗变，杀死误国奸贼、杨贵妃之兄杨国忠，又迫使玄宗缢杀杨贵妃，然后才护驾逃奔四川。这段史实在《长恨歌》中被白居易用唯美的笔法加之空灵的想象描绘出来，曲调悠扬。

李觏的《读〈长恨辞〉二首》，则更像一篇读书札记或心得体会，乃是阅读《长恨歌》之后抒发的感慨文段。历来对《长恨歌》主题的解读千人不一，对诗中所咏爱情或褒或贬，李觏却能在千万种声音中翻出一点新意，这也正是他的过人之处吧。

这两首诗紧扣《长恨歌》来写，甚至直接化用了《长恨歌》的词句。第一首诗一句一个场景，一句一个情节，皇帝乘舆离宫出逃，"千乘万骑西南行"。行至马嵬，六军不发，"宛转蛾眉马前死"，天上地下，生死两茫茫。然后宕开一笔，跳过了玄宗的凄苦心境和睹物思人的情节，直取"临邛方士""上穷碧落下黄泉"，为杨妃招魂，并最终得见之事。诗人李觏以旁观者的姿态冷眼直视——"争奈人间有马嵬"，无论道士将"虚无缥缈间"的海上仙山描绘得多么销魂蚀骨，无论贵妃在"蓬山"是怎样地"含情凝睇谢君王"，但人世间的现实活生生摆在面前，马嵬之变确实让玄宗永远地失去了爱人，人死不能复生，事实既成，终究无法改变，只能任它"此恨绵绵无绝期"了，再怎么招魂，再怎么思念，也是徒然。诗人对唐明皇的嘲讽，言辞犀利而意味深长。

现实的悲剧笼罩在心头，最末两句将全诗的气氛收拢定格，像一出戏剧，在谢幕前的刹那，将所有高潮一齐推出，真相大白，并瞬间凝固。

第二首诗则仅仅选取了一个情景来抒发感慨，即第一首诗中跳过的那段凄苦心境。"蜀道之难，难于上青天"，诗人化用李白的诗句极言入蜀大路艰险，为下文蓄势；军队本就艰难行进，更何况是在久雨不停风不住的夜晚，正思念杨贵妃的玄宗听到雨声与铃声相应和，"银铛"之声让他倍感凄楚和痛苦，在难以遏止的巨大悲伤中，他创作了《雨霖铃》曲，聊以慰藉凄惶孤苦的心灵。而在那逃亡之际，不知有多少为抵抗叛军流血牺牲的将士，君王却未动丝毫怜惜之心，更别说哀痛之情了。

这后两句同开头两句形成鲜明的对比：唐玄宗对杨妃的死是痛苦不

已，涕泪"倍沾襟"，而对为抵御叛军浴血奋战丧生的万千将士却毫不"动心"。同样是死，君王表现出来的却是两种截然不同的情感，或许杨妃尚可瞑目，但万千将士却彻骨寒心。唐玄宗难道还是"圣明天子"么？只不过是一个"不爱江山爱美人"的庸君而已。

较之第一首诗，严厉的谴责已显现出来，诗的后半段是全诗的重心所在，并没有流入"红颜祸水"的俗论，而是将贵妃与士卒并提，将"生命"作为标的，将二者的生命等量齐观：生命没有贵贱之分，都应该得到同等的重视。此种立意，不仅从旧题材中翻出了新意，且成功运用对比手法，将诗中所表达的指斥和批判精神强烈地表达出来。李觏作为一个哲学家兼诗人，对苍生的悲悯，对统治者的斥责，发人深省。

（殷志佳）

●梅尧臣（1002—1060），字圣俞，宣州宣城（今属安徽）人。少时应进士不第。历任州县官属。宋仁宗皇祐初赐同进士出身，授国子监直讲，官至尚书都官员外郎。曾预修《唐书》。有《宛陵先生文集》。

◇陶者

陶尽门前土，屋上无片瓦。
十指不沾泥，鳞鳞居大厦。

　　此诗讽刺剥削制度下不劳而获、劳而不获的极不合理的现象。汉代刘安《淮南子·说林训》即有"屠者藿羹，车者步行，陶人用缺盆，匠人处狭庐——为者不得用，用者不肯为"的谣谚。明清时歌谣更有"纺织娘，没衣裳；泥瓦匠，住草房；卖盐的，喝淡汤；种田的，吃米糠；当奶妈的卖儿郎；淘金的老汉一辈子穷得慌"。《红楼梦》第七十七回王夫人所谓"卖油的娘子水梳头"……都是从穷苦的一方，单方面着笔。

　　此诗属于另一写法，即将劳者（为者）与获者（用者）双方苦乐不均的情形对照写出，不加论断，简辣深刻。同时人张俞《蚕妇》诗"昨日入城市，归来泪满巾。遍身罗绮者，不是养蚕人"，也是同样手法，不过以当事人口气写来，控诉意味甚明。

（周啸天）

●陈烈（1012—1087），字季慈，人称季甫先生，北宋福州侯官（今福建福州）人。仁宗皇祐五年（1053），诏授将仕郎、试秘书省校书郎、福州州学教授。嘉祐三年（1058），欧阳修荐授安州司户参军、国子直讲，辞未就。哲宗元祐元年（1086），诏以宣德郎致仕。有《孝报经》。

◇题灯

富家一碗灯，太仓一粒粟；贫家一碗灯，父子相聚哭。风流太守知不知？惟恨笙歌无妙曲！

题灯诗，顾名思义，是指题在灯上的诗。福州历史上有元宵节闹花灯的习俗，宋人诗曰："春灯绝胜百花芳，元夕纷华盛福唐。银烛烧空排丽景，鳌山耸处观祥光。"形象生动地描述了当时福州灯市的盛况，各式各样的花灯琳琅满目，流光溢彩，煞是好看。

这首诗，有一个深刻的社会背景。宋元丰三年（1080），刘瑾出任福州太守，因他贪图享乐，人称风流太守。为了替大宋朝廷装点门面，粉饰太平，抓住节日机会讨皇帝欢心，自己也趁机邀功请赏，刘太守一上任，就准备在当年元宵节大摆花灯。他下令：福州城每户居民不论贫富，一律装点花灯十盏，悬挂在楼前屋檐下。一盏花灯二钱银子，十盏花灯就得花费二两银子。但时下正值福建闽江两岸连续三年遭受洪涝灾害，颗粒无收，百姓衣食无着。福州十邑，连最起码的温饱问题都无法解决，几乎家家日无鸡米，夜无鼠粮，十室九空，还有谁家能出得起这花灯钱？可这是地方官府的命令呀！谁敢违抗？谁敢在太岁头上动土？百姓们道路以目，敢怒不敢言。寓居福州的陈烈，看到这则贴遍街头巷尾的告示之后，愤然在花灯上题写了一首小诗。

　　生性耿直、为人正派的陈烈，总是肯为正义和良知执言。除夕之夜，在几户富庶官宦人家冷清的鞭炮声中，陈烈登上鼓楼，在一盏大红灯笼上，提笔作诗并具名。此诗一出，深得民心，百姓们拍手称好。一夜之间，传遍福州城。深知陈烈秉性的刘太守，为了保住自己的乌纱帽，避免更大的民愤，不得不亲往陈烈寓所谢过，并下令取消花灯会。

　　一场花灯会，总算有了个完满的结局。诗人所寄寓的忧愤与同情，随着这首题灯诗传承下来，经久不息。防止当权者的腐败和对民生问题的关注，直到现在，仍是社会关注的重点；仅有尖锐的控诉远远不够，对生命的尊重和对他人的悲悯情怀，也应是我们需要坚持的信念。

（殷志佳）

●柳永（约987—约1053），字耆卿，原名三变，字景庄，世称柳七，崇安（今福建武夷山市）人。景祐进士。官至屯田员外郎，故又称柳屯田。卒于润州。有《乐章集》。

◇鹤冲天

黄金榜上，偶失龙头望。明代暂遗贤，如何向？未遂风云便，争不恣狂荡。何须论得丧？才子词人，自是白衣卿相。　　烟花巷陌，依约丹青屏障。幸有意中人，堪寻访。且恁偎红倚翠，风流事，平生畅。青春都一饷。忍把浮名，换了浅斟低唱！

相传此词曾给作者带来些许麻烦。吴曾《能改斋漫录》卷十六载，宋仁宗临轩放榜，看到柳三变（柳永原名）的名字，便道："且去浅斟低唱，何要浮名！"将他一笔勾掉。于是柳永为自己拟了一个广告词称"奉旨填词柳三变"。

作者写此词前，还有一次落榜的经历——"黄金榜上，偶失龙头望"，用夸诞的口气，说落第的事实。"圣代无隐者，英灵尽来归"（王维《送綦毋潜落第还乡》），作者表示不愿厚诬时代，委婉地说不过是"明代暂遗贤"罢。然而听话听音，正如孟浩然说"不才明主弃"会得罪玄宗一样（事见孟棨《本事诗》），这话在仁宗听来也会刺耳。

落榜怎么办？作者认为谈不上什么损失，不必为此沮丧，无妨趁机狂荡——"才子词人，自是白衣卿相"。这句话好比王洛宾说："我要什么职称，我的歌就是我的职称！"语极自负。

对失意之人来说，最大的抚慰莫过于会红颜知己了。这里的"意中人"，一定是复数的和美丽的。据宋人罗烨记载："耆卿居京华，暇日遍游妓馆，所至，妓者爱其有词名，能移宫换羽，一经品题，声价十倍，妓者多以金、物资给之。"（《醉翁谈录》丙集卷二）作者笔下提到的歌妓，就有心娘、佳娘、虫娘、酥娘、秀香、英英、瑶卿等，此当即其"意中人"了。最后三句，将"浮名"和"浅斟低唱"比较，弱彼强此。不必认为作者一定就看破功名，也不必说他是吃不着葡萄就说葡萄是酸的，吟诗作词，尊题（以过情语强化主题）也，自尊也。

后来金元的书会才人，大都接过这一精神武器，每以"风流浪子"自夸："秦楼楚馆鸳鸯幄，风流稍是有声价"（董解元《西厢记》）；"我是个普天下郎君领袖，盖世界浪子班头"（关汉卿《南吕·一枝花·不伏老》）。仕进的道路堵塞了，只好放浪形骸，拼一个快活了。

此词贴近口语，浅显通俗，上口入耳。元明曲家强调语言"本色"，多以柳词为范，甚而称作者为"曲祖"（李渔《多丽·春风吊柳七》词），可见其影响之巨。

（周啸天）

●苏轼（1037—1101），字子瞻，一字和仲，号东坡居士，眉州眉山（今属四川）人。苏洵子。嘉祐进士。曾上书力言王安石新法之弊，后以作诗"谤讪朝廷"下御史狱，贬黄州。哲宗时任翰林学士，曾出知杭州、颍州，官至礼部尚书。后又贬谪惠州、儋州。历州郡多惠政。卒谥文忠。有《东坡七集》《东坡易传》《东坡书传》《东坡乐府》等。

◇於潜僧绿筠轩

可使食无肉，不可居无竹。无肉令人瘦，无竹令人俗。人瘦尚可肥，士俗不可医。旁人笑此言，似高还似痴。若对此君仍大嚼，世间那有扬州鹤。

於潜县在今浙江省，县南有寂照寺，寺中有绿筠轩，可知多竹。僧名孜，字惠觉。苏轼来寺，颇赏其轩，遂作此诗。

"可使食无肉"四句用口语，大是名言，乃从古谣谚得益。"肉"是荤食，代表的是高级物质享受；"竹"是坚劲青翠有节的植物，代表的是精神追求。对人来说，首要的需求是生存条件，是油盐柴米。从身体构造（牙口/肠胃）看，人近草食动物，"肉"非生活的第一需要。

所以苏东坡的意思是，对他来说，在能够生存的前提下，重要的就不再是物质享受，而是精神享受了。为什么呢？"人瘦尚可肥，士

俗不可医"，肥不见得好，俗则一定不好。什么是"俗"呢？"俗"近
"粗""鄙"，是趣味低级，是人格低下，是精神顽疾，是哪壶不开提
哪壶，是是可忍孰不可忍。

　　晋王徽之酷爱竹，有一次借住在朋友家，立即命人来种竹，人问
其故，徽之说"何可一日无此君"（《世说新语·任诞》）。故后人
以"此君"代称竹。"若对此君仍大嚼"即又想看竹，又想吃肉。另一
个故事说：四个人聚在一起，谈论平生快意之事，一人曰多财，一人
曰骑鹤做神仙，一人曰下扬州，最后一人曰"腰缠十万贯，骑鹤下扬
州"——兼三者而有之。"扬州鹤"举二以概三，是说未免心大。"若
对此君仍大嚼，世间哪有扬州鹤"，是说熊鱼兼收当然最好，只是未免
心太大——这是调侃，是奚落，是忍俊不禁，是哈哈大笑。作者本人挥
洒倜傥之态，亦跃然纸上。

　　有人借坡语，续添两句云："无肉令人瘦，无竹令人俗。若教不

瘦又不俗，顿顿有碗笋炒肉。"何以言之？笋即竹也。我想东坡如闻此诗，定会捧腹大笑，曰知我者，是儿也。何以言之？盖东坡其实荤素皆来，笋子炒肉，确是他所喜欢的一道菜。

（周啸天）

◇食猪肉诗

　　黄州好猪肉，价贱等泥土。富者不肯食，贫者不解煮。慢著火，少著水，火候足时他自美。每日起来打一碗，饱得自家君莫管。

　　诗见《东坡续集·卷十》及周紫芝《竹坡诗话》，文本有较大出入。今从《竹坡诗话》，以其文字较佳。参校《东坡续集》，改一字（"粪"改"泥"，以"粪"字破坏食欲也）。

　　或以前诗"可使食无肉，不可居无竹"来驳此诗，则过于执矣，不善变通。东坡诚雅士，亦是美食家，"长江绕郭知鱼美，好竹连山觉笋香"（《初到黄州》）、"春畦雨过罗纨腻，夏陇风来饼饵香"（《南园》）、"蒌蒿满地芦芽短，正是河豚欲上时"（《惠崇春江晚景》）、"一年好景君须记，最是橙黄橘绿时"（《赠刘景文》）等，都是与美食（含水果）有关的脍炙人口的佳句。

　　"富者不肯食"是为了减肥，"贫者不解煮"有点奇怪，大约烹制不得法，吃了腻人，所以也就不敢多来了。于是乎黄州的猪肉滥市、卖不起走，这就美了苏东坡这个美食家。花不多钱，每天都可以美美地吃上一碗。盖东坡基因好，体态甚可，无须减肥，加之"解煮"——方方一块肉（《论语·乡党》"割不正不食"），红烧全烂（《论语·乡党》"不得其酱不食"），醇香可口，糯而不腻——烧法是独家首创，故称"东坡肉"。

东坡没有知识产权之观念，对自己研发的技术毫不保守，在诗中讲了烧法要领——"慢著火，少著水（《东坡续集》还有"净洗铛"一语），火候足时他自美"。这是我所知道的歌括中，最有诗意的两句，调调儿好记，过目不忘，令人口内生津，馋涎欲滴。

"饱得自家君莫管"，是自得其乐、"各人吃了各人好"的意思，话虽如此，商业机密全都泄露了——在湖北、在杭州、在四川，至今仍有东坡肉这道名菜，四川还有东坡肘子，算来，卖钱卖了近一千年。明人陆宅之"每语人曰：'吾甚爱东坡。'或问曰：'东坡有文，有赋，有诗，有字，有东坡巾，君所爱何居？'陆曰：'吾甚爱一味东坡肉。'闻者大笑。"（浮白斋主人《雅谑》）其实陆宅之的话并不大错，或许他是有意搞笑，也未可知。

（周啸天）

———————

●林升（生卒年不详），字梦屏，南宋平阳（今属浙江）人。大约
生活在孝宗朝。《西湖游览志余》录其诗一首。

◇题临安邸

山外青山楼外楼，西湖歌舞几时休？
暖风熏得游人醉，直把杭州作汴州。

这是一首政治讽喻诗，矛头直指南宋统治阶级，诗人用简练的语言
对这帮骄奢淫逸、偏安一隅的当权者进行了辛辣的嘲讽，行文走笔处，
以愤慨之情诉无穷隐忧，斥责的声音发人深省。

公元1126年，金人攻陷北宋都城汴梁（即汴州，今河南开封市），
俘虏了宋徽宗、宋钦宗两个皇帝，北宋的中原国土被金人悉数占领。赵
构逃到江南，在临安（即杭州）即位，史称南宋。南宋小朝廷苟且偏
安，不仅没有吸取北宋亡国的教训勤政爱民、发愤图强，反而不思进
取，对外屈膝投降，对内残酷迫害岳飞等收复失地的抗金爱国志士；政
治上腐败无能，达官显贵一味纵情声色、寻欢作乐，生活靡费。诗人用
他的智慧和笔墨，将这样一首政治讽喻诗题写在临安城内一家客栈的墙
壁上，广为流传。它倾吐了郁结在黎民百姓心头的义愤，也表达了诗人
对国家民族命运的深切忧虑。

　　诗人站在客栈的楼上，倚着栅栏扬头远望，目光尽处，阳光之下红尘之上，重重叠叠的青山，连绵起伏各领风骚；鳞次栉比的楼台上，轻歌曼舞，软玉温香……夜夜笙歌的逍遥场地，极易让逗留其中的人丧失昂扬的斗志，极易让流连于此的人销蚀心中的理想和抱负。这座钟灵毓秀堪比天堂的杭州城，原本全是质朴而自然的美，如今却惹上了这些虚假的华丽富庶和罪恶的繁荣太平。南宋统治者逃出偌大中原，偏安于东部的一个小城池里，毫无进取之心，不思收复失地之大业，反而只求苟且偷生，获得一隅安宁；即便在这里，也还继续着曾经的靡乱生活，大造宫殿园林，仅花园就修了四十多座，其他贵族富豪的亭台楼榭更是不计其数……国家民族的前途命运也许根本就被排挤出了他们的考虑之列；水深火热之中的黎民百姓，已经淡出了他们的视线和思维。歌舞升平的景象中，没有一点点国难当头的影子和抗金复国的自强自励精神。

　　诗的前两句，就这样从空间和时间的无限，写尽了杭州山水楼台之美和歌舞升平之景。诗人触景伤情，不禁长叹："西湖歌舞几时休？"西子湖畔这些消磨抗金斗志的淫靡歌舞，什么时候才能罢休？骄奢淫逸的生活何时才能停止？抗金复国的事业几时才能着手？

　　然而，江南暖洋洋的风把"游人"吹得好像喝醉了酒，飘飘然，陶陶然，个个醉生梦死沉迷其中，毫无忧患意识，竟然把江南的杭州当作了中原的汴州。"暖风"一语双关，既是阳光明媚日温暖的自然风，也是社会上纸醉金迷的淫靡之风。"游人"则不能理解为一般游客，它特指那些从中原土地逃到江南一隅，却又忘了国恨家仇、苟且偷安寻欢作乐的南宋统治阶级。"熏""醉"二字用得精妙无比，把那些达官显贵纵情声色、痴迷留恋的精神状态刻画得惟妙惟肖，跃然纸上。末句可做讽语来读：把临时苟安的杭州简直当作了故都汴州，可见这些统治者是多么不思进取、荒淫无耻啊！亦可做警语来读：长此以往，必将重蹈覆辙，杭州终有一天也会像汴州一样，沦丧于金人的铁蹄之下。

通观全篇，这首诗在谋篇布局看似随意，实则精妙，措辞精当，情理深致。全诗不用典故，却能以冷言冷语写热闹场面，以愤慨之情诉无穷隐忧，以平易之言表深沉之情。朗朗上口，内蕴丰富，实属讽喻诗中的杰作。

（殷志佳）

●刘子翚（1101—1147），字彦冲，号屏山，一号病翁，宋建州崇安（今福建武夷山市）人。以荫补承务郎。曾任兴化军通判。后退居武夷山，专事讲学。有《屏山集》。

◇汴京纪事二十首〔录三〕

帝城王气杂妖氛，胡虏何知屡易君。

犹有太平遗老在，时时洒泪向南云。

列在原题下共有七绝二十首，为组诗。作于靖康之变以后，诗采汴京故事为题材，写尽山河变色的感慨。

本篇原列第一。写汴京失守、二帝被掳，遗民渴望光复的殷切心情。前二句写金人占领汴京，妄立伪帝等史实。古人认为"王气"是王朝运数的象征。"杂妖氛"指金人入汴，自然"王气"不王。"胡虏何知"四字当读断，"何知"什么？何知中华之礼义也。盖靖康二年（1127）徽、钦二帝被掳北行，金人立张邦昌为楚帝（后金兵退，避位，贬潭州赐死）；建炎四年（1130）金人重占汴京，复立刘豫为齐帝（后配合金人攻宋不利，被废黜死）。"屡易君"指此。

由于宋、金文化心理结构不同，金人很难理解伪帝不被宋人接受的原因。后二句即写沦陷区中的遗民念念不忘故国故君的感情。句中"太平遗老"指北宋遗民，"南云"则指南宋王朝。宋、金之间的冲突，在当时是不同民族之间的冲突。民族是一个历史范畴，由共同文化心理结构所形成的民族感情或民族凝聚力，是历史生活中一种最迷人或最动人的现象，而君主则是民族凝聚力在特定历史阶段的一个徽号、一个标志。这里的忠君只是现象，民族感情才是事情的本质。此诗把握住这一点来写，给人留下极深的印象。

（周啸天）

空嗟覆鼎误前朝，骨朽人间骂未销。
夜月池台王傅宅，春风杨柳太师桥。

本篇原列第七，是对误国奸臣的唾骂。

前二回顾北宋亡国的痛史，谓误国奸臣将永远地留下骂名。"覆鼎"语出《周易·鼎》"鼎足折，公覆餗"，喻大臣的失职。"骨朽"与"骂未销"是句中对比，足见此辈之死有余辜、为后人唾骂。两句基本意足，唯于奸臣之名未予明点。后二句对结补笔，点明作者鞭挞的对象乃是徽宗朝"六贼"首恶王黼和蔡京——王官封太傅楚国公，蔡官封太师鲁国公，二贼生前皆不遗余力搜刮民财以营建府第园林，各占地数里至数十里，备极侈丽，其意图乃在享尽人间荣华富贵。然而曾几何时，"王傅宅"也好，"太师桥"也好，皆为历史陈迹，成了误国的铁证。"夜月池台""春风杨柳"依旧，但已显出荒凉，不复有"梨花院落溶溶月，柳絮池塘淡淡风"的荣华富贵气象，往昔不可一世的太傅、太师，更是骨朽而名臭。

结尾两句之妙，尤在假吟风弄月之形，行口诛笔伐之实，与唐刘禹锡诗"朱雀桥边野草花，乌衣巷口夕阳斜"笔法同妙，但这里不是抒发怀古之幽情，而是鞭挞当代邪恶，情感内容要强烈得多。

（周啸天）

　　辇毂繁华事可伤，师师垂老过湖湘。

　　缕衣檀板无颜色，一曲当时动君王。

　　本篇原列第二十，咏名妓李师师。李师师，汴京人，相传幼年为尼，故以师名。后为妓，以歌舞名动京师，不仅当时名士如周邦彦等多与之往来，宋徽宗亦常私服微行其家，留宿不还，开了皇帝嫖妓的先例。李师师这个人物本身，也可以说是一面镜子，从中可以照出些世事沧桑。故此诗在取材上就有些意思。

　　关于李师师亡国后的下落，有不同的说法，比较普遍的说法是靖康中流落南方。如张鼎祚《青泥莲花记》云："靖康之乱，师师南徙。有人遇之于湖湘间，衰老憔悴，无复向时风态。"多少使人想起安史乱后杜甫在江南重逢的李龟年，这两首诗确有相通之处，那就是通过娱乐圈的一代风流人物的今昔对比，写人世沧桑。不同的是杜诗并入个人身世之感，此诗则专咏李师师，而"当时君王"呢，更不堪一提，只点到为止。

（周啸天）

●李清照（约1084—约1155），自号易安居士，宋齐州章丘（今山东济南市章丘区西北）人。李格非女，赵明诚妻。金兵入据中原，流寓南方，明诚病卒，境遇坎坷。有后人辑本《漱玉词》。

◇夏日绝句

生当作人杰，死亦为鬼雄。

至今思项羽，不肯过江东。

此诗鞭挞南宋当权派的无耻行径，夹叙夹议，借古讽今；傲骨铮铮，正气凛凛。

靖康元年（1126）"宋主上降表，礼成，请退兵，愿献世藏珍异，一应女乐"（《靖康稗史》）。之后，金兵南下，宋兵闻风溃逃。宋高宗赵构更是不思抵抗，仓皇南逃，在向金帝所进《誓表》中卑躬屈膝言道："世世子孙，谨守臣节。"他纳贡称臣，委弃尊严和人民利益，不顾生灵涂炭，苟且偷安于杭州，守着半壁江山，却仍旧纸醉金迷、荒淫浪荡。

值此南渡纷乱之际，目睹了上层统治集团仓皇南遁，女诗人悲愤地写下《夏日绝句》这一流传千古的诗篇。

这首诗起调高亢，突兀有力——"生当作人杰，死亦为鬼雄"，是精髓的凝练、气魄的承载，也是一种所向无惧的人生姿态。面对国破家亡的现实，作者在悲愤中呐喊，鲜明地提出了人生的价值取向：活着要做人中豪杰，为国家建功立业；即便是死，也要为国捐躯，成为鬼中英雄。爱国激情，振聋发聩。前二句巧妙化用两个典故——"人杰"出自《史记·高祖本纪》，指辅佐汉高祖刘邦统一天下的贤臣亮弼张良、萧何、韩信；"鬼雄"意承屈原《九歌·国殇》，原指为国捐躯的楚国将士。人生大要，无非生死，开篇即从这两个极点切入，气魄宏大，容量亦大。手起笔落处，端正凝重。

在诗人看来，生死两端截然不同，然而爱国之志终似心中明月，一生绝不可变，也不能变。宁可无愧而死，不肯惭愧而生，造就出宁为玉碎、不为瓦全的慷慨气节和悲壮正气。

"至今思项羽，不肯过江东。"《史记·项羽本纪》记：项羽垓下兵败后，逃至乌江畔，乌江亭长欲助项羽渡江，项羽笑曰："天之亡我，我何渡为？且籍与江东子弟八千人渡江而西，今无一人还，纵江东父兄怜而王我，我何面目见之？纵彼不言，籍独不愧于心乎！"言罢，拔剑自刎。

女诗人追思那个相距千年的楚霸枭雄项羽，追慕项羽的精神和气节，痛恨南宋当权者苟且偷安。项羽，为了无愧名节和江东父老所托，竟以死相报。"不肯"！一个"不肯"笔来神韵，强过鬼斧神工，一种"可杀不可辱""死不惧而辱不受"的英雄豪气，漫染纸面，力透纸背。

"至今"二字之妙，不唯干净利落，转得很自然，还沟通了历史与现实，赋予诗句丰富的潜台词和批判的锋芒——宁可无愧而死，不肯惭愧而生，慷慨赴死，从容舍身，这是项羽用生命换来的抉择大义，畅叙着一种忠贞：忠贞于英雄之名，忠贞于大丈夫之气。他活着，叱咤风云，轰轰烈烈，是人中豪杰；他死去，美人挥泪，良驹徘徊，为鬼中枭雄。项羽失去了江山，但没有失去尊严；项羽舍弃了生命，但没有舍弃豪气。尽管孤独悲壮，却始终是一位顶天立地的男儿，有着血性的真诚和不畏强敌的高风亮节。面对严峻时局，女诗人慨叹如今再无项羽那样的血性英雄，救百姓于水火，拯国家于危亡。通过对一位失败了的英雄的钦慕和推崇，表达了诗人呼唤英雄、崇尚气节的理想，同时无情鞭挞和讽刺了赵构之流的"懦夫"们，对南宋统治者为了苟且偷生导致中原沦陷表达出强烈愤懑。

李清照本女儿身。一个柔弱纤细的女子，身世坎坷，飘零憔悴。笔下人杰之"杰"、鬼雄之"雄"，实乃正气浩然处。一个"思"字，标示她的志向所指，何等的无畏生死之气。在她以"婉约派之宗"而著称文坛的光环映彻下，《夏日绝句》一篇笔端劲力突起，笔锋刚劲显现。这份刚韧和气魄，敢问世间须眉几人可敌？这是她生命里别样的气质光彩，是亡国之悲愤、爱国之强烈、命运之不屈的铮铮风骨和铿锵见证；其浩然正气、傲然风骨，总会使人在捧卷时肃然起敬。

（殷志佳）

●杨万里（1127—1206），字廷秀，号诚斋，吉水（今属江西）人。"中兴四大诗人"之一。绍兴二十四年（1154）进士。孝宗初，知奉新县，历太常博士、太子侍读等。光宗即位，为秘书监。有《诚斋集》。

◇初入淮河四绝句（录一）

船离洪泽岸头沙，人到淮河意不佳。
何必桑干方是远，中流以北即天涯。

南宋在符离之败后，与金国签订了比绍兴和议更为屈辱的隆兴和议，划定东起淮河西至大散关一线为国界。淳熙十六年（1189）冬，杨万里奉命去迎接金廷派来的贺正使，此诗系四绝句之一，写初入淮河屈辱抑郁的心情。

洪泽湖在江苏西部，自北宋开水道以达于淮河，遂为漕运要道。"船离洪泽岸头沙，人到淮河意不佳"二句言才离洪泽，便入淮河，这是"缩地法"式的夸张，给人以一种空间上的窘迫压抑之感。作为臣服于金的南宋王朝的使者，不免有见人矮三分的屈辱感。诗中把这种潜意识中深沉的感觉用"意不佳"三字轻轻表过，使人读后觉得用语虽轻，分量却重。这里"人到淮河"的"人"，似乎不仅仅特指作者个人，还有泛指南宋国人的意味。

"意不佳"，是因为金瓯残破而收拾无望，陆游《醉歌》说得很直截："穷边指淮泗，异域视京洛。"杨万里此诗则换了曲折委婉的说法："何必桑干方是远，中流以北即天涯。"桑干即永定河上游，在今山西北部，河北的西北部，在唐代是与北方少数民族交接处，唐人每视同边塞（雍陶《渡桑干水》"南客岂曾谙塞北"）。而在南宋，边境线已南移何啻千里，淮河中流以北，便属异域，别说桑干河了。诗句本刘禹锡《和令狐相公别牡丹》"莫道两京非远别，春明门外即天涯"，写出心理上的咫尺天涯之感，但只是伤离别；杨万里则从淮河想到桑干，大有国事不堪回首的感慨。

（周啸天）

●关汉卿（生卒年不详），号已斋叟。元大都（今北京）人，又有祁州（治今河北安国）、解州（治今山西运城市西南解州镇）人诸说。约生于金末，卒于元成宗大德年间。现存杂剧近二十种，散曲套数十余套，小令五十余首。与郑光祖、白朴、马致远并称"元曲四大家"。

◇南吕·一枝花·不伏老（节录）

[黄钟煞] 我是个蒸不烂、煮不熟、捶不匾、炒不爆、响珰珰一粒铜豌豆。恁子弟每谁教你钻入他锄不断、斫不下、解不开、顿不脱、慢腾腾千层锦套头？我玩的是梁园月，饮的是东京酒，赏的是洛阳花，攀的是章台柳。我也会围棋，会蹴鞠，会打围，会插科，会歌舞，会吹弹，会咽作，会吟诗，会双陆。你便是落了我牙、歪了我嘴、瘸了我腿、折了我手，天赐与我这几般儿歹症候，尚兀自不肯休。则除是阎王亲自唤，神鬼自来勾，三魂归地府，七魄丧冥幽，天那，那其间才不向烟花路儿上走。

本一套四曲，乃作者风流浪子生活的自白，其主题词是"不伏老"，[黄钟煞] 是全曲的总结。此曲一开始就是一组恣肆汪洋铺张排比的长句："我是个蒸不烂、煮不熟、捶不匾、炒不爆、响珰珰一粒铜豌豆"，"谁教你钻入他锄不断、斫不下、解不开、顿不脱、慢腾腾千层锦套头"，这里用了元代勾栏和风月场中的几个切口（"子弟""铜豌豆""锦套头"），姜数老的辣！

以下笔墨同样酣畅："我玩的是梁园月，饮的是东京酒，赏的是洛阳花，攀的是章台柳。"这里玩月、饮酒、赏花、狎妓，每一句中都嵌用了一个大都会地名：梁园（汉梁孝王兔园）、东京（汴梁）、洛阳、章台（长安街名），夸耀阅历丰富，见过大世面，经过大阵仗来的。

紧接着是九个会什么会什么，以穷举罗列之法，毕数个人才具："会围棋、会蹴鞠（足球）、会打围（打猎）、会插科（搞笑）、会歌舞、会吹弹、会咽作、会吟诗、会双陆（赌博）"等，无论棋琴书画、歌舞游戏，三教九流，色色俱全，堪称老手。

然而，老人骨质疏松，落牙歪口、瘸腿折手之事在所难免，所以"老来情味减"，而他偏"不伏老"，说要"死而后已"，这也是用形象铺张的句法来演绎的："阎王亲自唤，鬼神自来勾，三魂归地府，七魄丧冥幽"，穷形尽相，"天那"二字，还有一股意犹未尽之意。

此曲反映了传统道德观念的崩塌，是诗词中前所未有的，其振聋发聩，一如《十日谈》。诗词中对应物，如曹操《龟虽寿》，向称幽燕老将，气韵沉雄，然比兴再三，入题便止，哪有如此穷举铺张，淋漓尽致，如三伏天喝汽水，"唯吾意之所欲至，口之欲宣，纵横出入，无之而不可"（王骥德《曲律·杂论》）。

（周啸天）

●王和卿（生卒年不详），约与关汉卿同时而先卒，《全元散曲》录散曲二十一首，套数一套。

◇仙吕·醉中天·咏大蝴蝶

挣破庄周梦，两翅驾东风，三百座名园，一采一个空。谁道风流种，唬杀寻芳的蜜蜂。轻轻地飞动，把卖花人扇过桥东。

元人陶宗仪《辍耕录》称，中统初，燕市出了一只大蝴蝶，其大异常。王和卿与关汉卿唱和，王先写这首曲，关即搁笔。咏蝴蝶，诗词也有，而咏大蝴蝶，其兴趣在"大"，非诗词所有，亦非诗词所宜。

开篇用庄周梦蝶事，"挣破"一词意言蝴蝶破梦而出，有奇趣。"驾东风"者应是鲲鹏，以形蝴蝶之大。蝴蝶爱花成性（欧阳修《望江南》："身似何郎全傅粉，心如韩寿爱偷香。天赋与轻狂。""才伴游蜂来小院，又随飞絮过东墙。长是为花忙。"），三百座名园一采一空，还是夸张蝴蝶之大，大得简直吓坏寻芳的蜜蜂！结尾变调侃为抒情，说大蝴蝶只消轻轻地飞动，便把卖花人扇过桥东，仍是着眼于"大"。有诗意，更有卡通色彩——这才是曲味。

宋诗人谢无逸，蝶痴也，曾一连写蝶诗三百首，有云："江天

春暖晚风细，相逐卖花人过桥。"细想来"把卖花人扇过桥东"就是
"相逐卖花人过桥"的一转语，但谢用雅语，王用俗语。谢诗中卖花
人是主动的，蝴蝶是被动的；王曲中，被动变主动，主动变被动，平
添了多少奇趣！

（周啸天）

●萨都剌（约1307—1359后），亦作萨都拉，字天锡，号直斋，先世为回鹘人。其祖父、父以世勋镇守云、代，遂居雁门（今山西代县）。曾远游吴、楚。元泰定四年（1327）进士及第。授镇江录事司达鲁花赤（掌印正官）。后任翰林国史院应奉文字。晚年寓居武林（今广西）。后入方国珍幕府，终年八十余。有《雁门集》《萨天锡诗集》等。

◇征妇怨

有柳切勿栽长亭，有女切勿归征人。长亭杨柳自春色，岁岁年年送行客。一朝羽檄风吹烟，征人远戍居塞边。辚辚车马去如箭，锦衾绣枕难留恋。黄昏寂寞守长门，花落无心理针线。新愁暗恨人不知，欲语不语颦双眉。妾身非无泪，有泪空自垂。云山烟水隔吴越，望君不见心愁绝。梦魂暗逐蝴蝶飞，觉来羞对窗前月。窗前月色照人寒，迟迟钟鼓夜未阑。灯阑有恨花不结，妆台尘惨恨班班。半生偶得一锦字，道是前年战时苦。一朝血杵烟薮除，腰间斜挂三珠虎。妾身自喜还自惊，门前忽闻凯歌声。锦衣绣服归故里，不思昔日别离情。别离之情几青草，镜里容颜为君老。黄金白璧买娇娥，洞房只道新人好。

全诗通过对一位征妇在半生的苦苦思念后，到老来反而被征人所抛弃的人生惨剧的描写，表现了对征妇的深切同情，也对造成这种惨剧的社会进行了抨击，具有较为深刻的思想意义。

全诗大致可以分为三个段落，围绕着"怨"字，层层展开，深入描写，翻新出奇，把征妇的一腔怨苦之情，表现得淋漓尽致，感人肺腑。

从开篇到"锦衾绣枕难留恋"，共八句，是第一段，描写征人被召远去边塞，征妇开始了无穷无尽的思念，揭出怨之所由。起首四句，"有柳切勿栽长亭，有女切勿归（即嫁）征人。长亭杨柳自春色，岁岁年年送行客"，像是诗人的叙述。借柳起兴，也借柳比人，说明征人之妇比那栽在长亭而常受攀折之苦的柳树，更其不幸。这不幸的"杨柳"，虽然年年春色，却只有"送行客"的份，而始终难得欢然团聚的日子。但同时，这四句又像是征妇的喃喃自语，自道身世的极端怨苦，愤激的情绪溢于言表，一开始就像火山喷发一样，冲天而起，震荡人心，为全诗定下了怨愤的基调。全诗起势极为突兀。接着，"一朝"以下四句，就写征人的突然离去。"羽檄"，古时征召的文书，上插鸟羽，表示紧急，犹今之"鸡毛信"。一朝羽檄罹迫，和征妇朝夕相处的征人就像一缕青烟，被狂风刮到极远的北方，戍守边塞。这种突然分离，而且又是远去荒漠的塞北，征妇心情的痛苦可想而知。眼望着那"去如箭"的"辚辚（车声）车马"，想到难以留恋的"锦衾（被）绣枕"，她的愁苦真要使柔肠寸断，五内俱焚了。也许，征妇此时正在长亭送行，那低垂的柳丝和依依惜别的深情，交相映衬，更显得难舍难分。这一段没有直接写征妇，但又字字句句与征妇紧相扣合。前四句写柳，在写柳中借柳喻人，是从反面着笔；后四句写征人，用征人的突然远戍，来暗示征妇的满腔怨情，是从反面着笔。这样写来，笔墨富有变化，摇荡生姿，而又一唱三叹，把突然而起的怨苦，表现得十分深刻。

从"黄昏寂寞守长门"到"妆台尘惨恨班班"，共十四句，是第二段，转为正面刻画征妇形象，细致地描写了她在漫长的年年岁岁中，孤独地思念丈夫的悲怨情形。这一段诗人从两个方面来表现征妇的思念之苦。前六句，是从神态、形象上来表现。"黄昏寂寞守长门，花落无心理针线"，是写征人去后，征妇内心十分痛苦烦闷，连针线也懒得理，一副恹恹之态。"长门"，本是汉代京城长安的长门宫，武帝时陈皇后失宠，即被幽居于此。这里是用"长门"来比征妇独居的深闺，意谓孤独的征妇简直就同被幽囚的陈皇后一样，在暮春落花时节，在黄昏寂寞之中，景况极为凄凉，心境十分悲伤。然后，诗人用"欲语不语颦双眉""有泪空自垂"两个具体形象，从眉眼之间，十分传神地写出了征妇痛苦的形象。心态与形象的描写相结合，征妇的怨苦被表现得十分深沉而真切。后八句，又从征妇在夜间辗转反侧地思念征人的情景，来进一步深化她的悲怨之苦。"云山"两句，好像是征妇的自言自语，流露出了望眼欲穿而终于不见的深深的离恨。于是，她把会见的希望寄托在梦中。由于相思至极，钟情至深，她在梦中，随着翩翩双飞的蝴蝶，终于和征人相会，极尽似水柔情。然而，一觉醒来时，只见那圆月正在窗前窥探自己，梦中的双双欢会，顿然变为孑然一身，这是多么强烈的对比！她连明月也羞愧难对，在清寒的月光中，更加孤独凄凉。此时，她无法再寐了，盼望尽快天亮，然而报晓的钟鼓迟迟不响，夜正长，愁思正长，"灯阑有恨花不结，妆台尘惨恨班班（班班，明显貌）"，正是这种愁思的形象表现。古人相信，燃烧的灯芯如果结花，就有团圆的喜事到来。征妇在长夜不寐中，眼巴巴地望着灯芯结花，然而，灯也似乎和自己一样，有着不尽的"新愁暗恨"，哪能结得成花？到了天快明时，一切都已落空，本该收拾打扮了，但经过一夜苦思的征妇，心情更加慵懒，那妆台上厚厚的灰尘，似乎是班班离恨啊！这八句只写一夜的情景，从望而不见到梦中相会，再到月照人寒、长夜未央、灯花不结、离恨班班，描写得细致入微。其实，这又何止一夜，这是年年岁岁无尽相思的缩影，那无穷的离恨，又怎能用笔墨写得完呢？作者把典型的夜间景物与人物心情交织在一起来写，使景色更加富有情致，而人物的心理也表现得十分生动，收到了很好的效果。我们读到这里，不禁会对征妇生出满腔同情之心，希望她的征人快些归来，使得这本来美好的一家，像中天的明月一样，早日团圆，过上幸福美满的生活。

然而，从"半生偶得一锦字"到最后，却大大地出人意料。这一段共有十二句，写经过半生的苦思苦等之后，征人终于衣锦荣归了，但征妇却被抛弃。她旧怨未已，新怨又生，这被遗弃之怨，比长期离别还要悲苦万分。这一段，作者层层反衬。先是写征妇接到报捷书信时的喜悦心情，"半生"四句，是说经过漫长的岁月终于盼到了征人的书信，信中述说了战争的艰苦，在最后的流血漂杵（杵是古兵器名，此处泛指兵器）的一次战斗中，终于扫平了敌营，自己也立了功，腰间还挂上了作为将军标志的"三珠虎"。征人的这些述说，其得意扬扬之情溢于言外，征妇自然也喜出望外。接着，时隔不久，使征妇更为高兴的是，门前忽然响起了凯歌声，日思夜盼的征人一朝荣归，看到他那"锦衣绣服"的形象，征妇自然也心花怒放了。此时，征妇的喜悦，可谓达到了顶点，特点是经过第一、二段对离愁别恨的描写，这种喜悦之情，更被衬托得十分强烈。但乐极生悲，在喜悦的高潮中，忽然一个反跌："不思昔日别离情。"这一跌，是一落千丈，衣锦荣归的征人把昔日的感情一笔勾销，视别离之情如路旁青草，因为征妇在漫长的岁月的流逝中，在苦苦的思念中，老了容颜，不再被荣归的征人所喜欢。他不惜重价，用"黄金白璧"买来"娇娥"，另寻新欢，纵情逸乐。"只道新人好"几个字，说明无情无义的征人已把征妇忘得干干净净。诗到这里陡然收住，似乎意犹未尽，但就在这欲尽未尽之中，我们可以想见，一边是洞房花烛，好不热闹，而另一边，经过多年的苦盼，却是意想不到的被遗弃的结果，这是多么强烈的对比，这种深深的无尽之怨，怎不使征妇悲痛欲绝呢！

这首诗是这样地缠绵悱恻，怨恨深深，感人肺腑。在主题上，写征妇之怨时，比同类诗歌开掘得更深。一般只写征妇思念征人之苦，而这首诗不仅写了思念之苦，还写了在本该团圆之时却被征人遗弃的更深的怨苦，这就增强了悲剧气氛，具有更为深刻的意义。这在当时，显然不是个别现象。在结构上，详略有致，剪裁得当。因为重点是在表现征妇之怨，所以开始一段写征人离去时，就比较简单，而且明写征人远去，也是在暗衬征妇离别之怨。第二段写征妇思念的情形，从外貌到内心，从白天到夜晚，层层深入。第三段写征妇的被弃，先反衬而后反跌，都极见匠心，而且笔墨细腻，刻画入微，与第一段的简略形成了鲜明的对照。这样，使得重点突出，征妇的形象血肉丰满，跃然纸上，一个"怨"字，被表现得极为充分，读来感动人心。语言在清新流丽中又有质朴自然之感，显得婉转流畅。诗人在叙述和描写时，还往往忽而插入诗中主人公——征妇的语言，衔接得自然而又巧妙，加强了全诗的抒情性，因而产生了分外感人的力量。

（管遗瑞）

●刘致（约1258—约1336），字时中，号逋斋，元洪都（今江西南昌）人，一说石州宁乡（今山西中阳）人。曾任永新州判、翰林待制及江浙行省都事。

◇双调·新水令·代马诉冤

世无伯乐怨他谁？干送了挽盐车骐骥。空怀伏枥心，徒负化龙威。索甚伤悲，用之行舍之弃。

[驻马听] 玉鬣银蹄，再谁想三月襄阳绿草齐。雕鞍金辔，再谁收一鞭行色夕阳低。花间不听紫骝嘶，帐前空叹乌骓逝。命乖我自知，眼见的千金骏骨无人贵。

[雁儿落] 谁知我汗血功，谁想我垂缰义，谁怜我千里才，谁识我千钧力？

[得胜令] 谁念我当日跳檀溪，救先主出重围？谁念我单刀会随着关羽？谁念我美良川扶持敬德？若论着今日，索输与这驴群队！果必有征敌，这驴每怎用的？

[甜水令] 只为这乍富儿曹，无知小辈，一概地把人欺。一迷里快蹄轻踮，乱走胡奔，紧先行不识尊卑。

[折桂令] 致令得官府闻知，验数目存留，分官品高低。准备着竹杖芒鞋，免不得奔走驱驰。再不敢鞭骏骑向街头闹

起，则索扭蛮腰将足下殃及。为此辈无知，将我连累，把我埋没在蓬蒿，坑陷在污泥。

　　〔尾〕有一等逞雄心屠户贪微利，咽馋涎豪客思佳味。一地把性命亏图，百般地将刑法陵迟。唱道任意欺公，全无道理。从今去谁买谁骑？眼见得无客贩无人喂。便休说站驿难为，则怕你东讨西征那时节悔！

　　借动物诉冤来抒写人间不平，也许要从《诗经》时代数起，《豳风·鸱鸮》便是托为禽言的不平之鸣。但这一手法，在诗词中并没有得到发展，到元曲始发扬光大。

　　此套题为《代马诉冤》，其实是借马托喻。这就导致了作品在艺术上的两个显著特点。其一是慨马与悯人，处处关合。其二是不特写一马，而是借典故的运用，概括集合了所有良马的特性和马的普遍遭遇。

　　韩愈曾饶有感慨地指出："世有伯乐然后有千里马。千里马常有，而伯乐不常有。故虽有良马，只辱于奴隶人之手，骈死于槽枥之间，不得以千里称也。"（《杂说》其四）此套首曲便以"世无伯乐"，致使骐骥落了个"挽盐车"的悲惨遭遇开端，诉说了马的一重不平。继而用宽解抑郁的口气说：虽有猛志长才，却不得其用，又何苦伤悲呢，"用之则行，舍之则藏"（《论语·述而》）吧。所有这些与人间的英俊沉于下僚，将老遂被弃置，抑郁以终的不平遭际，构成一种象喻关系。

　　次曲承前老马伏枥意，先写其回首"玉鬣银蹄""雕鞍金辔"的往日荣光，通过对"绿草""夕阳"的回忆，极见良马恋栈的心理。继借项羽《垓下歌》"时不利兮骓不逝"，以切眼前的厄运。最后反用燕昭

王千金买骏骨以求良马的故事，回应篇首"世无伯乐怨他谁"之叹。

　　三、四两支曲，一连用七个"谁"字领起的设问句，毕数了马的四德——"汗血功"、"垂缰义"（苻坚之马的故事）、"千里才"、"千钧力"，又通过三数故事，写良马的具体功劳，即以上功、义、才、力四德的具体化、具象化。本来刘备的马（的卢）不是关羽的马（赤兔），关公的马又不是尉迟恭的马，在作品中却集合了这些马的勋业，即跳檀溪救主人脱危、赴单刀会共主人历险、战美良川协主人立功，由此抽出良马共同的特征，那真是"与人一心成大功"，"真堪托死生"（杜甫）呢。然而"若论着今日"句一跌，引出好马不如群驴的慨叹。"果必有征敌，这驴每（们）怎用的"，愤愤不平之至。所有这些（马的功成见弃，驴的无功食禄等）与世上鸟尽弓藏、小人得志等不平现象，构成又一种象喻关系。

　　五、六两支曲继写驴、马的不同际遇。"乍富儿曹，无知小辈"，即指上文的"驴每",既是拟人化的手法,也可说是托物喻人本旨的显露。它们专会仗势欺人,又会投机钻营("快蹄轻踮,乱走胡奔")。而"官府"当局不明无知,在"验数目存留,分官品高低"中,贵驴贱马。驴充官用,马卖乡村,"把我埋没在蓬蒿,坑陷在污泥"即此之谓。此节与人间"直如弦,死道边;曲如钩,反封侯"(汉顺帝末《京都童谣》)的现象差近。

尾曲写马陷逆境中,还逃不掉更其悲惨的遭遇,即有被屠户宰割,充老饕口腹的危险。关键在于英雄无用武之地,"无客贩无人喂",无"谁买"无"谁骑"。虎落平阳,焉有不受犬欺之理呢?同样的迫害人才现象,世间又岂少有!结处作者忍不住借马口对人们警告一句,这样作践糟蹋贤才,是要自食其果的。不要说驿站少良马不得,"则怕你东讨西征那时节悔"!清代黄任《彭城道中》诗云:"天子依然归故乡,大风歌罢转苍茫。当时何不怜功狗,留取韩彭守四方!"便可作一注脚。

套曲就这样借马之口,说尽了世上摧残人才的种种"任意欺公,全无道理"的不平事,是旧时代人才的一曲哀歌。历史虽然已将这一页翻了过去,但至今重温旧事,仍觉有相当的认识价值。

(周啸天)

●张鸣善（生卒年不详），名择，以字行，号顽老子，生活于元末。原籍平阳（今山西临汾），家在湖南武昌（今属湖北），流离扬州（今属江苏），曾任淮东道宣慰司令史，入明任江浙提学。有《英华集》。

◇双调·水仙子·讥时

铺眉苦眼早三公，裸袖揎拳享万钟，胡言乱语成时用。大纲来都是烘。说英雄谁是英雄？五眼鸡岐山鸣凤，两头蛇南阳卧龙，三脚猫渭水飞熊。

在散曲作家中，张鸣善是颇善讽刺艺术的一位。此曲题为《讥时》，通过辛辣的笔调，对腐朽、寄生而虚伪的元代上层社会和封建王朝的用人制度作了无情的揭露，备极冷嘲热骂之致。

"铺眉苦眼"即展眉扇眼，装模作样，目空一切。这里是说不学无术而惯于装腔作势的人，他们居然位至"三公"（此泛指朝廷最显赫的官职）。"裸袖揎拳"乃俗语，指捋起袖子，摩拳擦掌。这里是说蛮横无理的人，他们竟享受着最多的俸禄。而"胡言乱语"，欺世盗名者，竟能在社会上层畅行无阻，得售其奸。开篇三句就用大笔勾勒的手法，画出了元代上层统治者的鬼脸。所谓"堂堂大元，奸佞专权"（无名氏

《醉太平》）是也。换句话说便是：善良、老实、正直的人是没有立身之地的。这种豪狠辛辣的语言正是散曲本色，不同于诗词的注重含蓄。这还不算，作者紧接又总结一句："大纲来都是烘"——总而言之都是胡闹。说得更直截了当。这又使人想到鲁迅说的："自称小人的无须防，得其反是好人；自称君子的必须防，得其反是盗贼。"以下，作者便对这种奸贤不辨、是非颠倒的黑暗现实作进一步的嘲讽。

"说英雄谁是英雄？"以反诘语气提唱，那含意是："听话听反话，不会当傻瓜。"以下三句便以答语作阐发，指斥当世所谓"英雄"的可笑可鄙。《国语》说周朝将兴时有凤鸣于岐山，故"岐山鸣凤"喻指兴世的贤才，如周公之流；"南阳卧龙"是徐庶对诸葛亮的称呼，见《三国志》；《史记》载文王出猎占卜，辞曰："所获非龙非螭，非熊非罴，所获霸王之辅"，遂遇吕尚于渭水，故"渭水飞熊"乃指吕尚。这些人当然都是盖代的英雄。然而元时俗话所谓"五（乌）眼鸡""两头蛇""三脚猫"等，都是些什么呢？它们分别指的是好勇斗狠者，心肠毒辣者，成事不足败事有余者。末三句极有风趣，以鸡、蛇、猫对凤、龙、熊，每一对动物都是似是而非的，以次充好，以假充真，真是欺世之极。而鸡称"五眼"、蛇具"两头"、猫仅"三脚"，可谓怪物，又不仅凡庸而已！可见这组鼎足对的意味实则是很幽默、很丰富的。则国之三公沐猴而冠，可知矣。这样的碌碌无为，有害无益之辈，竟被捧为当世之周公、吕尚、诸葛亮，委以高官，享以厚禄，实在可悲可叹！

漫画化的笔触，形成此曲第一个特点。一开始，作者用"铺眉苫眼""裸袖揎拳""胡言乱语"等形容语将对象作了丑化，进而又将他们变形，使之幻化成似凤非凤的"五眼鸡"、似龙非龙的"两头蛇"、似熊非熊的"三脚猫"，使读者对其丑恶本质一望而知，真是鱼目混珠，莫此为甚！

鼎足对的前后两用，形成此曲第二个特点。鼎足对的运用，本是元人散曲有别于诗词的新创。这种兼对偶与排比而有之的修辞，容易收到连珠炮似的效果，对此曲内容特别合宜。作者在运用上又有独到之处。一是妙嵌数字，工稳尖新。前三句的"三公""万钟""时（谐"十"音）用"运用了借对的手法；后三句的"五眼鸡""两头蛇""三脚猫"对仗更工，其实"五眼鸡"即"乌眼鸡"之音转，手法暗通。

全曲八句恰分两段，前段则行出三句排比，继以"大纲来"总收一句；后段则先以"说英雄谁是英雄"一句提唱，继以三句排比。在结构上是由放而收，由收而放，呈对称形式，读起来节奏感极强，兼有错综与整饬之致，饶有抑扬抗坠之音。

（周啸天）

◇中吕·普天乐·嘲西席

讲诗书，习功课。爷娘行孝顺，兄弟行谦和。为臣要尽忠，与朋友休言过。养性终朝端然坐，免教人笑俺风魔。先生道"学生琢磨"，学生道"先生絮聒"，馆东道"不识字由他"。

"西席"乃旧时的教书先生、私塾老师，乃相对于"东家"（主人）而言。传统教育首重德育，尤其是伦理道德的教育，所以曲中这位教书先生将那四书五经的教条，翻来覆去地讲：对父母要孝顺呀，对兄弟要谦让呀，为臣子要忠心耿耿呀，做朋友要有口德呀，总之要注意修身养性，免得别人笑话你行为不端——道理当然没有什么错，但是翻来覆去地讲，照本宣科地讲，千篇一律地讲，陈芝麻烂谷子地讲，不管接受与否地讲，其效果必然是学生不爱听。所以先生在那里叫"学生琢磨"，学生反认为"先生絮聒"（啰唆）。而主人（馆东）的反应，更是耐人寻味——"不识字由他"。在主人看来，请教书先生的目的，是替他管一管孩子，至于这孩子能学多少文化，能识多少字，却无关紧要。从一个角度看，这是家长的开通；从另一个角度讲，这是家长的纵容——家长对孩子的纵容，无形中就是对先生的拆台，先生当然哭笑不得。题中的"嘲"字就是这个意思。这首小令的曲意，固然可以解为对旧式教育僵化的讽刺，却也无妨把它看作世俗生活的戏谑。

（周啸天）

●张翥（1287—1368），字仲举，号蜕庵。元晋宁襄陵（今山西襄汾西北）人。尝从学于李存，又从仇远学诗。至正初，召为国子助教，分教上都。不久退居淮东。起翰林国史院编修，累迁翰林学士承旨。致仕，后又加河南行省平章政事。有《蜕庵集》五卷，《蜕岩词》二卷。

◇人雁吟二章（录一）

　　雁啄啄，飞搏搏，江边虞人缚矰缴。人饥处处规尔肉，岂知雁饥肉更薄。城中卖雁不直钱，市头籴米斗五千。妻儿煮糜不敢饱，朝朝射雁出江边。不闻关中易子食，空里无人骨生棘。县官赈济文字来，汝尚可生当自力。

　　元顺帝至正十八年（1358），陕西的鄜州、凤翔、岐山皆大旱，出现了人食人的现象。诗约作于此时。题下原有小序："悯饥也。"这种标题办法唐人新乐府也普遍采用过，如白居易《新乐府》的《杜陵叟》"伤农夫之困也"。其写作目的，主要是反映严酷的社会现实，本来应着力写饥民。然而诗人别出心裁，诗中人雁同咏，而且以咏雁为主，这就特别耐人寻味。

　　读首句给人的印象还像是起兴："雁啄啄，飞搏搏。"雁儿到处啄食，飞来飞去。一派饿相，很像是饥民在尽力谋生。再往下读，原来雁在诗中还扮演了一个角色，即饥民捕食的对象。"虞人"本指古代猎官，专管山泽园囿，此借指捕鸟的饥民。他们到外设置网罗，并准备"矰缴"（弋射工具），窥伺大雁，打算以雁肉充饥。于是诗人以悲悯的口气对雁说道："人饥处处规尔肉，岂知雁饥肉更薄。"饥荒使人变得冷酷残忍，捕杀大雁竟成普遍现象。谁知饥年之雁也无肉可食呢。城中雁肉卖不起价，而米价腾踊，杀雁者换回的米仅供煮粥养活妻儿，而粥也不敢喝饱，捕雁者只有更努力地去射雁，于是雁群便有绝种灭族的灾难临头了。"城中卖雁不直钱"四句的关心似乎仍在大雁命运，而饥民谋生的不择手段，却表现得更加含蓄有力。

于是诗人转而又为饥民着想，说食雁之事还算不上骇人听闻，"不闻关中易子食，空里无人骨生棘"。"易子而食"的记载最早见于《左传·哀公八年》："楚人围宋，易子而食，析骸而爨。"此用写关中大饥荒人相食的惨剧。"里"系基层居民单位，"空里无人"即人民成村成里死绝，骨生荆棘。此二句所写情景直令人毛骨悚然。最后诗人安慰大雁说："县官赈济文字来，汝尚可生当自力。"听说县官已发了救济灾民的告示，看来饥民杀雁的行为很快会中止，所以请它们不要绝望，好自为之。且不说赈济一事对"空里无人"的地区没有任何意义，就是对挣扎在死亡线上的饥民，看到的还只是"赈济文字"，何时兑现？如何兑现？都是问题。诗写到此便意味深长地结束了。读者感到的不是欣慰，而是彻骨的悲凉。

诗人"悯饥"，而诗中着力只在写悯饥雁，似乎对饥民的命运已不敢抱任何希望，而字里行间，无处不是悲天悯人之意。作者虽没有，也不可能揭示造成饥荒的社会原因，但诗的本身，却能启发读者深思。

（周啸天）

◇萤苑曲

　　杨花吹春一千里，兽舰如云锦帆起。咸洛山河真帝都，君王自爱扬州死。军装小队皆美人，画片鞯汗金麒麟。香风摇荡夜游处，二十四桥珠翠尘。骑行不用烧红烛，万点飞萤炫川谷。金钗歌度苑中来，宝帐香迷楼上宿。醉魂贪作花月荒，肯信戟剑生宫墙。斓斑六合洗秋露，尚疑怨血凝晶光。至今落日行人路，鬼火狐鸣隔烟树。腐草无情亦有情，年年为照雷塘墓。

　　放萤苑即隋苑，一名上林苑。按《隋书·炀帝纪》，大业十二年（616）五月，于景华宫求萤火，得数斛，夜出游山放之，光遍岩谷。至七月幸江都宫。是放萤事在东都，人们一般取江都之说。张蠙的这首诗重在揭示荒淫亡国灭身的道理，在对比中抒发历史兴亡之感。
　　"杨花吹春一千里"的"杨花"既谐杨广之姓，又暗用北魏胡太后与杨白花私通事，和"春"同指春情荡漾的荒唐淫乱之事。"一千里"是东都到江都沿途，"兽舰如云锦帆起"，威武的大船、豪华的锦帆直向扬州而去，一联十四字点出炀帝的淫冶与奢华。诗人对此禁不住大发议论，咸阳和洛阳所代表的是关中与中原，那里是真正的王霸之基，可如今皇帝竟趋江南，真是"人生只合扬州死"（张祜）了，已然露出对炀帝的轻蔑与嘲笑。
　　炀帝好色、铺张是隋朝灭亡的两大重要原因，诗中写出游就抓住这两点发挥。"军装小队皆美人"，那是从各地选入江都宫的秀女，在佩着画龙鞍鞯的宫中宝马上，一个个娇喘吁吁，香汗微微。她们在扬州的夜里游荡，走过了二十四桥，出江都西门，直向萤苑而去。在她们身后，弥漫在空际的是宫中香粉的特有气味，遗留在地下的是人掉落的珠翠首饰和马踏过的灰沙烟尘。"骑行不用烧红烛，万点飞萤炫川谷"，萤火如星，光遍岩谷，蔚为"壮观"。"金钗"一联，除字面意义外，显然还另有深意。戎装红粉唱着媚人轻歌，从萤苑中来，要到装饰华丽、名香熏人的迷楼上去。据《大业拾遗记》载，炀帝色荒愈炽，经岁成迷楼，择民间稚女居其中，曰："使真仙游其中，亦当自迷也。"遂尽行淫乐之事。他为色荒所迷，迷而昏，昏而亡。从萤苑到迷楼，便又暗示一个败亡的过程。

酒色不醉人，人自醉之，而炀帝则是连魂都醉了。"花月"指好色淫乐和治游无度，在一阵飘飘欲仙的迷醉中，他虽然明知必将灭亡，却不能自拔。"肯信戟剑生宫墙"句，据《资治通鉴·唐纪》，"初，帝自知必及于难，常以罂贮毒药自随"，但是"及乱，顾索药，左右皆逃散，竟不能得"。放萤后二年，宇文化及使马文举等杀炀帝，帝责之曰："我实负百姓，至于尔辈，荣禄兼极，何乃如是！"司马德戡以"普天同怨"对，炀帝犹责封德彝"卿乃士人，何为亦尔"，真是至死不悟了。

秋来了，天地如洗，处处色彩斑斓，点点露珠，闪闪烁烁。每到这时，站在扬州的土地上，吊古悲怀袭上心头，人们总怀疑晶光耀目的露滴是否为当年怨血凝成。炀帝当然不值得同情，但他的悲剧，是值得借鉴的。君不见，每到落日时分，大道两旁，狐鸣声声从颓毁的宅基传来，似哀似泣，穿过树丛和原野，不就在述说历史的兴亡？而鬼火点点，不就在复述当日豪华？

在结尾处，诗人再由磷火过渡到萤火，用腐草化萤故事，照应诗题

"萤苑"。腐草本无情，又似有情。想当年炀帝在这里播下种子，从此繁衍滋生，它们年年"飞萤炫川谷"，在雷塘隋墓边飞来飞去，到底是对炀帝的感戴呢，还是嘲笑？令人深长思之。

（韩云波）

●张羽（1333—1385），字来仪，又字附凤，号盈川。浔阳（今江西九江）人。后迁徙吴兴（今浙江湖州）。元末出任安定书院山长。明初征为太常寺丞，坐事谪岭南，中途召还，投水而死。工诗，为"吴中四杰"之一。有《静居集》四卷。

◇驿船谣

驿船来，鼓如雷；前船去，后船催。前船后船何敢住，铺陈恶时逢彼怒。画屏绣褥红氍毹，春梦暂醒过船去。棹郎长跪劝使臣，愿官莫喜更莫嗔。古来天地如邮传，过尽匆匆无限人。

驿船是古代（唐以后）设置供官员往来和文书邮递用的专用船只，所以陈设比较讲究，行船时刻要求准确。船工（"棹郎"）战战兢兢，如履薄冰。《驿船谣》在选材上独具只眼，通过表现这样一个为人忽略的角落，画出了一番世态，鞭挞了官场的丑恶。

"喇叭，唢呐，曲儿小腔儿大。官船来往乱如麻，全仗你抬声价。"（王磐《朝天子》）这是元代驿船运行的情景。张羽笔下的驿船，也忙得一团糟："驿船来，鼓如雷；前船去，后船催。"那船上雷鸣般的鼓点，虽不是喇叭唢呐之属，其作用都一样，即为官老爷们抬身价，使之显得八面威风，则四方生畏。"前船去，后船催"，也全是"来往乱如麻"的情景。船工们紧张得要命是不难想见的了。

诗人用模拟语气解释这种紧张忙乱："前船后船何敢住，铺陈恶时逢彼怒。"二句倒装，意即连陈设、布置差了一点都不行，何况不准时呢，往来驿船"谁敢在太岁头上动土"！诗句点化《诗经·邶风·柏舟》"薄言往愬，逢彼之怒"，写官人的惹不起，颇有妙语。两句总上"前船""后船"，将行船如催一意写足。以下再细讲"铺陈"的问题："画屏绣褥红氍毹，春梦暂醒过船去。"船舱里陈设得纸醉金迷，俨然华堂，殊不知官员们只是暂住一会儿，从上船到下船，就如春梦般短暂易逝。尽管如此，仍是"铺陈恶时逢彼怒"！讲排场，摆架子，官场恶习，千古如斯。

诗人在愤怒之余，忽发妙思。在诗的后半部分，他设计了一个"参军戏"中苍鹘的角色，让他来讽刺教训那些昏昏然不知所以的官老爷。"棹郎长跪劝使臣，愿官莫喜更莫嗔。古来天地如邮传，过尽匆匆无限人。"船工似乎是在请一位老爷息怒，尽管老爷怒容满面，船工还是没有吓得诚惶诚恐，而是谦恭地开导这位气糊涂了的大人：驿船铺陈好时您也别喜，差时您也别嗔；反正您老也坐不了一会儿的。别说坐驿船只是一会儿工夫，就是人生，不也和"邮传"一样吗，不知道送去多少人了。诗人就驿船作譬，以邮传喻人生，实言富贵虚荣不足恃，是十分切题而巧妙的。这一瓢凉水，也可以使动辄耍威风的老爷息息火了吧。

在生活中当然很难有这样的下人训导老爷的事发生，但在文学艺术中则完全可以这样写。传统剧中，就有不少受奴婢调教作弄的糊涂老爷，这反映了人民的一种价值判断和愿望。

（周啸天）

● 无名氏

◇正宫·醉太平

　　堂堂大元，奸佞专权。开河变钞祸根源，惹红巾万千。官法滥，刑法重，黎民怨。人吃人，钞买钞，何曾见？贼做官，官做贼，混愚贤。哀哉可怜！

　　散曲的特点之一，就是直白。此曲开门见山，总而言之，直指元末政治窳败的根本原因是——"奸佞专权"。"开河"指治理黄河的工程，"变钞"指推广纸币的举措，讲起来都是冠冕堂皇的事，其本质却是巧取豪夺、劳民伤财，其必然结果，就是农民揭竿而起——红巾军起义，从而天下大乱。其实，"开河变钞"只是根导火线，激发民变的原因多有，如官法之滥，刑法之苛，民间早就怨声载道了。又如大饥荒导致了"人吃人"的惨剧发生，货币贬值导致了"钞买钞"（新旧币的买卖）的怪事出现，这些都是乱象，在太平时代不曾见过的。最后，与上层"奸佞专权"相应，下层则是吏治腐败——盗贼摇身一变成了官，官摇身一变成了盗贼，贤愚不分，司空见惯。一句话，没救了！——最后的"哀哉可怜"就此而发。此语耐人寻味，人民固然是"哀哉可怜"，统治者将被推翻，自吞苦果，又何尝不"哀哉可怜"！据元人陶宗仪《辍耕录》说，这支小令在当时，"自京师至江南，人人能道之"，可见它道出了元末社会普遍的心声。

（周啸天）

◇正宫·醉太平·讥贪小利者

　　夺泥燕口，削铁针头，刮金佛面细搜求，无中觅有。鹌鹑嗉里寻豌豆，鹭鸶腿上劈精肉，蚊子腹内刳脂油。亏老先生下手！

　　此曲主题句是"亏老先生下手"。讽刺的对象——"老先生"（这是一种带反讽的尊称），是"贪小利者"，苛酷的剥削者。作者全在利之"小"者上做文章：诸如燕口的泥、针头的铁、佛面的涂金，微乎其微，几至没有，然而，这位"老先生"却是"无中觅有"地在那里进行着搜刮。不仅如此，他竟然能对生命活体"下手"——连已经吃到鹌鹑肚里的豌豆，都要掏出来；连长在鹭鸶细腿上的瘦肉，都要劈下来；更加匪夷所思的是，蚊子腹中那一点点可怜的脂油，都要刳下来，统统不肯放过——这就不仅是贪，简直是狠了。明代曲家李开先即以"贪狠"点评此曲，堪称扼要。在表现手法上，前边是铺陈描写，是穷形尽相；最后是直白，是冷峻的一跌，显得非常有力。

（周啸天）

◇失宫调牌名

　　城中黑潦，村中黄潦，人都道天瓢翻了。出门溅我一身泥，这污秽如何可扫？东家壁倒，西家壁倒，窥见室家之好。问天公还有几时晴？天也道阴晴难保。

　　大雨形成涝灾，一样的"天瓢翻了"，曲中人却就城中马路、村庄田野分出"黑潦""黄潦"之别，就很诙谐。涝灾为祸多矣，却只写出门归来，满身泥点的狼狈样儿和抱怨口气，也很好笑。

　　大户人家没事，贫居进水才糟糕：东家壁倒，西家壁倒。到这份儿上，还有什么"室家之好"可言？可作者偏说壁倒了，会"窥见室家之好"，叫人可恼。可恼处正多，只说隐私不保，就很俏皮。

　　最要命的是，看天气丝毫没有放晴的征兆。曲中也不直说，却虚设问答："问天公还有几时晴？天也道阴晴难保。"这一阴阳怪气的回答，虽然是天老爷的语气，却酷似官老爷的口吻。

　　曲中通过涝灾，反映民生多艰，内容是严肃的。作者却出以插科打诨的笔调，旁敲侧击，寓哭于笑，体现了散曲风趣幽默的特色。

（周啸天）

◇奉使来谣

奉使来时，惊天动地。
奉使去时，乌天黑地。
官吏都欢天喜地。
百姓却啼天哭地。

至正五年（1345），元顺帝派遣官吏宣抚诸道，慰问人民疫苦。但此举没有实际意义，反使官吏假宣抚之名，行扰民之实。百姓怨愤，作谣以讽。

"奉使"即指皇帝钦差。钦差大臣到地方去，狐假虎威，派头极大，往往造成地方上的轰动。这就是"奉使来时，惊天动地"。一时间，地方上的贪官污吏不免心惊胆战，而一些善良的百姓也会充满希望，乃至准备鸣冤叫屈。殊不知钦差一到，就被地方官吏团团围绕，做手脚的做手脚，使银两的使银两，常言道"官官相卫"，古来有几个铁面无私的包拯？所以那钦差空手而来，满载而归。百姓却大遭坑害。递过状子的，可结下祸胎了。所以"奉使去时，乌天黑地"。钦差一走，地方上的贪官污吏心中一块石头落地，从此故态复萌，乃至变本加厉，以为可以捞回损失，"官吏都欢天喜地"。他们在加紧搜刮的同时，对于百姓中表示过不满的"刁民"，不免还要清算，于是百姓只好"啼天哭地"了。

此谣虽短，内容却十分现实而且深刻，生动地再现了钦差大臣来去前前后后地方上搬演的闹剧，包容是很大的。而其手法也别致，那便是巧妙运用了一组有复叠的嵌字格的熟语："惊天动地""乌天黑地""欢天喜地""啼天哭地"；而嵌用"天""地"二字的熟语，一般都意在夸大被嵌用的动词或形容词（惊动、乌黑、欢喜、啼哭）。

"每种艺术都用一种媒介，都有一个规范，驾驭媒介和迁就规范在起始时都有若干困难。但是艺术的乐趣就在于征服这种困难之外还有余裕，还能带几分游戏态度任意纵横挥扫，使作品显得逸趣横生……比如中国民众游戏中的三棒鼓、拉戏胡琴、相声、口技、拳术之类，所以令人惊赞的都是那一幅娴熟生动、游戏自如的手腕。在诗歌方面，这种生于余裕的游戏也是一个很重要的成分，在民俗歌谣中这个成分尤其明显。"（朱光潜《诗论》）《奉使来谣》这首元代民歌，正是在实施讽刺的同时，充分表现了作者的一种民间的机智。

（周啸天）

◇至正丙申松江民谣

满城都是火，府官四散躲。
城里无一人，红军府上坐。

元顺帝至正十六年（1356），农民起义军张士诚部攻陷常州。松江为防卫计，印造官号给城中官军佩戴。官号上画圆圈，绕圈皆是火焰形图案。圈中有府字，上盖官印。圈外有府官花押。所以民谣开头一句就讽刺道："满城都是火。"此句又双关农民起义如熊熊烈火烧到松江府头上。于是府官都成了热锅上的蚂蚁，恨不得找个地缝钻进去躲一躲。"府官四散躲"，十分简劲地写出了封建官吏们在农民起义风暴的声威下，惶惶如丧家之犬的狼狈相。

诗的前两句中描写的松江府，一片混乱，府官像没头苍蝇四处乱窜。后两句却出现了一派宁静，"城里无一人"，将前面写的混乱一扫而空。并不是城中空无一人，而是没有了前两句中写到的那些府官、官军，因而变得秩序井然。最后一句推出特写镜头："红军府上坐。"按元末农民利用白莲教组成义军，以红巾红旗为标志，当时亦称红军或红巾军。起于至正十一年（1351），有刘福通、郭子兴、徐寿辉、王权等部。本篇用作农民起义军的通称。"红军府上坐"这句包含的意味是很深的，它象征着政权的转移。就像后来毛泽东形容的农民运动一样："总而言之，一切从前为绅士们看不起的人，一切被绅士们打在泥沟里，在社会上没有了立足地位，没有了发言权的人，现在居然伸起头来了。不但伸起头，而且掌权了。"（《湖南农民运动考察报告》）诗中虽然只客观叙事，不赞一辞，然而字里行间全是"好得很"的意思。

这首民歌唱的是城里的事，而作者显然是站在农民的立场。"城里无一人，红军府上坐"并不是已然发生的事，而是一种预言，一种期望。它表现了当时人心向背，反映了一场翻天覆地的社会巨变。

（周啸天）

●解缙（1369—1415），字大绅。明江西吉水人。洪武二十一年
（1388）进士，授中书庶吉士。永乐初，累进翰林学士，主持修纂《永乐
大典》。后为人所谮，死于狱中。有《解文毅公集》等。

◇桑

一年两度伐枝柯，万木丛中苦最多。

为国为民皆是汝，却叫桃李听笙歌。

《诗话总龟》载蒋密《咏桑柘》中的两句诗："绮罗因此木，桃李
谩同时。"解缙的这首诗在取材与表现上和它有类似之处，但稍加比较
会发现解诗的立足点更高些，思想也更深刻些。

蚕有春蚕与秋蚕，所以养蚕的人要"一年两度"采摘桑叶，而作
为"桑"来讲，一年两遭采摘，实在是千万种树木中受苦最多的了。
诗的一、二两句可以说是"叹"，叹其遭遇之苦。但是，虽"苦"犹
"荣"，"为国为民皆是汝"，该是何等荣耀！不过"赞"得如此之
高，是不是诗人们常用的"夸张"呢？不！大家知道，衣食是国计民
生中的大事，蚕丝很早就是重要的纺织原料，因而也就是封建国家的
一大经济来源，所谓"藏于不竭之府者，养桑麻，育六畜也"（《管
子》）。而桑之可贵，不仅因其叶可以喂蚕，而且因其皮可制纸，果实

可食，叶、果、皮、根皆可入药，可见"为国为民皆是汝"还是实有所指的。这里与其说是诗的"夸张"，倒不如说是诗的形式限制了对它的"为国为民"作具体的论述，所以我们不得不略作一点补充。由"叹"而"赞"，角度与内容虽不相同，却有联系，并且在思想感情上也是沿着一个方向层层推进的。至此，诗还剩下结尾一句，写什么呢？若是顺着上面的思路补上一句，也无不可，比如像施闰章的《漆树叹》："斫取凝脂似泪珠，青柯才好叶先枯。一生膏血供人尽，涓涓还留自润无？"全诗深沉悲切，一"叹"到底。但解缙的这首诗却不是这么顺势而下，它的尾句突然跳出了原有的对象——桑，用"却"字一转，引出"桃李"。这些话是有助于我们理解和想象"桃李听笙歌"的。诗人对于"桃李"不言其他，只突出以其"灼灼其华"而获得人间的欢乐与享受，如此反挑一笔，自然与只有"奉献"而无"享乐"的"桑"形成了强烈的对比。有了这个对比，诗就不仅仅局限于"叹"和"赞"了，更表现出一个深刻而严肃的主题，那就是人世的不公！"世间多少不平事"，笔底多少悲愤诗！解缙的《桑》也是其中的一首，它以琢物的形式、对比的方式，旁见侧出的手法，明是写物，实是写人，写社会，讽喻不露，似浅还深，耐人寻味，同样地体现了中国诗歌直面人生、爱憎分明、抨击"不公"，揭露黑暗的传统的现实主义精神。

（赵其钧）

●于谦（1398—1457），字廷益，号节庵。浙江钱塘（今杭州）人。永乐十九年（1421）进士。宣德初，授御史。以才迁兵部右侍郎，巡抚河南、山西。迁兵部尚书。土木之役，英宗被俘，瓦剌首领也先率兵进逼北京。于谦提督军马，击退瓦剌军。英宗复位后，被诬陷，弃市。后赠太傅，谥忠肃。有《于忠肃集》。

◇荒村

村落甚荒凉，年年苦旱蝗。

老翁佣纳债，稚子卖输粮。

壁破风生屋，梁颓月堕床。

那知牧民者，不肯报灾伤。

如果说于谦《田舍翁》诗着重写"田舍翁"这一典型形象，那么这首五律则着重写"灾荒"这一典型事件，其共同主题在于深刻地揭露明代尖锐的阶级矛盾以及民不聊生的社会现实。诗人做巡抚十八年之久，上任头几年（宣德五年至十年，即1430—1435），适逢河南、山西旱灾蝗灾接连不断，他奉命视察灾情。据《明史》本传载："谦至官，轻骑遍历所部，延访父老，察时事所宜兴革，即具疏言之。一岁凡数上，小有水旱，辄上闻。"从此诗内容看，重在写灾年里农村的破产，大概作

于宣德九年（1434）前后。

前三联写农村的荒凉。首句"村落甚荒凉"，一个"甚"字说明"荒凉"时间之长，程度之深，面积之广。看来不是一年两年，一村一家，而是几年来家家破败，村村荒凉。点出"荒村"二字，题旨尽出。农村如此荒凉，原因何在？从下面的诗句可见，既因"天灾"，又因"人祸"。从天灾上看，"年年苦旱蝗"。据林寒《于谦诗选》所附"年谱"载：宣德五年（1430）"河南、山西等地灾荒"；六年，于谦"疏请赈款三十万两，赈济河南、山西两藩饥民"；七年，"连年旱涝"，于谦"又议，以河南怀庆、陕州存仓多年余粮，减价粜给山西饥民及逃荒至河南的灾民"；八年，"天久旱，于谦深为忧虑，随俗斋戒祈雨"，"灾荒之年，每发时疫，于谦命设惠民药，为民治病"；九年，"河南、山西发现蝗情"……可见"年年"二字不虚。旱灾使田地龟裂，庄稼枯萎；蝗虫更凶，把一切都吃光；加之时疫流行，饿殍遍地，更是苦不堪言。一个"苦"字，把农民被"旱蝗"所害的惨状道尽。从人祸上看，"老翁佣纳债，稚子卖输粮"，老翁出去帮人做工，换钱交纳债务，卖掉幼子去交公粮。平时交租应役，剥削中又有敲诈，尚不能支，更何况年年"旱蝗"，于是只好出此下策，"佣"老翁以"纳债"，"卖"稚子以"输粮"。诗人把灾害与租役交织着写，意在加重第二句所言之"苦"，就不仅指"旱蝗"了。在此困境下，农民生活怎么样呢？墙壁破了，屋梁塌了，无力修补，只好任其满屋生风，月光直照床上。须知，"老翁"只是万千农民之一例。至此，农民的家破人亡，农村的荒凉景象，已历历在目。

尾联斥责地方官吏的失职。"那知牧民者，不肯报灾伤。"牧民者，即治民之人。古时把官吏治民比作牧人牧养牲畜。这里指地方长官。按情理，灾年应减免赋役，降价粜粮赈济灾民。"那知"有"可是""谁料"之意。地方长官既"不肯"如实地向朝廷申报灾情，就更不愿为灾民请求赈恤了。因此，赋役照收照征，才出现上述"老翁"的苦难遭遇和生活的惨况，从而使诗的前后内容紧密相连。那么，为何牧民者"不肯报灾伤"呢？因为一旦减免了赋役，他们从中敲诈剥削便失去了口实，直接"影响"到自己升官发财。诗人正是从地方官吏为了自己的得失而不顾人民死活这一点上，愤怒地痛斥了这些官吏失职的罪恶行径。见灾不救，有灾不报，还要"荒田更起科"（《延津县》），加重对农民的盘剥，这是个什么世界！

读完此诗，我们看到了"旱蝗"及"牧民者"所加给农民的苦难和农村破产的景象。从某种意义上说，"牧民者"所加给农民的灾难，比"旱蝗"尤甚。这就深刻地揭露了当时政治的黑暗和尖锐的阶级矛盾。当时，于谦作为一位督抚大员，目睹此情此景，一面申报朝廷，请求豁免租赋，开仓赈济，一面惩办"剥民肥己"（《收麦》）的贪官污吏，并对这种"牧民"之官给以严肃的告诫和尖锐的讽喻。"豺狼当道须锄殄"（《二月初三日出使》），"豪强使慑服"（《昼夜长短》），是他终生身体力行的官箴之一。这既是为了维护明王朝的统治，也是为了保护黎民百姓，既对当时的黑暗现实有所批判，又鲜明地表现了自己对不幸农民的深厚同情，是应予肯定的。

明代诗歌在整个中国古代文学中成就一般，但于谦这类深刻反映时代，批判现实，关心和同情人民疾苦的诗章，正是继承了我国古代诗歌中优秀的现实主义传统。应该说，于谦不愧为一位杰出的现实主义诗人。

（蓉生）

●李东阳（1447—1516），字宾之，号西涯，茶陵（今属湖南）人。明天顺八年（1464）进士。供职翰林院三十年，官至吏部尚书、华盖殿大学士。曾依附宦官刘瑾。提倡"文必秦汉，诗必盛唐"，影响颇广。成化、弘治年间，形成以其为首的茶陵诗派。有《怀麓堂集》《怀麓堂续稿》。

◇南囿秋风

别院临城辇路开，大风昨夜起宫槐。
秋随万马嘶空至，晓送千旍拂地来。
落雁远惊云外浦，飞鹰欲下水边台。
宸游睿藻年年事，况有长杨侍从才。

古代诗人写秋风的不少，所写的对象相同，而兴寄不一。诗人的《南囿秋风》究竟要借助于秋风写一个什么事件呢？我们从"别院""辇路""宫槐""宸游"等字眼里，领悟到全诗写的正是一场王公贵人驰猎的壮景。诗里却把"秋"和"风"分开写。"秋"不过点明季节，"风"表示自然界的动静，有时候却可以张大声威或壮行色的。不过刮风的是昨夜，今日似乎是寥廓江天而风和日丽了，所以临城别馆的辇路早已清理完毕而等待着大队人马整装待发了。颔联两句以"万马嘶空""千旐拂地"写出了这场出游的声势，我们会想象出那是一个何等盛大的场景。王公贵族田猎之事古已有之。《孟子·梁惠王下》云："今王田猎于此，百姓闻王车马之音，见羽旄之美，举欣欣然有喜色而相告曰：'吾王庶几无疾病与！何以能田猎也？'此无他，与民同乐也。"但从本诗看，一方面实在是空前地闹哄，万马奔腾，千旗飘动；一方面却实在很冷落，颈联两句所透露的是落雁惊飞云外飞浦，飞鹰欲藏水边之台而已。这不是说没有人，人是有的，万马千旗，那至少也有千人万人；没有的是百姓。因为天子田猎之乐，与百姓无缘。孟子提出的"独乐乐，与人乐乐，孰乐"的问题，不单是同乐不同乐的问题，而是王与不王的大问题。诗人的讽喻不露声色，请看尾联两句："宸游睿藻年年事，况有长杨侍从才。"他平实地透露了宸游年年举行，亦当以诗文附庸风雅，更何况还有秀才们的帮忙帮闲。统治者只晓得作威作福，不懂得体察民情。试观归有光《西苑观刈麦》中写的"御苑清风正麦秋，金舆晚出事宸游"句，老百姓正忙着秋收，天子却在坐舆游乐呢！轻轻一笔，境界全出矣。东阳诗平实而含蕴，于此诗亦可窥一斑。

（陈曼平）

●马中锡（1446—1512），字天禄，号东田。明故城（今属河北）人。成化进士。官至右都御史。曾统兵镇压刘六、刘七起义。因用诱降计不成，为朝廷论罪，下狱死。有《东田集》。

◇晚渡咸阳

野色苍茫接渭川，白鸥飞尽水连天。
僧归红叶林间寺，人唤斜阳渡口船。
表里山河犹往日，变迁朝市已多年。
渔翁看破兴亡事，独坐秋风钓石边。

此诗当是作者任陕西督学使期间所作。诗的首句即描写咸阳地区入晚时空旷的原野和渭水之天水相连的浩渺气势。"野色苍茫""白鸥飞尽"，一方面显示了渭水及其周围的生机和宁静，一方面则点明了这是晚渡的时刻了，紧扣诗题。首联的意境是开阔的，给予读者的是一幅阔大的气象。颔联扣住"晚渡"入笔。"僧归"指明是傍晚时刻，"红叶"又指明了时令已进入了秋季，可谓都与"晚渡"有关。它和前两句联系起来，都为这次晚渡作铺垫——先是广阔无际的茫茫天地，继之是动人的山林秋色。在夕晖晚照下，枫叶流丹，彩霞烁烁。诗人通过这一片红色，又看到了秋天像春天一样的生命力，使秋天的山林同样呈现出宁静而又生机勃勃的景象。晚渡是在这样的季节和环境里进行的，心情定然是轻松而愉快的。所以随之脱口而出："人唤斜阳渡口船。"人们便相次登上轻舟向彼岸的目的地进发了。

但是，下面所写的不是对岸的那个目的地，却是诗人的一段联想。这是因为咸阳是秦国的都城，这里曾经出现过"五步一楼，十步一阁"的阿房宫，出现过列国贵族"辇来于秦"的强盛气势，出现过灭掉六国统一天下的大一统局面……诗人的这个联想和沉思，便结晶成了"表里山河犹往日，变迁朝市已多年"等诗句。是的，朝代变易而江山依旧，永恒的是这块偌大的土地及其山山水水，而封建王朝及其主宰者却像走马灯一样地换了一个又一个。

诗人也看破了这一层，看末句所云"渔翁看破兴亡事，独坐秋风钓石边"，即可了然。所云"渔翁"，是作者的代名词。柳宗元有首《江雪》，这位"独钓寒江雪"的渔翁，其实就是柳宗元。问题是怎么个"看破兴亡事"？根据马中锡的居官清廉和对待农民起义的态度，我们认为他采用了元人张养浩在《潼关怀古》中的见解："兴，百姓苦！亡，百姓苦！"这里包含了两层含义：一、各个朝代的封建皇帝因调整了某些政策而兴盛，又终因腐败堕落而衰亡；二、得天下与失天下只是与帝王们有关，与百姓的关系不大。马氏鉴于其本身的清廉不足以解决整个官僚层的贪污腐化、整个统治阶级的贪得无厌，因而孕育了与几乎所有封建文人相类似的消极想法：做垂钓的隐士或佛门的僧徒。

这首诗的艺术表现为一个极小的题材包含了一个宏大而深刻的思想。诗中的主题是由此及彼，逐渐深化，进而深入到哲理的思考——盛衰兴亡的真实含义究竟是什么？诗人只"看破"却没有道破。

（陈曼平）

●王磐（约1470—1530），字鸿渐，号西楼，明高邮（今属江苏）人。富家子，好读书，善琴棋书画。终生未仕。有《王西楼乐府》等。

◇中吕·朝天子·咏喇叭

喇叭，唢呐，曲儿小，腔儿大。官船来往乱如麻，全仗你抬声价。军听了军愁，民听了民怕，那里去辨甚么真共假。眼见的吹翻了这家，吹伤了那家，只吹的水尽鹅飞罢！

这是明人散曲中最为著名的作品，它讽刺的是明代中叶宦官专权的黑暗现实。明朝宦官擅权为时之久，为害之烈不下于东汉、唐。宦官本是皇家的奴仆，但明朝的宦官却不仅做伺候皇帝及其家属的事，并干预国家政权——或代皇帝草拟、批复重要文件；或做出使外国的使臣；或监军；或镇守边塞；或总管特务情报机关；或借管理皇庄干预财政税收。

武宗正德年间，宦官刘瑾气焰熏天。当时民间谓朝中有两皇帝：一个坐皇帝，一个立皇帝；一个朱皇帝，一个刘皇帝。大臣写奏章得一式两份，分呈武宗和刘瑾，有的内阁大学士竟在刘府办公。刘瑾不但在政治、经济、刑法、科举诸方面拓展权势，而且建立了庞大的特务机构，自掌司礼监，而令其党羽掌握东厂、西厂，另立内行厂，扩充锦衣卫，操生杀之大权。文武百僚敬畏如父，大肆行贿，刘家有黄金二十四万多锭，白银五百多万锭。宦官的势力达到无以复加的地步。此即本篇写作背景。

作者家乡高邮位于运河沿岸。运河是南北运输和交通的干线，宦官干办"公事"，经常从运河里经过，每到一个地方，就要吹吹打打，大抖威风；同时集合丁夫，对地方敲诈勒索，无所不为。本曲在宫调上属〔中吕〕，题为《咏喇叭》，是借传统咏物方式，赋而兼比。

喇叭、唢呐都是同一类吹奏乐器，其构造简单，不能演奏复杂的乐曲，然而调门特高，民间婚丧大事及官府开道多用之。本曲开篇即点出"曲儿小，腔儿大"的特点，用来比方小人得志，特善于虚张声势，非常贴切。从这个意义上讲，曲中喇叭实含比义。但喇叭、唢呐又是当时官家用来开道的吹奏乐器，宦官出行，这玩意儿确实派了用场。从这个意义上讲，曲中喇叭也有赋义。"（官船来往）乱如麻"三字，暗示出老百姓饱受骚扰，穷于应付。"（全仗你）抬声价"三字，暗示宦官本是奴才，声威身价不高，透露了作者的鄙视。

当时兵部亦刘瑾心腹，军中任免只消一个字条；边将失律，贿入即不问，甚至反有提升；又命其党羽丈量军垦土地，诛求甚苛，士兵甚怨（《明史·宦官传》）。至于老百姓，更是宦官鱼肉的对象。刘瑾奏置皇庄增至三百余所，借权势之便，大占良田，任意征税，畿内大扰，"凡民间撑驾舟车、牧放马牛、采捕鱼虾之利，靡不刮取"（夏言《勘报皇庄疏》）。宦官如此鱼肉军民，所以只要那让人倒霉的喇叭一吹，军民听了没有不发愁的。

"那里去辨甚么真共假"一句影射的是刘瑾等宦官常矫诏行事的黑暗现实。明武宗不亲政，不接见大臣，刘瑾任意任免官员，逮捕杀害官民，都称是皇帝的意思，他都成了代皇帝了，谁还敢去分辨真假呢。

宦官就这样天天打运河上过，喇叭今天吹，明天吹，谁碰上谁破产，谁碰上谁倒霉，宦官盘剥成性，不把人民敲诈得干干净净，是不会罢休的。——"水尽鹅飞"系紧扣运河景物，意带双关，三个"吹"字接连而出，讽刺穷形尽相。

本曲主要写作特点是咏物寓托。直中有曲，明快中兼有含蓄之致。贴近口语，备显本色，给人以不同的审美感受。

（周啸天）

◇中吕·朝天子·瓶杏为鼠所啮

斜插，杏花，当一幅横披画。毛诗中谁道鼠无牙，却怎生咬倒了金瓶架？水流向床头，春拖在墙下，这情理宁甘罢！哪里去告他？何处去告他？也只索细数着猫儿骂。

这支曲写的是生活中发生的一桩小事，也有人当作讽喻之作来读。老鼠拖倒了花瓶架这件事本身没有多少意义，散曲多具民歌与童谣的趣味，写这类事情，常常只为了好玩，并不追求意义。但本曲也有借题发挥：天下本无事，可是坏蛋来了，就毁这个，要那个，搞得花落水流，破坏和平与环境。受害者不肯甘休，但哪里找衙门去告他呢。气他不过也只有骂骂猫儿出出气。从而讽刺社会治安状况欠佳，而恶人不好惹，是对世相的一种刻画。

但此曲与前曲在写作上有明显的不同。前曲是意在讽刺，而托物言志；此曲却是缘事（老鼠拖倒了花瓶）而发，捎带讽刺。曲中老鼠造成的损害不甚严重,整个气氛也比较轻松,与前曲的差别正在有意无意间。

本曲亦用口语,絮絮叨叨中,忽杂引《诗经》之语,是其诙谐处。前八句都说老鼠可恨,后三句一转,说无可奈何只得骂骂猫儿出气,目标发生了转移,也自然诙谐,显得新鲜有趣。曲中不说把花拖到墙下,而说把"春"拖到墙下,借代的运用也很有味。

(周啸天)

◇中吕·满庭芳·失鸡

平生淡薄,鸡儿不见,童子休焦。家家都有闲锅灶,任意烹炮。煮汤的贴他三枚火烧,穿炒的助他一把胡椒,倒省了我开东道。免终朝报晓,直睡到日头高。

这支曲的主题词,一言以蔽之曰"豁达"。用俗话说,就是"会想"。如欲时髦,你把它叫作"生活的艺术"也可以。

古人居家以鸡犬为伴。母鸡可以下蛋,公鸡可以报晓。可知鸡不但是食物来源,而且可以是闹钟。因此,偷鸡是一件很损的事——难怪孟子有嘲偷鸡贼思过,拟从"月攘一鸡"做起之寓言。反之,鸡被偷了,则是一件很使人沮丧,乃至焦急的事。主人掉了只公鸡,童子正在焦急,便是这支曲的题前之景。

这支曲一开篇,就是主人教训童子的口气。不是训他没把鸡看好,反是教他不要焦急——掉都掉了,你焦急那么回事,不焦急也那么回

事。焦急，还会添病。所以还是不焦急为好。这使人想起一个成语——"楚弓楚得"。汉代刘向《说苑》里讲了这样一个故事。楚共公打猎时掉了一张弓，左右想回头去找，共公说："楚人遗弓，楚人得之，找什么找！"可见从古以来，就有会想的人。

　　然而，此曲中的主人，不但豁达，而且风趣，想象力很强——偷鸡贼此刻一定很得意吧，鸡则很倒霉——下锅了吧。"家家都有闲锅灶"，着一"闲"字，是想象那人早已是等鸡下锅。"任意烹炮"，着"任意"二字，是想象那人正偷着乐。于是，主人很想为那人助兴——倒贴三个火烧、一点佐料。"火烧"即烧饼，北方有驴肉火烧、酥皮火烧之类，又有"三个火烧一碗汤"之说，因为是"煮汤"，所以要"助他三枚火烧"；"穿炒"即煎炒要入味，所以"助他一把胡椒"，分别得这样清楚，说得这样心平气和。这是生活的情趣，也是作者的风趣。

顺便说，读曲要有正确的审美态度，否则难免有隔膜的批评——譬如认为此曲提倡马虎的作风，或认为它助长盗窃的风气，那就很煞风景了。须知，此曲的前提是东西已经掉了。如果东西没有掉，当然是看紧为好。另一个前提是，不知道谁偷的。要是知道，为了社会安定，还是举报为好。再说，即使宣布"贴他三枚火烧""助他一把胡椒"，那贼也未必敢站出来领，终究是打趣而已。

（周啸天）

●文徵明（1470—1559），初名璧，以字行，更字徵仲，号衡山居士。正德末年以岁贡生诣都，授翰林院待诏。世宗时，预修武宗实录。年九十而卒，私谥贞献先生。诗文书画皆工。有《甫田集》。

◇满江红

拂拭残碑，敕飞字，依稀堪读。慨当初，倚飞何重，后来何酷！岂是功成身合死，可怜事去言难赎。最无辜、堪恨又堪悲，风波狱。　　岂不念，疆圻蹙！岂不念，徽钦辱！念徽钦既返，此身何属。千载休谈南渡错，当时自怕中原复。笑区区、一桧亦何能，逢其欲。

文徵明，明代苏州名士，江南四大才子之一，杰出的画家、诗人。一阕《满江红》，仅九十三字，一针见血地说破岳飞风波亭冤案的事实真相，揭示了岳飞悲剧的深刻原因。全词大气，豪放，文笔犀利不留情面，不隐不讳，忠实于历史本来面目，此在咏史诗作中难能可贵！

栖霞山下，岳飞墓园的南北两廊里，这首《满江红》陈列其中，当年宋高宗赵构的御敕碑也赫然在列，碑上手书"精忠岳飞"四字，此时看来确是触目惊心。匡复中原之际，令金兵闻风丧胆的岳家军首领岳飞，被十二道金牌急急召回，奸相秦桧以"莫须有"的罪名，在风波亭将其父子杀害。直接导致这出悲剧的刽子手秦桧，在岳飞墓前"跪"了千年，任人唾骂。然而，历史的真相从来都值得拷问，事实并非如此简单直白，岳飞的千古奇冤究竟有何深层原因？

读罢文徵明的《满江红》，心中豁然开朗，他为历史的真实重现提供了最直接的蓝本。该词矛头直指最高统治者宋高宗赵构，一语中的，撼人心魄。

岳飞之罪"其事体莫须有"！哗然之语。莫须有的罪名千古奇冤，谁猜得透当权者的小算盘。亭内是阴谋者的狞笑，亭外是满天下的痛哭，屠刀下落，滚烫的座右铭，瞬时变成了冰凉的墓志铭，几百年前的一腔热血，化作历史的一把冷汗，"堪恨又堪悲"！

词的下半阕则细细分析，赵构为什么非要将已经取得节节胜利，不日即可收复中原失地的岳飞，在一天之内连发十二道金牌，从前线召回？岳飞究竟为什么会死？

"岂不念，疆圻蹙！岂不念，徽钦辱！"重重的反诘！疆土沦丧，国破家亡的耻辱，难道赵构不知羞？父兄被俘，难道赵构不挂念？——"念徽钦既返，此身何属"。九个字，一针见血，命中要害。赵构的心事一览无余——若是复兴北宋，面对正当壮年的亲父兄，该谁当皇帝？这件"匡复大业"，在只想偏安一隅，贪图享乐的赵构看来，却是危及皇权帝位的最大隐患，他宁可守着他的南宋小朝廷，歌舞升平，夜夜欢畅。

岳飞想的是"待从头、收拾旧山河，朝天阙"；赵构想的是"千载休谈南渡错，当时自怕中原复"。岳飞想的是国仇帝恨，复国兴邦；而赵构想的却是小心求和，苟且偷生……试问，赵构的心里，岂能容下主战复国的岳飞？赵构的眼里，岂能容下有损帝位皇权的一粒沙子？

"笑区区、一桧亦何能，逢其欲。"秦桧区区一个宰相，即使再嫉恨，也没有能耐和胆量私害岳飞。然而他之所以翻云覆雨，只不过是揣摩透了赵构的心理，投其所好，力主屈辱苟安，与他狼狈为奸除掉了绊脚石岳飞，维护了赵构的利益，也为自己邀宠升官铺上了红毯。历史上许多咏史诗都把一切罪过归于秦桧，"天意从来高难问，况人情老易悲难诉"，或为维护皇权，为尊者讳；或媚上邀宠，求官晋爵；或难得糊涂，巧于全身。实则颠倒主次，有碍历史本来的公正。

隔代修史，千古论人。只短短一阕《满江红》，捅破遮掩的窗户纸，还历史以本来面目，一针见血，难能可贵！有情，有据，有理，有力，侠肝义胆，哲思禅悟，沉着慷慨，痛快淋漓，实乃论史之妙笔、千古之绝唱。

（殷志佳）

●李攀龙（1514—1570），字于鳞，号沧溟，历城（今山东济南）人。明嘉靖二十三年（1544）进士，官至河南按察使，与王世贞同为"后七子"首领。论文主秦汉，论诗宗盛唐。有《沧溟先生集》。

◇枯鱼过河泣

大鱼唼小鱼，小鱼唼虾鳝，虾鳝唼沮洳。唼多沮洳涸，请君肆中居。

《枯鱼过河泣》乃乐府旧题，古辞云："枯鱼过河泣，何时悔复及！作书与鲂鱮，相教慎出入。"乃遭祸患者假鱼言警告同伴的诗。李攀龙这首仿民歌，不袭古辞之意，却从《庄子·外物》涸辙之鱼的故事吸取了一点灵感。故事中的那条快干死的鱼，对路人之许以远水相救十分愤慨，道："不如早索我于枯鱼之肆。"鱼儿离不开水，远水焉能救急！寓言止此而已。而李攀龙则别有新意。他运用现成的语言材料，创造了一个新的寓言，警告当时统治者：如果诛求无厌，最终会自食其果。

"大鱼吃小鱼，小鱼吃虾米"的说法在民间早就流传着，它十分形象地反映了旧社会弱肉强食的丑恶现象。李攀龙接过这个比喻，添作三句："大鱼唼小鱼，小鱼唼虾鳝，虾鳝唼沮洳。"这就增加了一个层次，生动地揭露了明代社会贪官污吏横行的情景，既有以黑吃黑，也有以恶欺善的现象存在。大抵是官压制吏，吏盘剥民，人民则只能任其宰割，处境悲惨有甚于虾鳝。"沮洳"指污泥，固然是虾鳝之所食。但人间饥民，也有食"观音土"如虾鳝者。当然，一旦人民落到这种田地，只有两条路，一是死，一是造反。无论哪种情况，都可能导致封建国家大厦的倾覆。

"皮之不存，毛将焉附！"李攀龙在诗末只轻轻点到为止："唼多沮洳涸，请君肆中居。"这里的"唼多"和"君"表面上承上句"虾鳝"言，但在诗人描写的那个"大鱼——小鱼——虾鳝——沮洳"的食物链上，一环有亏，必殃及其余：沮洳涸则虾鳝绝，虾鳝绝则小鱼灭，小鱼灭则大鱼死。最后居枯鱼之肆的必然也有大鱼小鱼。诗人巧妙省去了一些环节不说，让读者自己去推想，"君"字所指便意味深长了。

诗全用形象作寓言，极富哲理性。大鱼、小鱼、虾鳝等，实处在一个生态平衡系统中，一旦失去平衡，则祸无日矣。今天还可借来说明环境保护的重要意义，如果人类对环境只开发利用而不注意保护，也势必有一天"唼多沮洳涸，请君肆中居"。诗可以兴也如此。

（周啸天）

●袁中道（1570—1626），字小修，明公安（今属湖北）人。与兄宗道、宏道并有才名，时称"三袁"。万历进士，官南京吏部郎中。有《珂雪斋集》等。

◇王龙屿绣林江阁值雪杂诗（录一）

以手掬江浪，取之涤砚瓦。
尊罍稍远窗，莫被过帆打。

这首古无今有的奇作，非载道，非言志，非缘情，而是写由视幻现象引起的惊奇。

窗框如同画布，江水看起来那么近，如伸手可掬。而江上过帆，仿佛擦着窗边的酒杯而过，使人疑心会把酒杯碰倒。这种观察得到的印象，西方艺术家最为敏感，而中国古人则比较迟钝，他会轻易地用理性去加以排除。而专以视幻感觉入诗，在古人诗中可说是见所未见，闻所未闻，甚有奇趣。

这首小诗表现的奇趣水准，就是大讲活法的宋人，就是最重风趣的杨万里，也还有一间未达。只有破除习惯，独抒性灵者，方能偶得。所以是很值得刮目相看的。

（周啸天）

●钟惺（1574—1624），字伯敬，号退谷，明竟陵（今湖北天门）人。万历三十八年（1610）进士，授行人。历官仪制郎中、福建提学佥事。著有《隐秀轩集》等。同里谭元春与之应和，风行一时，人称“钟谭体”或“竟陵派”。二人合选有《古诗归》《唐诗归》《明诗归》等。

◇江行俳体十二首（录一）

虚船也复戒偷关，枉杀西风尽日湾。
舟卧梦归醒见水，江行怨泊快看山。
弘羊半自儒生出，馁虎空传税使还。
近道计臣心转细，官钱未曾漏渔蛮。

《江行俳体》组诗，作于钟惺入京应试途中，原序云，诗是在友人谭元春《竹枝词》组诗的启发下写成的。因舟行途中受到水上税收盘查，作者不满，遂写下这首讽刺苛税的作品。

由诗意可知，作者所乘的航船在行进中受到阻止。原因是税卡正在对过往船只进行盘查收税，为严防偷漏关税的情况发生，凡属未经验查的船只一律不得放行，客船也不例外。由于扣留时间太长，几乎整天停泊，使旅客们大发怨言，也是自然的事。“虚船也复戒偷关，枉杀西风尽日湾”就是写这种不分青红皂白的情况。“枉杀”二字，

充满怨意。整日无聊，加之秋风萧瑟，谁又耐烦呢！"虚船（不装货的船）也复"云云，大是不满的语气。"湾"是俗话，泊舟之谓也。文言中本无这个用法，这就在语言中形成俳谐的意味了。它造成一种近乎苦笑的情态。

有意思的是下文中，诗人由眼前税卡严得滴水不漏，联想到现实中的苛捐杂税，一齐予以鞭挞。桑弘羊是汉代以理财著名的历史人物，征收舟车税是由他和孔仪等始作俑。诗云"弘羊半自儒生出"，这里既有"半自"，可见"弘羊"在诗中代指的是一批人，而并非专指桑弘羊本人。那群人就是当时搜刮民财的官吏们。儒家本来主张薄税敛，施仁政，但残酷的剥削人民的官吏却"半自儒生出"，这是何等具有讽刺意味的事啊！

《史记》载，信陵君欲救赵，急中无计，将率宾客赴秦军，侯生以为无异"以肉投馁虎"。"馁虎"即饿虎，较之一般的虎更为可怕。诗中用以譬"税使"，比较"苛政猛于虎"的说法，更加新警。这两句诗已经远远超过个人受阻的烦恼，而接触到严酷的社会现实和民间疾苦，是全诗主题之句。

结尾用道听途说的消息，进一步写官吏盘剥的无孔不入："近道计臣心转细，官钱曾未漏渔蛮。""渔蛮"即渔民，过去不属于纳税对象。现在税收到他们头上，可见官府的搜刮又进了一步。"计臣"指理财的官吏，"心转细"似乎是褒辞，其实是反语。正如唐代陆龟蒙《新沙》所讽刺的："渤澥声中涨小堤，官家知后海鸥知。蓬莱有路教人到，应亦年年税紫芝。"讽刺的锋芒，并不毕露，针砭却更有力。

诗是即事兴发，半出嘲谑。"偷关""湾""心转细""渔蛮"等，不是口语便是俗语；"弘羊"与"馁虎"作对，"醒见水"与"快看山"作对，都有谐趣，即所谓俳体。然而诗的内容，却是十分严肃的。这就是"体诨"、"气诙"而"法严"，是亦谐亦庄的。而俳谐的力量，就在于顺手一击中，置对手于尴尬境地。就此而言，本篇是有特色的。

（周啸天）

●贾凫西（约1590—约1676），名应宠，字思退，一字晋蕃，号凫西、澹圃、木皮散人，明清之际曲阜（今属山东）人。明崇祯年间贡生。崇祯十二年（1639）任直隶固安县令。后擢部曹、刑部江西清吏司郎中。明清易代，于清顺治八年（1651）补旧职，曾巡视福建汀州。有《木皮散人鼓词》《澹圃恒言》等。

◇木皮词〔节录〕

在下不是逞自己多闻，夸自己多见，但谈些古本正传，晓得些古往今来。你看那漫洼里、十字大路上放响马的贼棍，骑着马，兜着弓，撞着那宝货客商，大叱一声，那客商就跪在马前，叫"大王爷饶命"，双手将金银奉上。那贼棍用弓梢接住，搭在马上，扬鞭径去，到了楚馆秦楼，偎红倚翠，暖酒温茶，何等快活！像俺谈策之辈，也算九流中的清品，不去仰人家鼻息；就在十字街坊，也敢师生对坐；只是荒村野店，冬月严天，冷炕绳床，凉席单被，一似僵卧的袁安，嚼雪的苏武。

像俺这满肚里鼓词，盖着冰冷的被；

倒不如出鞘的钢刀，挑着火炖的茶。

列位老东主，你听这却不是异样的事。从来热闹场中，便宜多少鳖羔贼种；幽囚世界，埋没无数孝子忠臣。比干、夷、齐，谁道他不是清烈忠贞；一个剖腹于地，两个饿死于山。王莽、曹操，谁说他不是奸徒贼党；一个窃位十八年，一个传国三四代。还有甚么天理？话犹未了，有一位说道："你说差了，请问那忠臣抱痛，六月飞霜，孝妇含冤，三年不雨，难道不是天理昭彰么？"我说："咳！忠臣抱痛，已是苦了好人；六月飞霜，为甚么打坏了天下嫩田苗？孝妇含冤，哪里还有公道；三年不雨，又何故饿死许多百姓？况于已经害了的忠臣孝妇何益？"曾记的在某镇上也曾说过这两句话。有人也道："你说错了，倒底是积善之家，必有余庆，积不善之家，必有余殃。"我便说："不然！不然！昔春秋有位孔夫子，难道他不是积善之家？只养了一个伯鱼，落了个老而无子。有人说他已成了古今文章祖，历代帝王师。依我说来，就留着伯鱼送老，也碍不着文章祖，也少不了帝王师。再说《三国志》里曹操，岂不是积不善之家，共生了二十五子，大儿子做了皇帝，传国五辈四十六年。又说他万世骂名。依我说来，当日在华容道上，撞着关老爷，提起青龙偃月刀，砍下头来，岂不痛快？可见半空中的天道，也没处捉摸；来世里的因果，也无处对照。你是和谁使性，和谁赌气者！"

　　忠臣孝子是冤家，杀人放火的天怕他。

　　仓鼠偷生得宿饱，耕牛使死把皮剥。

　　河里游鱼犯了何罪？刮了鲜鳞还嫌刺扎。

　　杀人的古剑成至宝，看家的狗儿活砸杀。

　　野鸡兔子不敢惹祸，剁成肉酱加上葱花。

　　杀妻的吴起倒挂了元帅印，可怎么顶灯的裴瑾多挨了些嘴巴？

　　玻璃玉盏不中用，倒不如锡蜡壶瓶禁磕打。

打墙板儿翻上下，运去铜钟声也差。

管教他来世莺莺丑如鬼，石崇托生没个板渣。

海外有天、天外有海，你腰里有几串铜钱休浪夸。

俺虽没有临潼斗的无价宝，只这三声鼍鼓走天涯。

览罢闲言归正传，试听俺光头生公讲讲大法。

鼓词是一种民间说唱文学，又称木皮词，即今北方流行的大鼓词。说唱者一手击鼓，一手以鼓板（木皮）按拍。本篇作者是明末文士，在科举功名上并不得意，崇祯年间才考上一个贡生，曾官县令，明亡后隐居不仕又不得不仕，遂醉心稗官鼓词，别号木皮散人。

明末清初是个大动荡、大变革的时代，作者阅尽沧桑，看饱了人间不平和世态炎凉，无心为官，却将一腔不平之气通过鼓词予以释放。他离经叛道，把从盘古开天辟地直到明朝灭亡的史事加以演绎，对于经史中的帝王师相，均别有评驳，否定了一切天理王法、因果报应，所谓"十字街坊几下捶皮千古快，八仙桌上一声醒木万人惊"，可以说是自李白以来，最富于叛逆性的歌者。木皮词因辗转传抄，各本文字大同小异，本篇节取自文字较为简古的一种。

哲人说："存在就是合理。"而作者摇手道：不然！不然！翻开封建社会的历史，满本都写着"不合理"三个字，那个世道就是欺善怕恶，撑死胆儿大的，饿死胆儿小的。作者现身说法，将响马强盗和清流文士作了尖锐的对比，"像俺这满肚里鼓词，盖着冰冷的被；倒不如出鞘的钢刀，挑着火炖的茶"。

常言道："善有善报，恶有恶报。"作者又摇手道：不然！不然！他举出不少历史人物作正反例证，道是"从来热闹场中，便宜多少鳖羔贼种；幽囚世界，埋没无数孝子忠臣"，尤其发人未发的是："咳！

忠臣抱痛，已是苦了好人；六月飞霜，为甚么打坏了天下嫩田苗？孝妇含冤，哪里还有公道；三年不雨，又何故饿死许多百姓”，可谓鞭辟入里，雄辩而无情地揭露了因果报应之说的欺骗性。

在歌辞中，作者进一步写出人间是非的颠倒、善恶惩扬的无凭、贫富美丑差异的悬殊，全无道理可言，于是情不自禁地对现存的一切发出诅咒：“管教他来世莺莺丑如鬼，石崇托生没个板渣。”通过这种无理过情的语言，作者宣泄了对现实的不满和想要讨一个公道的强烈愿望。

鼓词借谈古说今的方式，抒发对人世的不平的控诉，评说历史善取典型，针砭时弊不留面子，讽刺极其尖锐犀利，内容绝非庸俗，其立场是站在人民一边的。表现如此富于人民性的内容时，自然应该抛弃骚人墨客的书面语言，而直接采用民间活生生的口语，包括俗语、谚语乃至有表现力的方言土语，故能新鲜活泼、诙谐风趣，不但为老百姓喜闻乐见，也为有识见的文士所欣赏。

乾隆年间的统九骚人，称其“字成鬼哭，丝动石破”，并拟之屈原、杜甫。晚清小说家吴趼人“读而爱之，乃重梓之以公同好”。梁时高僧生公，讲经于虎丘寺，石皆点头。像鼓词这样鞭辟入里的警世之作，也真可谓“生公说法，顽石点头”了。

（周啸天）

●邢昉（1590—1653），字孟贞，一字石湖，高淳（今属江苏）人。明末诸生。入清隐居石臼湖。有《石臼集》前集九卷，后集七卷。

◇避兵还舍率题壁间

江村归日暮，桑柘半成墟。
唯有蓬蒿色，青青满故庐。

本篇作于明末清初兵乱之中。诗人回到家园，看见满目荒凉，园庐蒿藜，于是在旧舍的墙壁上题写了这首即景抒怀的五绝。

"江村归日暮，桑柘半成墟。"二句写诗人在黄昏时分到家，看到的悲凉情景。"桑柘"即"桑梓"，本义为乡里社前所植的社树，一般用来代称家园或故国。"桑柘半成墟"，即故乡一半已毁于战火，化作丘墟。可见战争对农村的破坏到了何等程度！诗人在归途之中，必定已有种种不祥的预测，或许也曾道逢乡里人，打听家中有阿谁。尽管做了最坏的打算，然而亲眼见到故园荒芜的情景，仍令他悲酸不已。

"唯有蓬蒿色，青青满故庐。"二句是对"桑柘半成墟"的具体刻画。本来园庐丘墟，即是荒无人烟，而作者偏不从"无"的方面着笔，而从"有"的方面设想，而有的又只是满屋"蓬蒿"而已，这就更加突出了兵祸之后故乡的凋敝。正面不写写反面，反而取得含蓄深厚的意味。这与汉乐府《十五从军征》"兔从狗窦入"一段描写，实有异曲同工之妙。

绝句的结尾使用限制性词语来形成感叹性语调，以强化感情色彩，是唐人已有的创造。如"只今惟有西江月，曾照吴王宫里人"（李白）、"孤帆远影碧空尽，唯见长江天际流"（李白）、"唯有门前镜湖水，春风不改旧时波"（贺知章）等等。本篇仍沿用这一现成格局，但在具体表情上却仍有新鲜之处。本来，"青青满故庐"五字给人的应是一种有生气的、多情的印象；但可惜这"青青满故庐"的不是柳色，不是别的树色，而是蔓延丛生的"蓬蒿"，即杂草之"色"，这就令人遗憾乃至悲凉了。

（周啸天）

◇汉口

蜀江船不到三巴，湖南船不到长沙。
满地干戈关塞里，行人那不早还家？

这首反映明末清初社会动乱情景的小诗，容易使读者联想到杜甫在安史乱后寓蜀时所写的《绝句》"窗含西岭千秋雪，门泊东吴万里船"。两诗的内容并不相同，甚至正好反对。杜诗写的是大乱已定，社会正在恢复正常秩序的情况；而本篇写的是社会还没有安定，动乱尚在继续的情况。然而，它们在构思上都是将水路交通作为一个窗口，来反映整个社会现实治安，颇有见微知著之妙。

"蜀江船不到三巴，湖南船不到长沙。"二句极写兵戈阻绝，交通不便。"三巴"在四川东部地区，《华阳国志》载，刘璋"改永宁为巴郡，以固陵为巴东，徙（庞）羲为巴西太守，是为三巴"。它是蜀江通往湖北必经的地方。"长沙"则是湘江通向洞庭往湖北的必经之地。从诗题知，作者当时困在汉口，他大约本来是要到西南某地去的，所以特别提到西南方向的这两条水路。

"满地干戈关塞里，行人那不早还家？"自古以来在和平时期，战争只发生在塞上或塞外，而如今山河易姓，连"关塞里"也充满动荡不安。"满地干戈"极言动乱之普遍。"行人那不早还家"一句极耐玩味。当然，满地干戈，交通阻绝，行人到达不了目的地，似乎应还家了。

然而，他离家又是什么原因呢？难道不正是因为家乡遭到骚扰，无法安身的缘故吗？作者是高淳人，那边也一样处于兵连祸结中。诚如唐末韦庄所说："未老莫还乡，还乡须断肠！"（《菩萨蛮》）可知"行人那不早还家"的一问中，还含有许多难言之隐哩。

（周啸天）

●刘城（1598—1650），字伯宗，贵池（今安徽池州市贵池区）人。明季诸生，与吴应箕齐名，为复社眉目。吴抗清兵败身死，为营葬兼抚遗孤。有《峄桐集》十卷，近代与《棱山堂集》合刻为《贵池二妙集》。

◇后芦人谣（录一）

芦花瑟瑟，雪花白白。
雪花寒有时，芦花虐不歇。
何尝见芦花，枉杀雪中客。

作者先有《芦人谣》反映清初种芦为生的农民所受盘剥之苦，《后芦人谣》是其续篇，作于顺治五年（1648）。本篇为大雪之中芦民的怨苦之辞。在风雪严寒中，芦民无衣无食，还为交不出芦花，完不了赋税而担惊受怕。几句诗将其奄奄待毙的悲苦处境画出。

诗人巧妙地将芦花和雪花这两种外形相似实质完全不同的事物，在诗中反复对照吟咏。"芦花瑟瑟，雪花白白"，前句的"芦花"实指芦苇，因为严冬时已经没有"芦花"，"瑟瑟"是西风吹芦叶抖动的声音。这时虽然没有"芦花"，但"雪花白白"，覆盖在芦上，却能给人芦花怒放的错觉。然而雪花毕竟不是芦花，不但不能给人以温暖，反倒带来了难熬的寒冷。

诗人接着说："雪花寒有时，芦花虐不歇。"似乎芦花给人带来远比雪花酷虐的苦难。读者初觉费解，但仔细一想不难明白，这是针对芦花赋税之重而言的。它是说雪花虽令穷人寒冷，尚有一定的时令，而芦花招致赋敛之毒，却永无休歇。"何尝见芦花，枉杀雪中客"，这里的雪中客即露宿雪地的芦人。冬天，没有芦花，却有芦花税，真是冤哉枉也。芦花的花絮可作棉用，芦秆可织苇席，却没有给种植它的人带来些许温暖，反使他们濒临绝境。这一事实发人深省。诗中通过和雪花的对比来写，就使这一不合理的社会现实更加触目惊心。

诗中的"雪花"是实景，"芦花"是虚景，所以在造境上有虚实之妙。

（周啸天）

●吴伟业（1609—1672），字骏公，号梅村。太仓（今属江苏）
人。明崇祯四年（1631）进士，官左庶子。南明时，任少詹事，乞归。入
清后，官国子祭酒，因母丧乞归。有《梅村家藏稿》等。

◇捉船行

官差捉船为载兵，大船买脱中船行；中船芦港且潜避，小船
无知唱歌去。郡符昨下吏如虎，快桨追风摇急橹。村人露肘捉
头来，背似土牛耐鞭苦。苦辞船小要何用？争执汹汹路人拥。
前头船见不敢行，晓事篙师敛钱送。船户家家坏十千，官司查
点候如年；发回仍索常行费，另派门摊云雇船。君不见官舫觟
峨无用处，打鼓插旗马头住。

　　清代顺治、康熙年间，朝廷为了镇压各地抗清运动，加强军备、设
防，地方官吏便强行征调、占用百姓的船只、竹木、耕牛；更有甚者，
"猾吏藉以饱壑，民用不堪"。此诗真实形象地反映了贪官污吏借口军
运，四处捉船，横加勒索，使得江南水乡船户民不聊生的史实，并表现
了作者对贫苦人民的同情。
　　开宗明义，诗一开头便说"官差捉船为载兵"，可是不无讽刺意味
的是：能载兵的大船、中船都溜掉了，大船"买脱"（拿钱买通官差，

得以逃走），中船行入芦苇丛生的港汊权且躲避，于是只剩下载不了几个人的小船。这些无财无势，成天风里来雨里去，靠渡几个客人，捞点鱼虾换得盐米度日的小船人家，不要说去买通官府，只怕连捉船的风声也不曾听到。诗人用"小船无知唱歌去"描写这些一贫如洗的穷家破船，大难将临却浑然不知，依然平静地哼着渔歌、唱着号子划船而去的情景。殊不知此去无异于自投罗网。

果然，"郡符（官府征用船只的文书）昨下吏如虎"，官差个个如虎似狼，凶神恶煞；"快桨追风摇急橹"，飞快地追上毫无防备的小船。船家被差人扭手揪髻捉了来，背上挨的皮鞭像雨点似的又急又重。土牛，是古时迎春所用的土制春牛，供人们在迎春礼仪上鞭打以除寒气（这叫"鞭春"）之用。"背似土牛耐鞭苦"一句写出了差役们心狠手毒，全不把穷人当人看的惨无人道的暴行，那似捶打土牛的鞭打声，皮开肉绽的脊背，饱含着贫苦船家多少的屈辱和痛苦！船家争辩说船太小了，怎么载得了军队？官差们却骂声不绝；路人挤挤挨挨，围观不去。

前头驶来的船只见此情景纷纷停下，谁也不敢闯过去或掉头逃走，比较"晓事"，有社会经验的篙师就出面为每条船送些钱给官府，通融一下，以便保下各家赖以谋生的唯一手段——小船。船户每家破费了用血汗换来的甚至典当借贷凑足的"十千"钱。"官司查点候如年"，"官司"即有关的官府衙门，办事人员挨着一条船一条船查对，疲疲沓沓，故意拖延，哪管船户正提心吊胆度日如年地等着。查点的结果回复下来，不仅每户还得交纳"常行费"，即常例钱，更须交出"门摊钱"。《续文献通考·金制》云："额外课（赋税）三十有二，七日门摊。"因为官府说是要拿这些钱"雇船"运兵、作军事调动之用，谁敢不交！苍天才知道，这些挨门挨户搜刮来的民脂民膏有几文用去雇船了？最底层的穷苦百姓只落得油水榨干，奄奄待毙。

　　"君不见"二句作为结束语含有深深的哀叹和不平的讥讽。任何一个头脑正常的人不会看不见"官舫嵬峨无用处，打鼓插旗马头（即码头）住"。这里作者勾勒了这样一个画面：一边是被扣住的穷人破旧的小船，一边是闲驻的官家大楼船，巍峨豪华，打鼓插旗空泊于码头上。

　　此诗具有吴伟业七言歌行的一般特点，也是"以唐人格调，写目前近事"。叙事朴素流畅，音韵响亮流转，以换韵推动事件的发展，寄托自己的感情。这种情形以末两句为最典型。

　　《捉船行》与吴伟业的另五首诗《芦洲行》、《直溪吏》（写官府追捕的酷虐）、《马草行》（写官吏勒索的苛急）、《堇山儿》、《临顿儿》（写乱离年代儿童被掳掠、被出卖的惨剧），都是揭露社会黑暗、关心百姓疾苦的代表作品。正如赵翼在《瓯北诗话》中指出的，这些作品"又可与少陵（杜甫的别号）《兵车行》《石壕吏》《花卿》等相表里，特少逊其遒炼耳"。

（宗小荣）

●宋琬（1614—1674），字玉叔，号荔裳。明清之际山东莱阳人。清顺治四年（1647）进士。曾出任浙江按察使。后因山东于七起义事，被人诬告下狱。释放后在家闲居近十年。后出任四川按察使。名与施闰章并称"南施北宋"。有《安雅堂文集》等。

◇同欧阳令饮凤凰山下

> 茅茨深处隔烟霞，鸡犬寥寥有数家。
> 寄语武陵仙吏道，莫将征税及桃花。

顺治十一年秋冬之际，作者与欧阳介庵等同游凤凰山时有感而作。欧阳介庵时任同谷（今甘肃成县）县令。凤凰山在同谷东南十里，是当地名胜之一。

"茅茨深处隔烟霞，鸡犬寥寥有数家。"写凤凰山的景色，人烟稀少，烟霞弥漫，茅屋数椽，大有世外桃源之概。见此情状，很容易使人想起陶渊明《桃花源记》中所写："晋太元中，武陵人捕鱼为业，缘溪行，忘路之远近。忽逢桃花林，夹岸数百步，中无杂树，芳草鲜美，落英缤纷……土地平旷，屋舍俨然，有良田美池桑竹之属；阡陌交通，鸡犬相闻。"杜甫的《赤谷西崦人家》："鸟雀依茅茨，藩篱带松菊。如行武陵暮，欲向桃源宿。"也是见到如此景美人稀，境幽声寂的处

所，就自然想到超尘脱俗的世外桃源。这两句是为下面所写植根，写
景重在写意。

　　"寄语武陵仙吏道，莫将征税及桃花。"缘上两句而来，把欧阳介
庵称作"仙吏"，因这里犹如武陵仙境，这里的县令也就成了仙吏了。
诗人对他说不要连桃花也要征税。在调侃的语调中寓含着辛辣的嘲讽。

　　这首诗是劝导友人不要居官弄权、横征暴敛。封建社会中诗人讥
刺暴敛之作不少，如晚唐陆龟蒙的《新沙》："渤海声中涨小堤，官家
知后海鸥知。蓬莱有路教人到，应亦年年税紫芝。"是说海中涨出一片
新沙，海鸥还在官家之后发现，官家已将它列入征税的范围。如果有路
到蓬莱仙境的话，恐怕也要他们年年以紫芝纳税了。宋代洪咨夔的《促
织》："水碧衫裙透骨鲜，飘摇机杼夜凉边。隔林恐有人闻得，报县来
拘土产钱。"谓连纺织娘这种昆虫也不敢大声鸣叫，怕被人报官，来征
收土产税。这些诗歌，较之杜荀鹤的《山中寡妇》所说"任是深山更深
处，也应无计避征徭"，以及陆游《夜闻蟋蟀》"布谷布谷解劝耕，蟋
蟀蟋蟀能促织；州符县贴无已时，劝耕促织知何益？"意虽同而味相
异。宋琬之作系对欧阳介庵当面言讲，加之欧阳也并非横征暴敛之吏，
因此语气轻松而委婉，写得十分得体合度。宋琬如此清廉爱民，敢于对
友人直言规谏，这种性格使他难免要被谤而蒙冤，甚至被诬而入狱了。

（徐应佩　周溶泉）

●无名氏

◇剃头诗

闻道头堪剃，无人不剃头。

有头终须剃，无剃不成头。

剃自由他剃，头还是我头。

请看剃头者，人亦剃其头。

此诗产生于清初，清兵入关后勒令全国男子，必须按满族习俗剃头辫发——即将周围的头发剃除一圈，将头顶余发编成一根辫子拖在脑后，或盘在头上。此举招致了汉人的抵制，于是清朝统治者就下了一道死命令：留头不留发，留发不留头。各省立即执行，剃头匠（时称"待诏"）或在剃头担上竖此"圣诏"，告示路人。以此流传版本甚多，此取其一。

这首打油诗之妙，全在"剃头"二字上绕圈子："闻道头堪剃"二句，写圣诏颁布，没有人可以抗拒。"有头终须剃"二句，写汉人的无可奈何，为保存自己，不得不委曲求全，忍辱负重。"剃自由他剃"二句，意思就大了，意谓发式的改变，并不意味着民族意识的泯灭，相反地，人们只是将怒强压在心头，反抗的意识无时无之。"头还是我头"

五字，掷地有声。"请看剃头者"二句也大有深意，表面看，是说剃头匠自己没办法剃自己的头，所以他的头必须由别人来剃，双关的意思却是——哪里有压迫，哪里就有斗争；以其人之道，还治其人之身。"剃其头"云云，双关杀头。这是怨言，是警告，却出以婉辞，是谓谲讽。现实严峻，出以诙谐，便是对现实的超越。

据说，最初向清廷提出"剃头"议案的，竟是明末降臣孙之獬，此人便被汉人视为败类。剃头令下达之初，汉族士民不惜武力反抗，活捉了孙之獬，并将其斩首示众。"请看剃头者，人亦剃其头"便是针对此事而发。

（周啸天）

●张英（1637—1708），字敦复，号乐圃，清安徽桐城人。乾隆年间官至文华殿大学士兼礼部尚书。有《周易衷论》等。

◇让墙诗

千里修书只为墙，让他三尺又何妨。

长城万里今犹在，不见当年秦始皇。

安徽桐城老街里弄甚多，有七拐八角九弄十三巷之称。在众多的里巷中，最著名、最为人津津乐道的，莫过于"六尺巷"了。

巷在桐城西后街，宽仅六尺，长一百余米。此巷的著名，是因为一则体现互谅、互让美德的佳话。据《桐城县志略》和姚永朴《旧闻随笔》记载，清代乾隆年间，文华殿大学士兼礼部尚书张英的老家桐城府第北边有一块空地，家人因扩建府第，仗势占地，逼邻居让地三尺。邻居不畏权势，不肯相让。事情告到县衙，官府左右为难。家人遂修书请示于张英，张英阅信，即提笔批下此诗，以代回札。家人见信，无奈让地三尺。邻居见让，也很感动，因而主动将墙基后退三尺，于是就有了两家之间的这条六尺巷。故此诗又称《六尺巷》《观家书一封只缘墙事聊有所寄》。

这首诗在同时的诗评家如沈德潜眼中，当属浅派或打油诗之列，自然没有资格收入《清诗别裁集》的。但它将普通的垣墙与万里长城联系起来，构思巧妙，富于生活哲理，而又一气呵成，只需听上一遍就能记得，无怪乎它脍炙人口。游人到了桐城，可以寻访老街的六尺巷，开阔一下自己的心胸。

（周啸天）

●施闰章（1618—1683），字尚白，号愚山，明清之际宣城（今属安徽）人。顺治六年（1649）进士。康熙十八年（1679）举博学鸿词科。授翰林侍读。与宋琬并称"南施北宋"。有康熙间刻本《施愚山先生全集》等。

◇牵船夫行

十八滩头石齿齿，百丈青绳可怜子。赤脚短衣半在腰，裹饭寒吞掬江水。北来铁骑尽乘船，滩峻船从石窟穿。鸡猪牛酒不论数，连樯动索千夫牵。县官惧罪急如火，预点民夫向江坐。拘留古庙等羁囚，兵来不来饥杀我！沿江沙石多崩峭，引臂如猿争叫啸。秋冬水涩春涨湍，渚穴蛟龙岸虎豹。伐鼓鸣铙画舰飞，阳侯起立江娥笑。不辞辛苦为君行，桯促鞭驱半死生。君看死者仆江侧，火伴何人敢哭声！自从伏波下南粤，蛮江多少人流血？绳牵不断肠断绝，流水无情亦鸣咽。

此诗约作于顺治末至康熙初年间，写作者在江西赣江所见到的牵船民夫的悲惨遭遇，反映了清初战乱的一个侧面。它的批判现实精神与白居易的新乐府正一脉相承。全诗可分三个部分。

第一部分十二句，由三个层次构成。这部分主要是记叙被清兵征来牵船的民夫在赣江边等待出发时的情景。第一层次四句，描写牵船夫艰苦的环境与贫穷的形象。在江西万安与赣州之间的赣江有险滩十八处，称"十八滩"。"滩头石齿齿"，形容滩头石块排列如牙齿，牵船夫就要在这样的艰险征途上拉纤行进。第二层次四句就交代民夫为何被征来牵船。"北来铁骑尽乘船"，是指北来清骑兵都要在此乘船南下，实指南征广西、云南一带南明桂王。由于"滩头石齿齿"亦即"滩峻"，所以往往要"船从石窟"中穿过。载运兵马粮草需大量船只，亦需"索千夫牵"，即征集大量牵船夫一起南下。第二层属于插叙。第三层四句仍承第一层意，记叙牵船夫们等待开船时的情景。由于县官惧怕承担办事不力、耽误军务之罪名，故心急如火，在"铁骑"未来之前，就"预点"即预先征集民夫在赣江等候。民夫们随身带的干粮已吃光，却无人补充，饥肠辘辘，坐以待毙，故喊出"兵来不来饥杀我！"的愤恨之言。此乃作者代民夫们抗议。

第二部分十句，由两个层次构成。这部分是描绘牵船夫踏上征程后劳累、凄惨的景象。诗省略了诸如"北来铁骑"何时到此，又如何上船等无关宏旨之过程的记述，而直接跳跃到写民夫牵船上路，体现了作者剪裁之功。第一层次六句，先写牵船夫拼力拉纤之艰苦劳累。"沿江沙石多崩峭"，描写牵船夫所经之路线沙石崩裂，石块尖利。这种路即使空身行走亦甚艰难，更何况身拉"百丈青绳"？"引臂如猿争叫啸"的比喻，则生动地描绘出牵船夫奋力拉纤之情状。他们像猿一样伸长手臂，这是写其形；同时又发出呼喊，这是写其声。于形声之间牵船夫们如同牛马一样卖命之状，跃然纸上。前四句是正面写纤船夫拉纤之艰难甚至危险；五、六句则从牵船夫拉纤之效果侧面写其奋力："伐鼓鸣铙画舰飞，阳侯起立江娥笑。"这两句写由于牵船夫奋力牵挽，画船在鼓乐声中行驰如飞，引得水神出来微笑观赏（这当然是想象之词）。此乃

　　"以乐景写哀"，"一倍增其哀"（王夫之《姜斋诗话》卷一）的写法，反衬出牵船夫的悲苦。第二层次四句，又进而写牵船夫在征程中被视如草芥的悲惨命运。牵船夫们"不辞辛苦为君（指清兵）行"，历尽千辛万苦、千难万险，不仅无功无赏，相反是"梃促鞭驱半死生"。这一部分写得具体形象，作者对清兵暴行的无比义愤，对牵船夫命运的深切同情，都洋溢在字里行间，动人心弦。

　　第三部分是最后四句。在前两部分充分描述的基础上，作者直接抒发感慨之情，显得深厚可信。"自从伏波下南粤，蛮江多少人流血？"作者借历史悲剧讽喻现实。伏波下南粤实际是比喻清兵进攻广西等地的南明桂王地盘。这种征伐给老百姓带来深重的灾难，"多少人流血？"则是兵燹所造成的灾难之形象化，而以问句言之，则寓有这种灾难无法估算之意。"绳牵不断肠断绝"，以"不断"与"断绝"相对比，写出征派民夫之徭役不停、战火不熄，而百姓之肝肠寸断，蒙受巨大痛苦之现实，构思巧妙，言浅意深。"流水无情亦呜咽"，又以"无情"与"呜咽"（即有情）相对，通过对"流水"的拟人化，在矛盾式的语句中极力衬托出百姓苦难之深重。连"无情"的"流水"亦会为之动情而"呜咽"，那么作为有情之作者，不仅要"发声哭"且要转作乐府诗（《寄唐生》）了。诗的收束韵味深长，感人至深。

　　这是一首纪事诗，全诗采用"敷陈其事而直言之"（朱熹语）的"赋"体，基本上四句一转韵，层次分明，有条不紊。语言十分质朴，以白描取胜。但亦间有比兴与用典，又增添了诗的形象性与典雅之致。重要的是作者于记事中倾注满腔感情，无论写牵船夫的外貌，还是记牵船夫的拉纤之艰难与牵船夫的遭遇，都具有浓郁的情感色彩，表明了作者的态度，读后足以令人一洒同情之泪。

　　　　　　　　　　　　　　　　　　　　　　（王英志）

●屈大均（1630—1696），原名绍隆，字介子、翁山。广东番禺（今广州）人。南明时秀才。清兵入广州前后，曾参加抗清活动。失败后曾削发为僧，不久还俗，北游关中等地。为"岭南三大家"之一。有《道援堂集》等。

◇民谣（录三）

白金乃人肉，黄金乃人膏。
使君非豺虎，为政何腥臊？

珠皆泪所成，不必鲛人泣。
三斛买蛮娥，余以求大邑。

初捕金五千，再捕金一万。
金尽鬻妻孥，以为府君饭。

第一首讽刺苛政。黄金、白银是统治阶级财富的象征。那些贪官污吏横征暴敛，贪婪凶残，不择手段地搜刮财富。诗中说：他们积累起来的白银，乃是从贫苦人民身上剔下来的肉；他们据为己有的黄金，乃是从劳动大众身上吸下的脂膏。此二句道出了那个黑暗社会血淋淋的残酷现实，揭示出那个吃人社会的本质。诗人反诘道："使君非豺虎，为政何腥臊？""使君"本指太守、州官，引申为地方官。清初何绛《西湖后曲》有"山近罗浮无恶虎，如何闾巷少人家"的诗句，可与屈大均此诗并读。

第二首诗讽刺卖官鬻爵。《述异记》上说："南海中有鲛人室，水居如鱼，不废机织，所织之布为鲛绡，鲛人之眼能泣，颗颗成珠。"诗中却说："珠皆泪所成，不必鲛人泣。"劳动人民创造的社会财富，被统治阶级搜刮了去，其中饱含血泪。这些贪官污吏搜刮财物做什么呢？"三斛买蛮娥，余以求大邑。"一是追求声色享受（"蛮娥"，南方美女），二是行贿以通关节，追求更大地盘（"大邑"），更大的权力，好搜刮更多的钱财。如此循环往复，欲壑难填。一个卖官鬻爵的社会，哪里还谈得上政治清明？

第三首诗写民生疾苦。"初捕金五千，再捕金一万"，一次被抓，赎金要五千，再次被抓，赎金翻滚到一万。原来抓人只是为了榨取钱财，人民哪有许多钱财，还不一榨就干。"金尽鬻妻孥，以为府君饭"——钱财光了，卖儿卖女，都是给"府君"下饭——此语极尖刻，亦极辛酸。难怪成语有"鱼肉乡民"一说。难怪《诗经·魏风》有"彼君子兮，不素食兮"之句。

（毛远明）

●宋荦（1634—1713），字牧仲，号漫堂，又号西陂，清河南商丘人。以大臣子荫入充侍卫。康熙中，出为黄州通判，累迁江西巡抚，转江苏巡抚，至吏部尚书。诗与王士禛齐名。有《西陂类稿》等。

◇荻港避风二首（录一）

春风小市卖河豚，薄暮津亭水气昏。
不住江涛崩荻岸，俄惊山月照松门。
渔樵有泪游兵过，钟磬无声古庙存。
明发扬舲更东下，杜鹃啼处几家村？

荻港在今安徽铜陵，傍水有渡口，多生芦荻。诗人乘船路过，遇到江上起了风波，遂暂驻江岸。因一时闻见，而作成本篇。

一个早春二月的黄昏时分，江边集市上还有人在叫卖河豚。这时江风已起，江面水雾蒙蒙。开篇就画出了一派江景，颇具渡口风情。"春风小市卖河豚"，情景清丽，能使人联想到苏东坡名句："蒌蒿满地芦芽短，正是河豚欲上时"（《惠崇春江晚景》）。而"薄暮津亭水气昏"则写出当日的一种特定情景，使人感到天气就要变了。由昏至夜，江上值风，江涛不住，荻岸时崩，可见风级很大，生有芦荻的沙岸，也经不起水击浪打而崩塌了。大风吹散了天上的云，不但没雨，反而出现了月亮。这月色不会十分清明，它笼罩崖间松林，景色应是惨淡的（"松门"，山崖相对，有松如门）。通常风高月黑，或风来雨继；而"山月照松门"的大风之夜，景色奇特，故着"俄惊"二字，传达出诗人异样的感觉和讶怪的神情。以上四句写景，可谓毕传"荻港避风"况味，而善写难状之景。

五、六句通过江上闻见，反映了严酷的现实："渔樵有泪游兵过，钟磬无声古庙存。"这样的大风之夜，有"游兵"出没江上，可不是什么好事！"游兵过"与"渔樵有泪"的句中对举，分明暗示出江上有扰民暴行发生。"有泪"与下文"无声"对仗，既可解为吞声饮泣，也可反训为大放悲声。而"钟磬无声古庙存"，是多么荒凉的景象。"古庙"者，实是废弃的寺庙。于是诗人想象天明后继续乘船东下的情景，还不是一片萧瑟："杜鹃啼处几家村？"杜鹃即子规，其啼声悲苦，声音像是"不如归去"。这一句暗示读者，诗人在此行一路上看到的都是类似的荒凉景象，所以他预料明日经过的地方也好不了多少。

诗中描绘的是清初战乱刚刚过去的情况。虽然大规模的战争和流血已经停止，江上渡口也能见到"春风小市卖河豚"的景象，然而战争带来的创伤仍然深剧，荒废的寺庙和凋敝的农村，都表明社会还未恢复元气，而人民还在继续受到骚扰。这是一幅真实的社会生活图画。至今读来，仍可感觉到它的字里行间充满作者悲天悯人的情怀。

（周啸天）

●王又旦（1639—1689），字幼华，号黄湄，清郃阳（今陕西合阳）人。顺治十五年（1658）进士。官至吏科给事中，转户科。有《黄湄集》等。

◇牵缆词

　　昂毕西横夜犹暗，官船催夫牵锦缆。石尤风高霜满河，欲行未行徒蹉跎。天明前村鸡下树，五里八里已为多。橐中糇粮早已尽，前途尚远饥如何！生来不合水边住，负担欲问山中路。山家奉令猎黄黑，正是昨宵牵缆时。

　　全诗可以分两部分。前八句为一部分，写纤夫劳动的繁重和生活的艰苦。诗人不是采用概述的方式，而是通过叙写大清早纤夫拉船的具体活动来反映的。"昂""毕"是二十八宿西方七星中的两个星名，此二星当空，天尚未明。故一起即云"昂毕西横夜犹暗"，这么早，官船就要出发了。古代没有机动船，船行主要靠人力拉缆绳。"锦缆"名称虽好，但实际上多用篾条编成，谓之纤藤。行船最怕遇到逆风即"石尤风"，纤夫们恰好遇上了。在天气炎热的季节拉纤很苦，严冬季节，那滋味就更难受了，有时踏着冰霜，走一步十分艰难。

　　艰难到什么程度呢？诗中说，拉到"天明前村鸡下树"，少说也有两三个小时吧，而"五里八里已为多"，平均一小时还行不到三里，而拉纤就得有这个耐劲儿。最麻烦的是，正需要填饱肚皮补充精力的时候，"囊中糇粮早已尽"。官家连饮食也不供给，"又要马儿跑，又要马儿不吃草"，行吗？"前途尚远饥如何！"诗人只能以一声悲叹缩结。诚如李白所写："水浊不可饮，壶浆半成土；一唱都护歌，心摧泪如雨！"（《丁都护歌》）

末四句撇开眼前情事，通过纤夫的心理活动，由此及彼，连类而及山家猎户服役之苦。这就使得本篇的主题超越了《牵缆词》的题面，而上升到对徭役剥削的控诉，诗的新意也就出在这里。"生来不合水边住，负担欲问山中路"，纤夫怨极，恨不得离开生长的水边，而上山寻找生路，殊不知"天下乌鸦一般黑"，船家受到的压迫奴役，山家一样也受到了。诗人构思最妙处，是把山家被官府驱使狩罴的时间，就安排在纤夫奉命出发之昨宵。"山家奉令猎黄罴，正是昨宵牵缆时。"

看来，如果去"水"就"山"，也不过是离得龙潭，又落虎穴而已。纤夫虽有"逝将去女，适彼乐土"的主观愿望，然而现实中哪有什么乐土呢？还是拼命拉纤吧。联想到杜甫所说："何乡为乐土，安敢尚盘桓。"（《垂老别》）柳宗元所说："则吾斯役之不幸，未若复吾赋不幸之甚也。"（《捕蛇者说》）本篇结尾实有悠悠不尽之恨。

（周啸天）

　　●洪昇（1645—1704），字昉思，号稗畦。清浙江钱塘（今杭州）人，国子监生。以传奇《长生殿》名世。康熙二十八年（1689），因在佟皇后丧期内演出该剧，被革职查办。归乡后生活潦倒，酒醉落水而死。有《稗畦集》等。

◇公子行

　　春明门外酒楼高，称体新裁蜀锦袍。
　　花里一声歌子夜，当筵脱与郑樱桃。

　　《公子行》是乐府旧题，在唐属新乐府辞，按内容可分两种。一是描写贵公子风流豪爽的生活，如雍陶《公子行》："公子风流轻锦绣，新裁白纻作春衣。金鞭留当谁家酒？拂柳穿花信马归。"一是讽刺纨绔子弟的恶劣行径，如孟宾于《公子行》："锦衣红夺彩霞明，侵晓春游向野庭。不识农夫辛苦力，骄骢踏烂麦青青。"洪昇的这首诗初看属于前者，细味则又似后者。
　　"春明门"是唐代长安的西门之一（刘禹锡《和令狐相公别牡丹》"莫道两京非远别，春明门外即天涯"）。这里"春明门外"借指京城外，在一家酒楼上，正在举办盛大酒会。"花里"二字可使人想象场面的繁华。《子夜歌》本为南朝乐府，多咏男女爱情，诗中泛指当时旗亭流行歌曲。"郑樱桃"则是歌女的艺名（当由樱唇可爱得名）。"花里一声歌子夜，当筵脱与郑樱桃"两句，可见郑樱桃歌声之美妙，只唱一曲便得到诗中主人公即"公子"脱袍相赠。

其实歌女以唱歌博得"缠头"，这种事在古代诗歌中并不少见，如"五陵年少争缠头，一曲红绡不知数"（白居易《琵琶行》）、"一曲清歌一束绫，美人犹自意嫌轻"（蒨桃《呈寇公》）等等。但那无数红绡、一束绫，似乎都难比本篇中的"称体新裁蜀锦袍"。何以言之？倒不是因为蜀锦之名享誉古今，价值昂贵，而是因为衣物以"称体"为可心，尤其是"新裁"而又"称体"之"蜀锦袍"，在"公子"可谓心爱之物了。以心爱之物赠人，其意义就非红绡素绫之可比。尤其是"公子"脱袍赠人的时候，竟毫不思索，既不管自己爱穿不爱，也不管对方能穿不能，只为捧场一时兴起，遂"当筵脱与"。其豪爽之气真可以使四座敛息，而公子作风的奢侈，于此也可见一斑。

　　　　　　　　　　　　　　　　　　　　　　　　（周啸天）

●赵执信（1662—1744），字伸符，号秋谷，晚号饴山。清益都（今山东青州）人。康熙十八年（1679）进士，官至右赞善。后因在佟皇后丧期内在洪昇处观看《长生殿》，被削职。有《饴山集》等。

◇道傍碑

道旁碑石何累累，十里五里行相追。细观文字未磨灭，其词如出一手为。盛称长吏有惠政，遗爱想象千秋垂。就中行事极琐细，龃龉不顾识者嗤。征输早毕盗终获，黉宫既葺城堞随。先圣且为要名具，下此黎庶吁可悲。居人过者聊借问，姓名恍惚云不知。住时于我本无恩，去后遣我如何思？去者不思来者怒，后车恐蹈前车危。深山凿石秋雨滑，耕时牛力劳挽推。里社合钱乞作记，兔园老叟颐指挥。请看碑石俱砖甓，身及妻子无完衣。但愿太行山上石，化为滹沱水中泥。不然道傍隙地正无限，那免年年常立碑！

"道旁碑"也叫"功德碑"，是封建时代立在道路旁为卸任的地方官吏歌功颂德的石碑。其中有的确出于民间自发的行为，更多的则是一种例行公事，前任这样搞，后任跟着来，于是道旁石碑一块接着一块，枉占了许多良田，败坏了社会风气。

"道旁碑石何累累"以下十二句揭露碑文的虚伪性。道路两旁十里五里，碑石绵延不断，蔚为景观。碑上文字千篇一律，如出一手。无非是说：某某在这里当过官，有多少多少惠民之举，其遗爱在民可历千秋万代而不朽。碑上文字咪咪哞哞，极其琐碎，兼有扞格难通惹人笑话之处，如说某某为官，征收赋税工作落实得好，很及时，治安搞得好，盗案必破，关心教育修葺学宫（"黉宫"），倾颓的城墙也整修好了。孔孟（"先圣"）也成了他们邀名的工具，百姓（"黎庶"）就更不用说了。

"居人过者聊借问"以下十二句，通过当地人（"居人"）的话再揭碑文的虚伪。诗人向当地居民了解，求证碑文记述的是否为事实。极具讽刺意味的是，当地人不但对碑文所说的德政一无所知，甚至被颂扬的前地方官的姓名也记不清楚了。当地人说，自己又没有得到过什么好处，教我怎么去想他呢？那么，为什么还要为前地方官（"去者"）树碑呢？原来不这样做，接任官员（"来者"）就会大发雷霆，因为不给前任官员树碑，自己一旦去职也会有一样的结果——"后车恐蹈前辙危"，一语道破了道旁碑的来由。当地人控诉说，当年为立这碑，人力财力都靠摊派。当地人凿石于深山，秋雨路滑，石头又重，还动用过耕牛去拉运石头。乡下人没文化，于是大家出钱请来一位念过几天村学（《兔园集》是唐时一种启蒙课本）的迂夫子代笔，令他神气过几天。碑亭经过"砖甃"装修，非常考究，可乡下人的妻儿身上却没有一件完整的衣裳！于是，诗人在揭露功德碑的虚伪性的同时，还指出立碑给当地人带来的经济负担。

"但愿太行山上石"以下四句是抒发感慨。但愿太行山上的石头变成滹沱河水中的泥沙，世间没有石头，功德碑就失去了因依，要不然，道路还有许多空地，功德碑的扰民还会继续下去，也就年年立下去，没完没了。当然，这个祈愿是没有力量的，也是不可能实现的。但它却表达了民间对功德碑的抵触情绪，极有张力。

（赖汉屏）

●郑燮（1693—1766），字克柔，号板桥，江苏兴化人。乾隆元年（1736）进士。历任山东范县、潍县知县。有政绩。后因赈济饥民，得罪豪绅而罢官。后寄居扬州，为画坛"扬州八怪"之一。有《板桥全集》。

◇绍兴

丞相纷纷诏救多，绍兴天子只酣歌。
金人欲送徽钦返，其奈中原不要何！

北宋宣和七年（1125），金兵渡河南下，直取汴京（今河南开封）。宋徽宗恐慌，一面向金朝屈膝求和，一面让位给儿子赵桓（宋钦宗），迅速南逃。靖康元年（1126），金人再度南下，次年进入汴京，俘虏了徽宗、钦宗等人，北宋灭亡。这就是历史上所谓的"靖康之变"。其后，岳家军收复失地不少，金人节节失利，遂扬言要把钦宗放回做皇帝，把徽宗的棺木也送回——作为与宋媾和的条件，同时也是一种要挟。高宗担心钦宗放回后理当重登皇位，迫不及待地与金议和。绍兴十一年（1141），秦桧与金勾结，逮捕岳飞后，南宋与金朝签订和约，称臣纳贡，这就是历史上的"绍兴和议"。次年，岳飞被害。从此，南宋统治者把杭州当汴京，过着醉生梦死的生活，直到祥兴二年（1279）南宋被蒙古军消灭。扬州曾是高宗南逃之地，又是作者的第二故乡，他对这一历史事件非常熟悉，题为《绍兴》，含意深长。

　　"丞相纷纷诏敕多，绍兴天子只酣歌。""丞相"，指秦桧。此人早在"靖康之变"时被金兵掳去，随即屈膝投降，卖身投靠，充当金军参谋。建炎四年（1130），金朝放虎归山，派他回南宋做内奸。他回到南宋，隐瞒真相，说是从金朝虎口里逃出来的，赢得高宗称赞，不久便从礼部尚书升为宰相。"诏敕"，专指皇帝诏书，这里指高宗皇帝的命令及文告。本该由至高无上的皇帝颁发的"诏敕"，却多由秦桧发出，可见秦桧的专权已到了完全操纵朝政的地步。其所发"诏敕"之"多"，单就与金勾结，勒令岳飞火速退兵一事，就在一天之内借用皇帝的名义下了十二次紧急命令，迫使岳飞撤回，然后将其毒死。其为害之大，可见一斑。"绍兴天子"即高宗干什么去了呢？"酣歌"二字将其偏安后沉醉于湖山之间，过着花天酒地的寄生生活，写得淋漓尽致。"金人欲送徽钦返，其奈中原不要何！"非常荒谬，却是事实。两句十分诛心，直斥高宗为了保全自身的权势，不但舍君父而"不要"，一并连"中原"也"不要"了。这就是南宋偏安的根源，也是南宋灭亡的根源。在"中原不要"的重大问题上加上"其奈……何"的反诘语式，造成强烈的讽刺语气，是对历史上只知荒淫享乐，甘心国土沦丧的昏庸统治者的无情鞭挞。

（蓉生）

●袁枚（1716—1798），字子才，号简斋，又号随园老人，浙江钱塘（今杭州）人。乾隆四年（1739）进士，授翰林院庶吉士。历任溧水、江浦、沭阳、江宁等地知县。辞官后，于江宁小仓山筑随园，以诗酒为娱。诗倡性灵说。有《小仓山房集》《随园诗话》等。

◇鸡

养鸡纵鸡食，鸡肥乃烹之。
主人计自佳，不可使鸡知。

这首五绝，作于乾隆四十一年（1776），作者时年六十。它是作者多年深刻体验社会人生的艺术结晶。内容由于特出新意，虽是咏物，实含丰富的现实意义。

前两句生动地刻画了主人的养鸡法："养鸡纵鸡食，鸡肥乃烹之。"鸡主人"养鸡"的目的是饱口腹，他采取散放法，"纵鸡"寻"食"，"肥乃烹"，很是注重效益。二句对主人节省消耗的养鸡法作了艺术概括，这经验是值得推广的。

后两句是作者发的议论："主人计自佳，不可使鸡知。"作者指出：鸡主人为"计自佳"，但此"计""不可使鸡知"，否则它会采取对策。

　　过去咏叹鸡的作品，往往注意到它报晓的本能。《诗经》早就有"风雨如晦，鸡鸣不已"的形容，人们一向把它看作黑暗即将过去，曙光就在前头的象征，这不仅孕育了李贺"雄鸡一声天下白"的名句，还给崔道融、司马光用"鸡"命题的名作以艺术启示。它们或期待"月黑风雨夜"的"近晓""啼""声"，或太息"满室高眠"无人闻声起舞，都是作者感时忧国怀抱的艺术抒发。

　　此诗却别出心裁，由鸡主人的养鸡法引出议论。《楚辞·卜居》早有"鸡鹜争食"的描述，杜甫《缚鸡行》又写了"鸡被缚急相喧争"的求生之欲，韩偓《观斗鸡偶作》更表现了鸡的"唯将芥羽害同群"的特技。作者大约意识到鸡除了报晓，还有争食、求生和喜斗的本能。面对"养""肥""乃烹"的严峻时刻，鸡的这种本能，会不会有所表现？此诗虽只说了此"计""不可使鸡知"，但人们读后自会把它同统治者的驭民术联系起来。这样，在这首咏物诗中，已隐含讽喻现实政治的深曲用意。作者似乎在暗示：不要以为鸡仅仅是为主人报晓，供主人烹食的驯善家禽。主人养肥烹食它的"计"谋，它虽不"知"道，但它既具有与鹜争食、缚急喧争和残害同群的本能，临命危时安知不会与主人作拼死的"斗""争"呢？这层意思作者虽未点明，细心的读者却能心领神会。

　　在艺术构思上，此诗虽从屈原、杜甫、韩偓的作品中受到启发，却有作者自己的独创。这正是此诗难能可贵之处。它在艺术表现上的特点，是通过养鸡这一日常生活现象刻画，毫不着力便和现实政治挂起钩来，从而深刻把握住问题的本质，实现了借咏鸡来为民请命的创作意图。它揭示出一种发人深省的道理，很可能是针对当时清王朝的严酷统治而发。耐人玩味的，是落想不凡，出笔务新，使作者独抒性灵的才能得到充分展示。在古代五绝诗中，本诗堪称逸群绝类的典范之作。

（陶道恕）

●赵翼（1727—1814），字雲崧，一字耘松，号瓯北，清江苏阳湖（今常州市武进区）人。乾隆二十六年（1761）进士，授翰林院编修。官至贵西兵备道。后辞官归乡，主讲安定书院。精治史学，考订史实时称精赅。论诗主张独创，反对摹拟。诗与蒋士铨、袁枚齐名。有《瓯北诗钞》等。

◇古来咏明妃杨妃者，多失其平，戏为二绝（录一）

辇鼓渔阳为翠娥，美人若在肯休戈？

马嵬一死追兵缓，妾为君王拒贼多。

这是一首咏史诗，讲述历史上流传甚广的"马嵬事变"。

诗人赵翼，清代学者，阅读诸多古书后发现，自古吟咏明妃和杨妃的诗很多，但都不够公允，故为此二绝。这里单说杨妃。自唐安史之乱以来，吟咏马嵬事变的诗歌虽多，但大多跳不出"红颜祸水"论的窠臼，一直因袭着中国历史上盛传的"惩尤物，窒乱阶"的论调。在诗人看来，历代诸多著述、诗歌，几乎都充满了激烈的政治批判，带有强烈的政治色彩，对杨贵妃的评价是不客观也不公允的。于是"戏为一绝"，成就了这首由批判而同情，进而赞颂的绝句。

"辇鼓渔阳"，指代安禄山叛乱——辇鼓，古代军中所击之鼓。

渔阳，为一地名，即安禄山的根据地。翠娥，本用作美女的代称，本诗中专指杨贵妃。杨贵妃之死，传说纷纭，正史难免讳饰，野史失之诬妄，今日实难探明千年前的事实真相。据《杨太真外传》载，唐玄宗、杨贵妃宠爱安禄山，呼安禄山为儿，玄宗召见安禄山时，"妃常在座，禄山心动"。传说安禄山非常讨玄宗和贵妃喜欢，拜认玄宗、贵妃为干爹、干娘，安禄山觐见时，贵妃常侧座伴驾，安禄山见到杨贵妃的惊世美貌，不禁也心旌摇荡，欲从玄宗身边将其夺走。故有诗中开头二句：起兵叛乱的目的在于杨妃，只要她还活着，安禄山就不会有善罢甘休的一天。

　　读到此处，大多会误以为诗人又在就"女色祸国"论发表感慨了，其结论莫非又是红颜真误国之类？其实不然——"马嵬一死追兵缓，妾为君王拒贼多"，这才是结论！笔锋急转直下，跳出窠臼，不落俗套——马嵬事变并不仅仅作为该诗的背景，而是直接跃出幕帘跳到前台，成为焦点。这两句诗妙就妙在代拟了杨妃的口吻，站在一个焦点女子的立场上，将诗人的心意婉转表达。据传，杨妃临死前向玄宗要求："愿得帝送妾数步，妾死无憾矣。"情绵绵，意切切，不忍遽别。"如不可步，而九反顾"，真是一步一回首，肝肠寸断。《杨太真外传》载，"（安禄山）及闻马嵬之死，数日叹惋"。安禄山叛军追赶唐玄宗的步伐立即就慢了下来，玄宗才得以保全性命顺利逃至西蜀。看来，"马嵬一死追兵缓，妾为君王拒贼多"并非虚妄之说。

　　一个女子为丈夫做的最后一件事，是用自己的性命换取丈夫的平安，纵观历史，能有几人？诗人别开生面地宕开一笔，没有纠缠在历史事件的大是大非之中，而是从一个女子的角度着笔，代拟其口吻，轻描淡写地陈述事件。然而，但凡读过此诗的人，都能感觉到那是怎样的一腔深情啊——如果我的死，能换来爱人的平安，于己，也是一种报偿了吧。

从最早的单纯的政治判断，到逐渐让位于人性、情感的判断，随着时间的推移和史料的发掘、披露，士人笔下对杨妃的同情越来越多。而赵翼这首诗，虽然由于政治、身分、立场或其他种种因素的介入，其本身也无法公平地评判杨贵妃，但把"女祸"戏翻为"拒贼"立功，不是批判也不止于同情，反是赞颂为主调，其立意洋溢着人性的光彩。

（殷志佳）

◇后园居诗（录一）

有客忽叩门，来送润笔需。乞我作墓志，要我工为谀。言政必龚黄，言学必程朱。吾聊以为戏，如其意所须。补缀成一篇，居然君子徒。核诸其素行，十钧无一铢。此文倘传后，谁复知贤愚。或且引为据，竟入史册摹。乃知青史上，大半亦属诬。

乾隆二十年（1755）作者居住在吏部尚书、军机大臣汪由敦的澄怀园，曾作诗《园居诗》。此诗通过作者应他人之情为别人写墓志这一件小事，写贫士无奈，不得不接谀墓的活儿，但心中又一百个不愿意，颇富戏剧性。

"有客忽叩门，来送润笔需。""润笔需"乃指润笔的定金，只要接了定金，就意味着接了活儿。原来有人请求作者写墓志，当然是要好好地吹捧死者一番。《新唐书·刘义传》："刘义者，亦一节士……持

愈金数斤去，曰：'此谀墓中人得耳，不若与刘君为寿。'"后因称为
人作墓志而称誉不实者曰"谀墓"。"言政必龚黄（"龚黄"指龚遂、
黄霸，汉之循吏也），言学必程朱（"程朱"指程颢、程颐、朱熹，宋
代大儒）"，是一些具体要求，从政要求吹捧政绩，为学要求吹捧道
德学问，等等。作者为了钱，只得持一种戏游人生的态度，按买方的要
求来写。东拼西凑写成了一篇墓志，居然把一个平庸之辈写成一位正人
君子。"核诸其素行，十钧（三十斤为一钧）无一铢（二十四铢为一
两）"，可说多是不实之词了。

　　作者由此想到"此文倘传后，谁复知贤愚"，又推想，这篇墓志甚
至可能作为别人引据的材料，写进正史。于是，作者推论出这样一个道
理："乃知青史上，大半亦属诬。"此诗仿佛是一个寓言小故事，具体

完整地叙述了一个别人求作者写墓志的过程，然后作者生发感想，引出议论，提炼出主题。全诗熔叙事议论于一炉，语言通达，含意精深，给人以启迪。它告诉人们，阅读史书恐怕也不要盲从，而要用自己的脑子思索一番。

袁枚在《随园诗话》中很赞赏赵翼诗的幽默含蓄、诙谐成趣和口语化："诗能令人发笑者必佳。云松《咏眼镜》云：'长绳双目系，横桥一鼻跨。'"此诗也有这样的特点。

（方伯荣）

●洪亮吉（1746—1809），字君直，一字稚存，号北江。清江苏阳湖（今常州）人。乾隆五十五年（1790）进士，授翰林院编修，督学贵州。嘉庆初年因批评朝政，被流放伊犁（今属新疆），不久赦还。有《洪北江诗文集》。

◇宜沟行

宜沟驿中逢节使，三日马蹄声不止。冲途驿马苦不多，役尽民马兼民骡。民骑不给官家食，更要一骑增一卒。马行三日力不支，马病乃把民夫笞。长须压后尤无忌，急选官骡访官伎。民田要雨官要晴，一日正好兼程行。车前舆夫私叹息，曾与此官居间壁。官前应试苦力疲，百钱得驴诧若飞。君不见人生贵贱难如一，不是蹇驴偏有力。

此诗用漫画化手法写官吏扰民，全诗可分两部分，采用对比的写法，表现了封建官僚在贵贱时的不同情态和形象。

前十二句为第一部分。在宽阔的河南省宜沟镇（今汤阴县南）的官道上，一位手持旄节的清廷要员，坐着五匹高头大马所拉的华丽的帷车，前呼后拥，正急如星火地赶路。钦差所过之处，地方上都为之准备了换乘的马匹。由于宜沟位处交通要冲，往来官员甚多，官家驿马早已难于敷用，只好征用民间的马匹和骡子。这些被征的马、骡，官家不仅不供给草料，就连马夫也得自带。马匹生病，官差的板子却打在了民夫的身上。前八句描绘的景象，采用的是全方位、鸟瞰式的画面，先对钦差及其仆役们在往来宜沟镇时那种大规模地挨家挨房征用民马、民骡的扰民行径进行粗笔勾勒，然后对官差殴打民夫作工笔描绘，一粗一细，活现出一幅钦差扰民图。接下来两句，写一个长胡子的总管在后面压阵，胡作非为地从众多的马骡中挑好的，为的是狎妓。诗人不由长叹道，"民田要雨官要晴，一日正好兼程行"——农民盼雨，官员却要晴天，不过是为了兼程赶路而已。

最后六句是第二部分。面对钦差那种肆虐无忌的气势，这时候，一位知根知底的车夫忍不住向同行者讲了一下这位官员的履历——从前曾与该官比邻而居，那时候，该员只不过一介寒儒，去赶考时累得精疲力竭，万分无奈地用一百文钱雇了一只驽劣的驴子，还竟然连声赞叹那驴子行走如飞。现在呢？又是马，又是骡的，在千万中供他选用犹嫌不快。难道是从前的"蹇驴"就真的有力而今天选来的马骡就不善于跑了吗？非也！而是人的地位起了变化，小人得志，衣襟角都要掸死人的！

这首诗采用了前后对比，揭老底的写法，对封建官吏的罪行作了鞭辟入里的揭露。稍类似于元曲中睢景臣的《高祖还乡》，具有较强的喜剧效果。

（蒋先伟）

●汪中（1745—1794），字容甫。清江苏江都（今扬州）人。乾隆
四十二年（1777）拔贡。以治经学著名。文宗汉魏六朝，诗风朴茂。有
《述学》内外篇、《容甫先生遗诗》等。

◇过龙江关

井邑千家夹岸喧，浮桥列楫望关门。
鱼盐近市商人喜，鼓吹临江榷吏尊。
春水蛟龙浮旧窟，夕阳乌雀下荒村。
华衣掾史须眉老，会计雄心长子孙。

龙江关，在今南京市，明清时设户部钞关于此，专门管理粟帛杂用
之税。江南乃历代封建王朝税收的支柱，明清之时亦然，残酷的赋税剥
削，使人民陷于水深火热之中。作者汪中，清代著名学者，工骈文，诗
亦朴茂。七岁而孤，曾以贩书为业，一生未官，过着清苦生活。由于这
种生活经历，其诗文多有同情人民疾苦的表现，其中尤以《哀盐船文》
为著。这一首诗是叙述他过龙江关所见，作者以犀利的笔触揭露了官商
和税吏对人民的残酷剥削，用形象的画笔描绘了人民生活的惨状，反映
了所谓"乾隆盛世"时深刻的阶级矛盾。

诗的首联写南京的繁华和雄伟。"井邑千家"极写南京住户之多，

古制八家为一井，后"井"引申为人户聚居处。"夹岸喧"是指南京人家夹岸而居，因住户众多而喧嚣热闹。古代南京，秦淮河流经市区西入长江，沿河两岸都住有人家，市廛林立，歌楼舞馆，最是繁华，因此前人多有以秦淮代指南京的。南京是东南重镇，货物集散之地，更兼清廷设户部钞关于此，所以凡过往商船都必须在此交税。"望关门"中的关门就是"龙江关"，它雄踞长江口岸，可封锁一切水上交通，一切船只都望而止步，望而生畏，一个"望"字，准确而又形象地写出了它高高在上的淫威，交代了其地理位置的重要。

　　正由于此，到这儿经商有厚利可图，做官就是一个肥缺。南京操鱼盐之利，经营盐务渔业的官商把持了江南的经济命脉，正如龚自珍《咏史》所揭露的"牢盆（本是煮盐之具，此指经营盐务的官商）狎客操全算"。而到这里做一个税官，即"榷吏"，自然就更是位尊职显，颐指气使了，他们出门去江边收税，一路前呼后拥，吹吹打打，好不威风。这是颔联两句所写的内容，作者采用漫画手法，给官商和税吏画像，一"喜"一"尊"勾勒出他们渔利的欢乐和声威。

　　以上四句，前两句用空镜头，后两句用特写画面，全面而具体地从一个侧面展示了南京的繁华。但是，这只是一种表面的、虚假的繁华，它的一边是商人、税官的天堂，另一边则是穷苦人民的地狱。接下来，同情人民疾苦的作者把他的摄影镜头摇向了另外两幅画面：一幅是春水泛滥，洪水滔天，无情的大水正淹没着千村万落的破旧房舍，断壁残垣浮于水面。另一幅是大水退后的广袤原野，到处荒无人烟，夕阳映照下的村庄残破不堪，成为乌鸦雀鸟的栖息之所。

　　在人民遭受如此惨重灾难的情况下，那些被称作"民之父母"的官员们何在？他们在干着什么？诗的尾联以无比深沉的笔触指控了他们的罪状：这些税官，即"掾史"，他们身着华贵的衣服，虽然头发胡须都花白了，但敲诈钱财、算计发财的"雄心"依旧在无限地膨胀，他们还妄图捞一笔大钱去长养子孙，永享那种不劳而获的寄生虫生活哩。真是贪得无厌，毫无人性。这两句诗很冷峻，作者对那些披着一张华丽人皮的禽兽只作了淡淡的勾勒，即把他们那种衣冠禽兽、毫无人性、毫无同情心的阶级本质揭露无遗。

　　本诗采取对比手法，描绘出了十八世纪时代的南京一边是繁华的街市、一边是萧条的荒村那种真实的社会画卷。全诗画面感极强，可说是一句一个画面，有大勾勒似的全景图，也有毫发毕现的特写镜头，有淡淡的粗笔写意，也有精工细描的工笔渲染。另外，全诗语言警策，属对精工，具有深刻的讽喻力量。

（蒋先伟）

●宋湘（1756—1826），字焕襄，号芷湾。清嘉应（今广东梅州）人。嘉庆四年（1799）进士，授翰林院庶吉士、编修，出任贵州乡试正考官，迁云南曲靖知府。道光五年（1825）充湖北督粮道，第二年卒于任上。有《红杏山房诗钞》。

◇湖居后十首（录四）

岁月去如电，磨牛迹陈陈。扫却湖上雪，再看湖上春。春来今几日，湖草俱已新。新草续旧草，今人续昔人。人在天地间，岂不如草根？一鸟从东来，啄啄庭树皱。侧睇似相识，似笑湖居民；去年湖居民，今年湖居民。

破晓披衣出，出看屋后山。山光照旧绿，湖色亦依然。回看手种树，既喜还自怜。昔我种树时，树才及我肩；今我来看树，我不齐树巅。树年长一年，人年老一年。一年犹自可，年年何可言？

名山好著书，著书何为者？当其结撰时，古今复天下。书成取自读，不如无书也。事理如牛毛，揽之才一把。家家十万言，累人读欲哑。请君行看湖，尘埃与野马。

　　元妙观里道，栖禅寺里僧。彼皆识我姓，我不知其名。名虽我不知，相过无已时。初不为茶瓜，亦不为桃花。各住一角山，同抱一湖水。难得山水间，往来一艇子。

　　此诗为作者居家乡丰湖（亦称西湖）时作。因前有《湖居十首》，故此为《湖居后十首》，这里选的是其中四首。

　　前二首抒发人生短暂的感慨，暗示当抓紧时间做事。时光过得多快啊——自己年复一年像牛拉磨一般踏着去年的足迹。春来草根儿发了新芽，手种的小树也长高、长大了。可人生只有老去，连草根小树也不如啊。看吧，飞过的那只小鸟正斜眼嘲笑呢：你这位只知湖边转的"湖居民"啊！将自己按部就班的生活老样子，比之"磨牛"，用湖草发新，小树长高，更用鸟儿嗤笑来加以否定——蕴含着不甘心及上进心。诗如家常语，虽浅俗却意趣盎然。

　　第三首写家居丰湖欲著述的心理矛盾感。写书时夸夸其谈，一大堆道理，归纳起来却没什么东西；此种书——自己也觉得"不如无书"；又何必"累人读欲哑"去写呢？还是到大自然去看看风景吧。似当把此首看作自我讽刺诗。

　　第四首写赏爱大自然并与僧道往来。不为烹享林泉美茶浓，不为品味山间瓜果鲜；既不像唐人刘禹锡那样去玄都观赏新桃旧桃，亦不像白居易那样到大林寺惊羡桃花。到底为什么时常去那道观与寺院呢？答案在"各住一角山，同抱一湖水。难得山水间，往来一艇子"。要害是"山""湖""艇"三字。"住一角山""抱一湖水"之"角""抱"二字，状出山湾水曲之势，可谓炼字。

　　"作者在居官时目睹社会黑暗，生灵涂炭，而又回天无力"，退隐后欲著书立说，又不愿写那些"累人读欲哑"之作，便投向大自然的山水之美中了，并"无已时"地与僧道交往。小艇往还湖山间，脚迹印遍庙门槛。长此以往，诗人只觉得"山光照旧绿，湖色亦依然"，而湖草已新，小树长高；人呢，年老一年……诗人就是在这种思想矛盾中生活着，并写出了一首首山水诗，而诗中无疑又透出这种感情的烙印。如王夫之《姜斋诗话》云："景者情之景，情者景之情也。"而诗人批判自己如"磨牛"，甚至遭受飞鸟的斜眼嘲笑——这种"幽默感是自尊、自嘲与自卑之间的混合"（车尔尼雪夫斯基《论崇高与滑稽》），令人读之失笑、深思。

（宋万学）

●陈沆（1785—1826），字太初，号秋舫。清湖北蕲水（今浠水）人。嘉庆二十四年（1819）进士，官翰林院编修，转迁四川道监察御史。有《简学斋诗存》《诗比兴笺》等。

◇河南道上乐府四章

卖儿女

河南一片荒荒土，满眼流离风又雨。年荒父母竟无恩，卖尽田园卖儿女。可怜父与母，泪落心内苦。岂不恋所生？留汝难活汝。往年生儿如得田，今年生儿不值钱。卖女可得青蚨千，卖儿不足供一餐。大车小车牛马走，儿啼呼父女呼母。役夫努目刀在手，百口吞声面色朽。此时父母死更生，食尽还增骨肉情。月黑风寒新鬼哭，饥魂一路唤儿声。

狗食人

汝南人瘦万狗肥，前有饥者狗后随。忽然堕落沟中泥，狗来食人啮人衣。顷刻血肉无留遗，残魂化作风与灰。狗饱狗去摇尾嬉，余者尚充鸦雀饥。我行见之心骨悲，徒有恻怆无能为。大官北来何光辉，清道翼以双绣旗。从者飞语里卒知：为我亟去道旁尸，毋使不祥触公威。

吃草根

怪底春光二月好，踏青千里无青草。草根当作麦粮餐，草色都如人面槁。家家妇女驱出门，手鞕脚软声暗吞。乐岁欢歌苤苢子，凶年苦劚菖蒿根。毕竟天心仁爱汝，枯田尚有萌芽吐，谁云小草是虚生，功在饥荒非小补。夕阳归去一肩挑，饱食居然腹不枵。此时长吏方沉醉，可惜不曾知此味。

逃灾荒

救荒古有良有司，今者逃荒官不知。一路嗷嗷男挈女，纷纷避荒如避虎。饿腹况兼行路苦，清晨冲风又戴雨。只知四方口可糊，谁料饥荒无处无。官府捉人牛马驱，慎莫乞食门前呼。家乡腊前见三白，且可归来食新麦。

嘉庆十九年（1814）河南灾荒。诗人在河南境内亲眼看到灾民卖儿女、吃草根、逃饥荒及狗食人等惨状。诗人用组合的方式，把不同时间、不同地点的惨象集中起来，平列展现，围绕一个中心基调，展示一幅广阔的生动画面。也可以分开，各自独立成诗。诗中着重揭示大官的丑态，虽然寥寥几笔，却可使人从中体会到耐人玩索的讽刺意味。

"卖儿女"是灾荒年最惨痛的现象，"饥饿是可怕的，它使年老的失去仁慈"（艾青《乞丐》），于是有"年荒父母竟无恩，卖尽田园卖儿女"，诗中用父母的口气说："岂不恋所生？留汝难活汝。"也是令人心伤的大实话。"卖女可得青蚨千，卖儿不足供一餐"，不是说男尊女卑吗，卖人的行市完全倒挂，那是因为女的可以卖笑赚钱呀。诗中还用冷幽默，道："此时父母死更生，食尽还增骨肉情。"真是笑得比哭还难看呀，不是作者深怀悲悯，哪能写得如此深刻？

　　"狗食人"的场面本来是"恻怆""心骨悲"的，吃饱了人肉的狗摇尾嬉戏，扬扬得意；而在尸体横陈的路上，绣旗招展，威风凛凛，"大官"来了，容光焕发，神气十足，一声令下，便清除了道旁尸体，以免臭气污染了"大官"的吉祥意识。诗人巧妙地把饿狗与"大官"并列对应，在惨淡的图纸上涂上一点喜剧色彩。

　　如果说对"大官"是带笑的嘲弄，那么，对"长吏"则是含泪的讥刺：明明是青草都吃光了，偏偏说二月正是踏青的好时光；明明是挖苣蒿根来填肚子，偏偏说丰年欢唱车前子；明明是田土枯荒不产粮，偏偏说感谢天心的仁爱，枯田似乎有一点小草在发芽了；明明是小草虚生，偏偏说它不无小补，可以饱腹；明明是"长吏"大吃大喝，沉醉不醒，偏偏惋惜他不曾品尝草根的滋味。

　　末章刻画了一个诈骗的"官府"形象。这里的"官府"，即指"长官"或"长吏"。其实"饥荒无处无"，"官府"当然是清清楚楚的；所谓"逃荒官不知"，就是明目张胆地在铁的事实面前说假话，只报喜不报忧。瞒上必然欺下，其手段是：一是逮捕乞食的灾民，用牛车马车拖走；二是编造谎言，说什么腊月前降三次雪，为丰年之兆，回家即可吃到新麦。这是历代统治者实施愚民政策的惯伎。

　　诗中所谓"官府捉人牛马驱"，不是"官府"亲自去捉人，亲自去捉人的即首章中的"役夫"。"役夫"即吏，是"官府"的狗腿子。这种奴才的奴才，媚上压下，更其可恨，诗人用"努目刀在手"五字，便简劲地勾勒出那副令人生畏的面目。

（赁常彬）

●贝青乔（1810—1863），字子木，号无咎，清江苏吴县（今苏州）人。诸生。曾在奕经军幕抗击英军。后游历京师、浙江、云南、四川等地。有《半行庵诗存》等。

◇咄咄吟（录一）

> 瘾到材官定若僧，当前一任泰山崩。
> 铅九如雨烟如墨，尸卧穹庐吸一灯。

《咄咄吟》是由一百二十首绝句组成的纪事讽刺诗，系作者在扬威将军奕经军中陆续写成。起于1841年冬奕经奉命东征，止于第二年末奕经于苏州被"拿问进京"。每首之后有一则短文叙事，对清军的斑斑劣迹予以无情揭露和讽刺。题义取自殷浩被黜，常终日书空作"咄咄怪事"（《世说新语》）。

本篇缀文如次："骆驼桥距镇宁二城约二十余里，故张应云屯兵于此，以为两路后应。廿八日夜半，瞭见二城火光烛天，胜负莫决。继闻炮声四起，或请于应云曰：'我军不带枪炮，而今炮声大作，恐或失利，急宜运赴前队以助战。'而应云素吸鸦片烟，时方烟瘾至，不能视事。及廿九日天明，探报四至，迄无确耗。日中，镇海前队刘天保等败回；傍晚，宁波前队余步云、李廷扬自慈溪带兵至，知其并未进城，而段永福等已败入大隐山。讹言蜂起，加以败残军士乏食，哭声震野。或谓宜再进，或谓宜速退，聚谋至黄昏不决。而英夷旋从樟市来犯，先焚我所弃火攻船以助声势，继闻发枪炮，豕突而至。我兵望风股栗，不敢接战，咸向慈溪城退避。而应云犹卧吸鸦片烟半时许，始踉跄升舆而走。"

鸦片是一种毒品，主要成分为吗啡，有止痛镇定作用，但易上瘾，故只能做药用而不宜长期服食。清代鸦片传入中国，不少人吸毒上瘾，极大损害了百姓的身体健康，也削弱了军队的战斗力。诗中讽刺的那位武官张应云，便是一"瘾君子"和"双枪将"（当时对军人携烟枪的谑称）。此人是奕经的门生，宁波镇海战役中，奕经以之为前营总理，驻扎在慈溪县东南的骆驼桥镇。本篇即讽刺他嗜毒成瘾以至贻误军机的丑行。

"瘾到材官定若僧，当前一任泰山崩。"《文献通考》卷一五〇谓汉继秦制，置材官（即武官）于郡国。这里"材官"即指身任前营总理的张应云。"定若僧"是说像和尚坐禅入定一样安然无事。本来，"指挥若定""泰山崩于前而色不动，麋鹿兴于左而目不瞬"（苏洵）是形容军中稳操胜券、纪律严明的。而张应云如僧之定，"当前一任泰山崩"，却是因毒瘾发作，连命都不要了，所以顾不得被洋鬼子活捉的危险。反语的运用，增强了诗歌鞭挞丑恶的力量。

"铅丸如雨"，是指英军洋枪洋炮攻势猛烈，清军在枪林弹雨中，局势危急。"烟如墨"则是指张应云吸鸦片时的吞云吐雾，又暗关战阵硝烟。两个画面组接，妙如"蒙太奇"：两军鏖战，枪炮大作，硝烟弥漫。在烟雾中，镜头转换为室内卧榻，张应云贪婪地吸食鸦片。鸦片的吸法是，将少许烟土填入烟枪，凑火而吸之，称为"一灯"；再吸，又是"一灯"。当清军望风股栗，向慈溪败北的时候，张应云"犹卧吸鸦片烟半时许，始踉跄升舆而走"。"尸卧"二字是骂，骂得好，骂得妙。战事千钧一发，却毒瘾发作，先吸鸦片，后逃命。这是何等荒唐的一个"材官"啊！

（周啸天）

●林纾（1852—1924），原名群玉，字琴南，号畏庐、冷红生。福建闽县（今福州）人。清光绪八年举人。曾任京师大学堂教习。与人合作翻译多种欧美著作。有《畏庐诗存》等。

◇闽中新乐府·村先生

村先生，貌足恭，训蒙《大学》兼《中庸》。古人小学进大学，先生躐等追先觉；古人登高必自卑，先生躐等追先知。童子读书尚结舌，便将大义九经说，谁为鱼跃孰鸢飞，且请先生与析微。不求入门骤入室，先生学圣工程疾。村童读书三四年，乳臭满口谈圣贤，偶然请之书牛券，却寻不出上下论。书读三年券不成，母咒先生父成怨。我意启蒙首歌括，眼前道理说明嚣；论月须辨无嫦娥，论鬼须辨无阎罗。勿令腐气入头脑，知识先开方有造，解得人情物理精，从容易入圣贤道。今日国仇似海深，复仇须鼓儿童心。法念德仇亦歌括，儿童读之涕沾襟。村先生，休足恭，莫言芹藻与辟雍；张国之基在蒙养，儿童智慧须开爽，方能凌驾欧人上。

作者一向不以作诗为重，对诗作抱着无所谓的态度，"不存必传之心，不求助传之序"（《畏庐诗存·自序》）。但他涉足诗坛所作《闽中新乐府》五十首，值戊戌变法之前，鲜明地表现出作者前期思想中的维新倾向。整部诗集都贯穿着学习西方，改良社会，救亡图存的思想，爱国热情溢于言表，具有晚清新诗派标榜爱国、鼓吹维新的共同特点。其中《村先生》一诗，以对儿童的启蒙教育入笔，强调其重要性，并且由此倡导爱国主义教育，在整部诗集中具有代表性。

《村先生》题下自注："讥蒙养失也。"蒙养，就是对儿童的启蒙开化教育。林纾感慨村先生（乡村私塾中对儿童进行启蒙教育的老师）在教育中的错失，作此诗以讽之，并且提出自己的看法，寄托自己的爱国主义情愫。

"村先生，貌足恭，训蒙《大学》兼《中庸》。"开篇就描绘一个乡塾先生的情状，表面上甚是谦恭，他给那些鸿蒙未开的蒙童们传授儒学经典要义，以期迅速培育出才华卓绝的天才。这位开篇谋面的"村先生"，实际就是作者要讽刺、鞭挞的对象。

"古人小学进大学"至"先生学圣工程疾"是写村先生不顾教育对象的具体情况，揠苗助长的错误方法。"古人小学进大学，先生躐等追先觉；古人登高必自卑，先生躐等追先知"四句是用古人正确的教育方法来映照村先生方法的错误。由"小学"家塾（或党庠）而进"大学"、"登高必自卑"都是写古人学习是循序渐进，从初级到高级，逐渐积累知识。村先生则越级（躐等）地"追先觉""追先知"，想把高深莫测的道理知识（如前面提到的《大学》《中庸》等类）灌输在蒙童脑子里，结果必然是适得其反。"童子读书尚结舌，便将大义九经说"是补充实例来写村先生的盲目教育。传授精深古奥的"九经"（一般指四书五经）要义给这些懵懵懂懂的"读书尚结舌"的儿童，必然使他们如堕云里雾里。下句作者就借蒙童们无法弄懂的要义来为难村先生，"鱼跃""鸢飞"这些典故，众人认为玄奥，村先生也无法解释清楚，正是自酿苦酒自己喝。所以作者概括村先生的错误方法是："不求入门骤入室，先生学圣工程疾。"其结果是使蒙童深受其害，变成对社会无益的"多余人"。

"村童读书三四年，乳臭满口谈圣贤，偶然请之书牛券，却寻不出上下论"几句，揭露其造成的不良后果及恶劣的社会影响。用这种教育方法训导出来的蒙童们，满口圣贤之道实际却丝毫不得其解，并且所学内容更毫无益于社会，即使请他写一个买卖牛的文契，也没法下笔，不知怎样论证。这种不良后果造成了极恶劣的社会影响："书读三年券不成，母咒先生父成怨。"在这里，作者是以诗中这位村先生作为剖析对象，实际在展示当时社会上普遍存在的脱离实际、不求甚解、扼杀儿童才智的错误教育方法，这和作者创作《闽中新乐府》的意图是完全一致的。林纾《〈闽中新乐府〉自序》中说："儿童初学，骤语以六经之旨，茫然当不一觉，其默诵经文，力图强记，则悟性转室。"《村先生》前半部分就形象地描绘了这种问题严重的教育状况。

《村先生》后半部分正面倡导歌括的教育作用，表达了作者对蒙学教育的看法。诚如其《自序》中说："人人以歌诀为至，闻欧西之兴，亦多以歌诀感人者。""我意启蒙首歌括，眼前道理说明豁"二句，就用诗句的形式表达了同样主张。进而作者还提出要把科学知识融进教育事业之中，"论月须辨无嫦娥，论鬼须辨无阎罗"。只有让科学知识占据蒙童们洁净的头脑，才能杜绝当时社会上陈腐透顶的学术空气毒害天真无瑕如同白纸的少年儿童，才能造就真正于国有益的栋梁之材，这就是诗中的"勿令腐气入头脑，知识先开方有造"句之意。"解得人情物理精，从容易入圣贤道"是作者主张教育要循序渐进，由易到难，并且要向儿童灌输科学知识，这样才能"易入圣贤道"，成为维新变法、维系统治的人才。这里作者虽出于阶级局限，肯定圣贤之道，倡导"中学为体，西学为用"的改良维新思想，但针对村先生陈腐误人的教育方法来说，还是有其时代进步性的。

接着，针对时事，结合欧洲奋发图强的经验，进一步强调启蒙教育的重要："今日国仇似海深，复仇须鼓儿童心。"作者联系当时中国大地上列强争霸割据的惨痛现实，把救亡图存的希望寄托在儿童少年的教育上，要报国仇，必须加强爱国主义教育，对儿童从小予以正确教育，使他们成长为兴国拒敌的栋梁之材。他从欧洲复兴的实例出发，强调爱国主义宣传中诗歌教育的巨大感染作用："法念德仇亦歌括，儿童读之涕沾襟。"普法战争中法国战败，割让大片土地给德国（普鲁士），法国人民就用诗歌的形式来启发儿童、少年的爱国情绪，作用非常显著。因为诗歌这种抒情文学样式，通俗易懂，艺术感染力极强，诗歌教育可以使少儿易于接受爱国主义思想，自觉地为振兴国家民族奋斗。

最后，诗人回映诗题，奉劝村先生"休足恭，莫言芹藻与辟雍"。芹藻，原是两种水草，因《诗经·鲁颂·泮水》称泮宫之水生芹、藻，故而借指泮宫。辟雍同泮宫一样，都是古代的大学。这句是说不能再脱离实际不顾教育对象，小学生就是小学生，不能当大学生教。"张国之基在蒙养，儿童智慧须开爽，方能凌驾欧人上"三句，再次强调启蒙教育，主张充分开启儿童爱国主义的激情，用科学文化知识武装他们，我们的国家才能得到振兴，才能屹立于世界强国之列，点醒全诗之主题。

《闽中新乐府》作于戊戌变法之前，当时变法维新之风很盛。林纾在诗作上继承白居易、元稹等唐代著名诗人倡导的"新乐府运动"精神，"借旧瓶装新酒"，以旧体诗形式，创新诗歌内容，成就卓著。《村先生》以一位乡塾先生为描写对象，以之命题，由他采用的揠苗助长式的教育方式，谈及给社会带来的贻害无穷的恶劣后果：下面倡导加强启蒙教育，着重强调以诗歌教育和科学知识教育，达到爱国主义教育的目的，把国家民族振兴的希望寄托在少年儿童健康成长上。这种思想主题是非常深刻的。林纾有着强烈的爱国之心，富于维新精神，他的诗论主张和诗作同"诗界革命"潮流是合拍的。反映在作品当中，借题发挥，从当时社会问题的一个方面——少儿启蒙教育着笔，抒发其内心激情。诗人在当时民族危亡之际，表达一片爱国之心，"平生倔强不屈人下，尤不甘屈诸虎视眈眈诸强邻之下"（林纾《爱国二童子》达旨），把真挚深沉的感情凝聚在诗句中："今日国仇似海深，复仇须鼓儿童心""张国之基在蒙养，儿童智慧须开爽，方能凌驾欧人上"。这首诗是一个爱国者在国难当头之际从内心迸发出的感人诗章。其感人之处就在于突破了个人狭隘感情的抒发，而能面对残酷现实，抒写反帝爱国的一腔激情。

　　林纾力辟的"同光体"当时占据诗坛，影响巨大，但多数人诗风生涩奥衍，清新通俗的诗着实不多。《闽中新乐府》中不少作品写得通俗易懂，明白晓畅，一改诗风。《村先生》中，或纠偏，或讽刺，或倡导，或号召，无不通俗亲切，如叙衷肠。作者用语并不避俗避熟，而是"俚词鄙谚，旁收杂罗"（魏瀚《闽中新乐府》序），如"书读三年券不成，母咒先生父成怨"，"法念德仇亦歌括，儿童读之涕沾襟"，"张国之基在蒙养，儿童智慧须开爽，方能凌驾欧人上"等，无不通俗上口，同黄遵宪的一些诗歌异曲同工，这是与作者重视诗歌的教育作用分不开的。总观《村先生》这首诗，给人的感觉是作者把深沉的主题与颇具感染力的形式较好地结合，不愧为大家手笔。

　　　　　　　　　　　　　　　　　　　　　　（张晓春）

●丘逢甲（1864—1912），又名仓海，字仙根，号蛰仙，福建彰化（今属台湾）人。光绪十五年（1889）进士。未任官，赴台湾各地讲学。后抗击日寇，兵败内渡。辛亥革命后，赴南京，为参议院参议员。有《岭云海日楼诗钞》等。

◇离台诗六首（录二）

宰相有权能割地，孤臣无力可回天。
扁舟去作鸱夷子，回首山河意黯然。

英雄退步即神仙，火气消除道德编。
我不神仙聊剑侠，雠头斩尽再升天。

此诗作于光绪二十一年（1895）。中日甲午战争之后，1895年4月，清政府钦差头等全权大臣、直隶总督李鸿章在日本马关（今下关）与日本政府订立了丧权辱国的《马关条约》，除了赔偿日本军费库平银二万万两外，还割让台湾全岛及所有附属各岛屿、澎湖列岛和辽东半岛给日本。从此，台湾被日本占据。出生于台湾的作者，当时三十二岁，悲愤之中毅然毁家，组织起义军抗敌护台，被举为义军大将军。但迫于当时形势，不久离台内渡。作者怀着悲愤和眷恋之情，写下了组诗《离台诗》，这里选的是其中两首。

第一首一开始就充满愤慨之意。"宰相"指李鸿章。身为宰相自然有权，但他的权却用来割让土地，卖国求和，以苟延残喘，这是怎样的宰相呢？句中饱含对李鸿章的辛辣讽刺，以及对清政府的强烈不满，同时又表现出自己愤然不平的心情。第二句就说到自己，顺承而下。"孤臣"是作者自指，台湾沦陷之后，自己虽然作了坚决的斗争，但也无法挽回颓势。这里面隐含着不由自主的叹息和深沉的伤痛。这两句对仗工整，但又十分自然，充满激情和磅礴的气势。第三句一转，既然回天无术，故乡不可久居，那就只好像"鸱夷子"那样，驾一叶扁舟（小舟）而去了，"鸱（革囊）夷子"即范蠡。据《史记·越王句践世家》："范蠡浮海出齐，变姓名，自谓鸱夷子皮。"《汉书·货殖传》颜师古注："（范蠡）自号鸱夷者，言若盛酒之鸱夷，多所容受，而可卷怀，与时张弛也；鸱夷，皮之所为，故曰子皮。"这里是以浮海而去的范蠡自比，说自己乘着小舟，离开台湾，向茫茫大海中远去了。最后一句又回归到第一句中的"地"字上，"山河"即指被清政府拱手割让的土地台湾。此时作者从海上回望那割让的大好河山，想到过去曾是养育自己的故乡，如今却沦入敌手，遭受蹂躏，今生不知何时才能回来，在这告别的时候，不禁更加黯然神伤了。诗歌在悲愤中含着深深的眷恋，最后如游子之离开慈母，在一步一回首中，弹下伤心的泪水，感人至深。

第二首表现报仇雪恨的坚强决心，充满着怒发冲冠的堂堂正气。但开头两句却先一抑，似乎是对自己满腔悲愤的宽解。作者想到，当丑类甚嚣尘上之时，即使是叱咤风云的英雄也须作退一步计啊，那就只好通过读"道德编"来强压心头的"火气"，做忘情世事的神仙了。"道德编"即《道德经》，亦名《老子》，春秋时老聃所作，道家的主要经典，大抵主张清静无为。但透过表面的意思，我们不难看出，这是作者极度悲痛时的无可奈何之语和愤激之言，那心中的"火气"（亦即亡地丧家之恨）又怎能强压得住呢？果然，这种"火气"不仅没有压住，到第三、四句，反而像火山喷发一样，更加冲天而起，直薄霄汉了。作者明确表示，他要做那种精于剑术、见义勇为的"剑侠"，把仇人（指李鸿章之流）的头斩尽（"雠"是"仇"的异体字），再升天去做神仙。这最后十四个字，字字力重千钧，诗情极度奋发昂扬，表现出作者豪迈的胆气和炽热的报国热情。诗歌在前两句的一抑之后，后半部分激情更加翻腾，显得气冲斗牛，慷慨悲壮，具有回肠荡气的巨大力量。

两首诗都写得明白畅达，用典极少，即使偶尔涉及，也都化用灵脱，不露斧凿之痕，使人读来一气直下，毫不滞碍。而悲歌慷慨之气，笔挟风雷之势，却一寓其中，把深哀巨痛表现得入木三分。作者振笔直书，在才气横溢中，显露出锐不可当的锋芒，表现出凌厉雄迈的风格，具有鲜明的艺术个性。

（管遗瑞）